글 쓰는 노년은 아름답다

글 쓰는 노년은 아름답다

초판 1쇄 인쇄 2010년 03월 02일
초판 1쇄 발행 2010년 03월 08일

지은이 | 김임자·남명희·양정자·유희숙·이향순·최현숙·김동숙·이애자
편 집 | 호원숙
펴낸이 | 손형국
펴낸곳 | (주)에세이퍼블리싱
출판등록 | 2004. 12. 1(제315-2008-022호)
주소 | 157-857 서울특별시 강서구 방화3동 822-1 화이트하우스 2층
홈페이지 | www.essay.co.kr
전화번호 | (02)3159-9638~40
팩스 | (02)3159-9637

ISBN 978-89-6023-298-3 03810

글 쓰는 노년은
아름답다

김임자·남명희·양정자·유희숙·이향순·최현숙·김동숙·이애자 지음
호원숙 편집

책 읽는 삶은 힘이 있다

호원숙 비아

　매주 목요일 저는 명동성당에 갑니다. 가톨릭 시니어 아카데미에서 '문학의 향기' 강좌를 맡고 있기 때문입니다. 명동성당에 들어설 때마다 숙연한 마음과 기쁜 마음이 교차됩니다. 김수환 추기경님이 돌아가셨을 때 그 성당 주변을 감싸 안았던 사람들의 기운이 다시 되살려지기 때문입니다. 퇴계로에서부터 3시간 이상을 기다리며 비로소 성당이 보였을 때 눈물이 주르르 흐르던 기억이 아직도 새롭습니다. 30초도 안 되는 스쳐지나가는 동안이었지만 마지막 모습을 보려고 성당에 들어섰을 때 그 거룩했던 기운을 잊을 수 없습니다. 너무 현실적이어서 오히려 비현실적으로 보였던 추기경님이 신은 검은 구두를 보고 가슴이 저렸었고 기적이란 바로 이런 것이라고 믿게 하는 공기가 가득 차 있었습니다.

　명동성당의 뒤켠에 붙은 노인사목건물의 작은 교실에서 예닐곱 명의 시니어들과 문학을 공부합니다. 저는 나이든 학생들에게 매주 책 한권과 글제 하나를 내어 줍니다. 작년부터 읽은 책이 40권을 넘습니다. 그 책 제목을 보는 것만으로도 뿌듯합니다.

　그리고 그때그때 내어준 글제에 맞추어 글을 써오는데 모두 진지하고 열심입니다.

　삶의 절정이 지난 나이에도 지치지 않는 열정과 진지함을 보고 겉으로는 잘하셨다고 칭찬을 하면서도 마음속으로는 '왜 그렇게 열심히 하세요? 그 나이에 논술시험 볼 것도 아니고'라는 생각이 오가는 것도 사실입니다. 그러나 또 속마음은 그분들께 진정으로 머리 숙여 존경을 합니다. 하나라도 배우려는 마음에다가 좋은 글을 써서 선생인 저에게 칭찬을 받으려는 아이와 같은 순수함에 감동을 받게 됩니다.

"좋은 글을 읽고 느끼는 단련을 하여 언어적인 감각을 늘리고 분석력을 키운다. 장르별로 감상하면서 체험을 확장하고 집중력과 상상력을 늘린다. 자유로운 글쓰기를 생활화하여 숨겨진 자아를 발견하고 정신적인 치유와 삶의 기쁨을 체험한다." 과연 이루어질까 의심했던 교육의 목표가 이루어지는 체험은 참으로 소중했습니다.

글을 쓴다는 것은 기억의 창고에서 보석을 끌어내는 것입니다. 흐트러져 있던 마음의 조각들을 꿰어 맞추려면 정신의 집중력을 필요로 합니다. 글쓰기는 그 자체만으로도 치유와 위로의 능력이 있습니다. 자신도 느끼지 못했던 삶의 기쁨을 발견할 수 있습니다. 그리고 앞으로 나아가야 할 길을 스스로 찾게 합니다.

좋은 글을 읽는 것은 경험하지 못하거나 생각지 못한 세계를 깊이 체험하는 것입니다. 독서는 사물을 객관적으로 볼 수 있는 힘을 길러주고 노년의 삶을 풍요롭게 해 줍니다.

이 작은 문집은 그 아름다운 결실입니다.

노년의 삶은 내리막길이 아니라 조금씩 완만하게 오르막길을 걸어가는 것이라는 것. 목표는 높은 곳에 있고 우리는 그 목표 앞에서 어린 학생처럼 착하고 겸손해야 된다는 것. 주님 대전에 가기 전까지는 몸과 마음을 갈고 닦아야 된다는 것을 같이 배웁니다.

주님 앞에 이 작은 문집을 자랑스럽게 봉헌합니다. 스스로 소중한 존재임을 알게 해 주신 주님께 두 손 모아 감사를 올립니다. 아울러 이성원 신부님과 김학렬 학장님의 따뜻한 사랑과 배려에 감사드립니다.

영광이 성부와 성자와 성령께 처음과 같이 이제와 항상 영원히 아멘.

차례

김임자

번역 단상

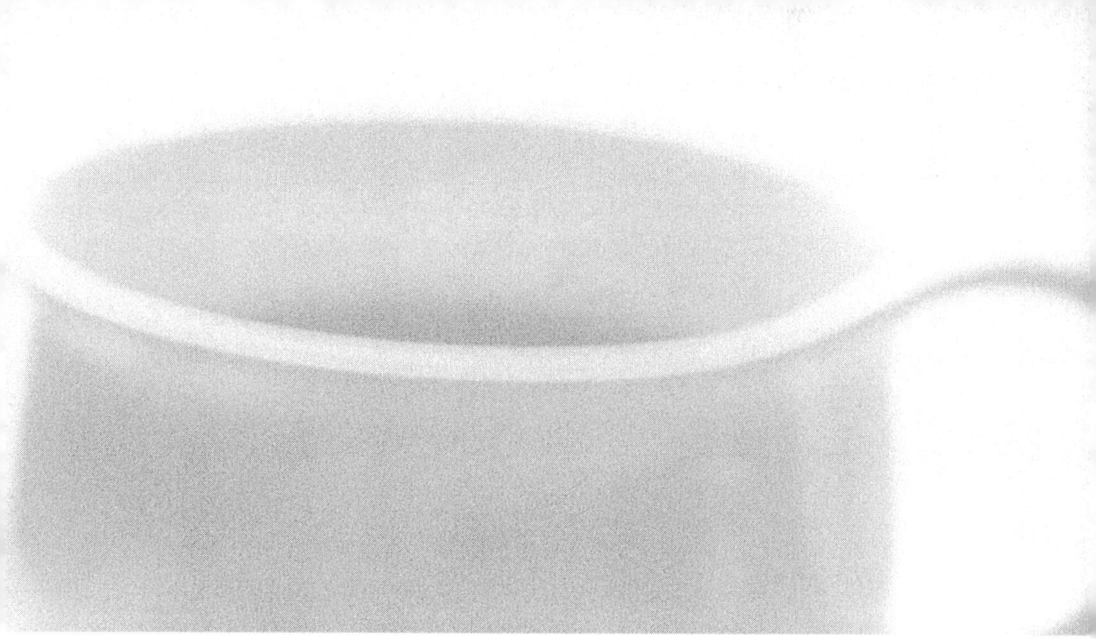

나를 키운 소리 / 엄마의 향기 / 어머니의 보따리 /

4월이 오면 / 부엌 단상 / 「마담 보바리」를 읽고

나를 키운 소리

　나의 어머니는 천주교로 개종하시기 전에 불교 신자셨다.

　"정구업진언 수리수리 마하수리 수수리 사바하 오방 내외 안위 제신 진언 나무 사만다 못다남 옴 도로도로 지미 사바하……."[1]

　이렇게 리드미컬하고, 좀 구성지게 불경을 읊조리시며 빨래를 꼭꼭 밟으셨다. 며칠 동안 그것을 틈틈이 붓으로 창호지에 옮겨 쓰시는가 했더니, 굵은 실 몇 겹으로 깔끔하게 묶어서 책처럼 만드시고 옆에 두셨다. 가물가물 생각이 끊기면 앉아서 다시 펼쳐 보곤 하시면서 한편으로는 빨래를 뒤집어 개고 손바닥으로 탁탁탁 소리 나게 두드리고 쓰으윽 쓰으윽 쓰다듬고는 다시 일어서서 왼쪽으로 오른쪽으로 왔다 갔다 하시며, 빨래를 밟으셨다. 때때로 이불 호청빨래가 있을 때는 다듬잇돌 위에 빨래를 얹고 다듬이질을 하시면서 읊으셨다. 오른팔을 번쩍 들어 세게 두드릴 때, 팔을 바꾸어 왼팔을 번쩍 들어 세게 두드릴 때 다듬이 소리와 불경 소리는 절묘하게 맞아 떨어졌는데 나는 어느새 그 소리의 리듬을 타며 즐기게 되었던 듯싶다. 어느 때는 좁은 마룻바닥이 윙윙 웅웅 우-웅-웅하며 멀리 퍼져 울리고 그것이 화음처럼 어울리기도 하였다. 나는 책에서 읽은 매우 애처롭고, 신비스럽다는 에밀레종의 에밀레~ 에밀레~ 하는 소리가 이런 소리일지도 모른다고 생각하기도 했다.

---

1) 어머니가 외우시던 불경은 천수경이라는 것을 독실한 불교신자 맞담 친구 萬法行에게서 알아냈다. 천수경 : 관음의 공덕을 말한 경. 그것을 외우면 사방의 부처나 보살이 와서 증명하여 온갖 죄업이 없어진다고 함.

두드리기가 좀 힘겹다 싶으시면 왼손으로 빨래 끝을 꼭 누르고 오른손의 방망이에 힘을 빼고 길게 탕-탕-탕~ 하고 천천히 멈추어 가면 빨래는 살짝 몸부림치듯 다듬잇돌 위에서 풀썩풀썩 튀어 올랐다. 때로는 길게 차곡차곡 접혀진 빨래 이불 한쪽 끝을 두 손으로 움켜잡고는 "휴우~" 하고 깊은 숨을 내뿜고 어깨 높이보다 더 높이 들었다가 다듬잇돌 위에 탁탁 있는 힘을 다 해 내려치기도 했는데, 그때 어머니의 얼굴은 찡그러지고 일그러져서 나는 무섭기도 하고, 소름이 끼치기도 했다. 쌓이고 쌓인 한(恨)을, 지금 말로는 스트레스를 토해내며 푸셨던 것이었을까.

나는 집 안팎으로 울려 퍼지는 내 상상의 에밀레종 소리로, 조금 있으면 이불 호청들이 빨랫줄에 너울너울 내걸려 햇빛에 반짝이며 하얀 굿판을 벌일 것 같은 느낌들이 너무 엄숙하게 다가와서인지, 숙제를 다 끝내고, 아무리 배가 고파도 어머니가 빨래를 다루시는 일이 끝날 때까지 숨을 죽이며 참고 기다렸다.

드디어 어느 날

"자야! 니 이거 보고 내 빼묻나 어데 틀릿나 함 보래이" 하며 책을 건네주셨다. 나는 연필을 찾아들고 멀찌감치 자리 잡고 앉았다. 혹시 어머니가 생각이 끊기면 펼쳐진 책을 내려 보고, 슬쩍 컨닝이라도 하실까 염려되기도 했지만, 왠지 나는 어머니의 불경 외우시는 소리는 멀리서 들릴락 말락하게 듣는 것이 좋았다. 학교가 파한 후 귀갓길에 집이 가까워지면 어쩌다 한 번씩 들리는 불경 소리가 '아, 엄마가 집에 계시는구나' 하는 생각과 함께 내 귀에는 "애썼다. 내 강아지 막내딸 어서 오너라" 이렇게 반겨주시는 것 같았기 때문이다.

빨래에 풀기가 너무 센지, 아니면 너무 말라서인지 입으로 물을 한 모금 물고 묘기를 부리듯이 "푸우 푸우" 안개처럼 빨래에 골고루 물을 뿌리시고는, 차곡차곡 개고, 역시 쓰으윽 쓰으윽 쓰다듬어 밟을 준비를 끝내시고, 일어서서 정성껏 합장을 하신 후 숨을 깊게 한번 쉬시고는

"정구업진언 수리수리……" 하고 줄줄이 읊어 가셨다. 나는 조마조마하며 혹시 빠트림이 있을까 열심히 살피며 책장을 넘겼지만, 놀라워라. 어머니는 한군데도 한 글자도 놓치지 않고 완벽하게 끝마치셔서, 시험관인 나를 띵하게 만들었다.

"엄마! 안 틀렸다. 100점이다. 신기하데이" 나는 아버지 흉내를 내며 말했다.

"정성이 드간기다. 정성이. 정성스레 잘 된다 했다." 그 동안의 노력에 대한 보람과 만족스러움으로 상기된 얼굴을 하고 꼭꼭 밟은 빨래를 탁탁 털며, 빨랫줄에 가득 널어 가시는 모습을 지켜보면서, 나는 어머니는 절(寺)로 가셔서 스님이 되셨으면 좋았을 것을 하고 심각하게 생각할 때도 있었다. 이렇게 널어 말린 빨래는 다림질한 것처럼 말끔하고 단정하여 여름옷을 여러 날 입어도 더럽혀지거나 구겨지지 않았다고 기억되며, 가끔은 이모님이 "츳츳츳" 혀를 차며 먹거리를 건네곤 할 만큼 넉넉지 않았던 살림 형편이었는데도 기죽지 않고 꿋꿋하게 자존심 빳빳이 세울 수 있지 않았나 하는 생각도 한다.

어쩌다 음식점에서 댓돌처럼 디딤돌로 사용되고 있는 다듬잇돌을 만나면 이제는 전통 속에서나 우리 가락으로 남아있는 다듬이 소리가 귓가를 맴돌고, 빨래를 밟던 어머니 모습이 아른거려 나는 감히 다듬잇돌을 딛지도, 위에 신발을 벗어 놓지도 못한다.

요즘도 빨래를 밟는 집이 있을까?

나는 큰 아들에 이어 작은 아들도 장가를 들어 분가를 시킨 2003년에 홀가분한 마음으로 한낮에 텅 빈 것 같은 집을 느끼며, 몇 십 년 만에 어머니처럼 빨래를 밟으며, 기도문을 읊어보았다.

"주님, 주님께서는 제가 늙어가고 있고 언젠가는 정말로 늙어 버릴 것을 저보다도 잘 알고 계십니다. 저로 하여금 말 많은 늙은이가 되지 않게 하시고 특히……"[2]

2006년 45년 동안의 죽마고우(竹馬故友) 맞담(마주대어 쌓은 담) 친구가 8

2) 어느 17세기 수녀의 기도. 작자 미상.

개월 투병 후 훌쩍 세상을 떠났을 때도 이번에는 빨래를 밟듯 거실에서 오른쪽, 왼쪽으로 왔다 갔다 하면서 시를 읊었다.

"그 해 겨울은 창백했다. 사람들은 위기의 어깨를 졸이고, 혹은 죽음을 앓기도 하고, 온몸 흔들며 아니라고도 하고 다시는 이제 다시는 그 푸른 꿈을 돌아오지……"[3]

모녀는 닮는다고 했던가? 닮는 것일까? 아니 확실하게 닮는 게 틀림없으리라. 가슴 저리게 아픈 슬픔을 풀어내는 방법까지도.

---

3) 그 해 겨울나무. 박노해.

엄마의 향기

착실한 불교 신자이셨던 어머니가, 천주교로 개종하기까지는 꽤 오랜 시간 우여곡절(迂餘曲折) 끝에 이루어졌다. 뒷집 할머니의 끈질긴 전교, 처음뿐이었지만 아버지의 은근한 반대, 수녀님들의 정성, 교리문답 공부, 신부님과 몇 번의 면담 등등이 있었지만 가장 기억에 남는 것은, 아버지가 명명하시고 귀뜸 해 주셔서 알게 된, 부처님과의 고별식 겸 대신 그 자리에 천주님을 모셔 온다는 것이었다.

조금 쌀쌀했던 초겨울이었나 보다. 뒷집 할머니는 까망 두루마기를 챙겨 입으시고 오셨는데, 머리에 동백기름을 바르셨는지 새까맣게 윤기 흐르고, 깔끔하게 빗어 쪽을 찌신 머리가 인상 깊었다. 수녀님 두 분도 가슴에 소중한 것을 품에 안고 오셨다. 물론 어머니도 정성스레 불경을 외우실 때처럼 경건한 표정, 그러나 약간 상기된 얼굴로 수녀님을 맞았다.

시간 약속이 된 듯 모이신 네 분은 성당이 있는 쪽을 바라보며 성호를 긋고 기도를 한 후, 안방을 시작으로 마루, 건너 방, 부엌, 작은 방을 거쳐 집안 곳곳을 꼼꼼하게 돌며, 어머니가 걸음을 멈추고 합장을 하는 곳마다, 수녀님들은 성수를 뿌리시고,

"이 집에 평화를 주소서, 길이 평안함을 누리게 하소서." 하고 기도를 하셨다. 나는 마치 임금님을 맞아들이는 행사 같다는 느낌을 받았다.

혼신을 다했기 때문일까. 몹시 지친 듯한 어머니는 수녀님의 손을 꼭 잡고, "고맙습니다. 감사합니다." 하시고 인사를 건넨 후, 뒷집 할머니의 부축으

로 간신히 안방으로 들어가 옷을 입은 채로 누우시며 '이제 됐다.' 하셨다. 그리고는 곤한 잠에 깊이 빠져들었다.

몇 개월 후, 어머니는 테레사라는 세례명을 받고, 새로 태어난 것처럼, 새 생명을 얻은 것처럼, 밝은 모습으로 생활하셔서 매우 보기 좋았다. 그러던 어느 주일 아침, 뒷집 할머니와 함께 곱게 차려 입고 매무새를 다듬으며, 닦고 또 닦아 눈빛처럼 하얀 고무신을 신고, 성당을 가시기 위해 집을 나서시는, 어머니의 뒷모습을 물끄러미 바라보시던 아버지는 한참 후 내게,

"너 어메, 천주쟁이 첫발 디딘기라." 하셨다.

나는 아버지의 천주쟁이 표현이 상당히 귀에 거슬렸지만 못들은 척 하고 참았다. 아버지가 신부님, 수녀님들은 '천주학쟁이'로, 신자들은 '천주 쟁이'로 부르시는 고집에 맞서 공연히 평지풍파를 일으키고 싶지 않았기 때문이다.

참으로 오래간만에, 어머니가 다니시던 부평2동 성당을 꼭 찾아보려는 마음이 불현듯 일었다. 늘 마음한구석에는 가보고 싶었지만 쉽지 않았다. 5월의 향기 대명사로 불리던 우리 아파트 정원의 라일락이 지구 온난화 영향인지 4월에 봉오리들이 맺히기 시작하더니, 어느새, 흐드러지게 피어 향기를 뿜고 있어, 오며 가며 즐기다가, 어머니가 성당에 기증하신 라일락도 꽃이 만개하여, 향기를 마당가득 채우고 있으리라는 것에 생각이 미치자, 마음이 급해졌다. 그러나 나는 또 이런 저런 일로 실행에 옮기지 못하고, 아파트 정원의 라일락이 저버린 후에야, 후딱 정신을 가다듬고 길을 나서기로 했다. 마침 부평에서 그리 멀지않은 역곡에 볼일이 생긴 것이다.

내가 부평2동 성당을 마지막으로 들른 것은, 정확히 74년 2월 중순 어머니의 장례미사 때였다. 그 후로는 한 번도 성당을 찾은 일이 없다. 내 기억 한편에 있는 성당은, 성당 문을 들어서면 성모상이 보이고, 그 옆 마당에 둥그렇게 화단을 쌓았고, 그 가운데 어머니가 기증하신 라일락이, 기품 있게 자

리하고 있는 그림이다. 매년 라일락이 송이송이 피어, 향기가 성당마당에 가득히 풍긴다고, 기뻐하시며 흐뭇해하시던 어머니셨다.

34년 만에 다시 찾은 성당이, 옛 모습이기를 바라는 것은 무리이지만, 너무 놀랍게 바뀐 성당 주위 환경에 한참 동안 어리둥절하다가 내 기억에는 전혀 없는 은행나무들이, 성당의 연륜을 말하듯 거목답게 늠름하게, 튼튼하게, 믿음직스럽게 풋풋한 녹색 이파리들을 무성하게 달고 성당을 에워싸 지키고 있는 모습을, 우두커니 낯설게 바라보며, 오래된 성당은 틀림없는데……, 위치상으로 이곳이 분명한데……, 믿을 수 없는 기억을 더듬다가, 성모상을 발견하고 인사를 드리고 가야지 하는데, 내 머릿속 그림의 동산이 눈에 딱 잡혔다.

그 동산의 모습은 오랜 세월을 품고 거뭇거뭇 축축해 보였고, 그 가운데 자리 잡은 굵고 튼튼하게 버티고 서 있는 라일락! 꽃은 이미 피었다 졌지만, 숲처럼 우거진 나무들 사이로 늘어진 가지 끝의 잎은 라일락 잎이 틀림없었다. 옮겨 심었나? 하면서 두리번거리다가 얼른 뒤돌아보니, 거기에도 성당입구가 있었다. 어느 문이 앞문인지 뒷문인지 알 수 없지만, 생각하건데 지나간 세월 동안 뒷문이 생겨났고, 나는 뒷문으로 들어왔기 때문에, 라일락을 발견할 수 없었던 것이었다.

눈물이 왈칵 솟았다. 워낙 눈물이 많아, 너는 안구 건조증 증세는 걱정이 없을 거라는 친구들 놀림을 받지만, 줄줄줄 흐르는 눈물로 눈앞이 뿌옇게 가려져, 안경을 벗고 닦고 또 닦아도 흘러내렸다. 왜 이리 서러운 것인가.

앞쪽으로, 성당건립 50주년 기념식수로 2002년에 심어진 때 늦은 철쭉이 한창 꽃잎을 다닥다닥 탐스럽게 피워, 둥그렇게 커다란 꽃다발 묶음처럼 버티고 서 있어, 좀 그늘진 곳 같은 동산을, 진분홍색 아름다움으로 환하게 돋보이게 했다.

"라일락아 미안해. 너무 반갑고 고맙구나."

머릿속은 재빨리 30여 년 전으로 돌아갔다. 이웃들이 부러워했던, 어머니가 아꼈지만 아버지도 아꼈던 우리 집의 자랑, 라일락을 성당에 옮겨 심었으면 좋겠다는, 어머니의 조심스런 말씀에, 아버지는 두말없이 승낙하셨단다. 그뿐 아니라 라일락이 이사 가는 날은 꼼꼼하게 너무도 정성껏 포장을 해주셔서 신부님께서도 많이 칭찬을 하셨단다. 어머니는 이 이야기를 거듭거듭 들려 주셨고, 그 때마다 행복해 하셔서, 나는 매번 처음 듣는 것처럼 귀담아 들어 주었던 것이, 아들 노릇 벗어나 모질게 훌쩍 시집가 버린 후, 나의 유일한 효도였다.

라일락을 옮겨 심고 그 다음해, 첫 번째 꽃을 아름답게 몽글몽글 피워, 성당 마당이 향기롭다는, 어머니의 말씀을 전해 들으신 아버지는, 어느 날 문득 내게

"야야, 너 어메 참말로 천주쟁이 다 됐다." 하셨다.

나는 그 때 깨달았다. 아버지의 천주학쟁이, 천주 쟁이 표현은, 절대로 폄하하여 말하는 것이 아니고, 존경의 뜻이 포함되어 있다는 것을. 멋쟁이, 대장쟁이, 요술쟁이……, 쟁이 의 표현은, 백과사전 풀이로는 낮춰 부르는 말이라고는 하지만, 유별난 아버지의 표현방법으로는, 최고의 찬사였다고 생각된다.

그 날 나는 집에 돌아와 씻지도 못하고, 소파에 허물어지듯 쓰러져 잠이 들었다.

30여 년 전, 성당 마당에 활짝 피었던 라일락과, 2008년 5월의 부평2동 성당 라일락과, 먼저 세상을 떠난 어머니를 그리며, 어머니가 좋아하시던 라일락을 말없이 산소 옆에 심어둔, 벌초 때마다 잘려버려 둥치만 남아 있으면서도, 끈질기게 옆으로 솟아 퍼지는 어미 옆의 어린 라일락 속에서, 헤매고 또 헤매다 목이 말라 깨어보니, 언제 들어왔는지 천주 쟁이 남편이 탁자에는 성경책을 펴 놓은 채, 의자에 깊숙이 파묻혀 쿨쿨 자고 있었다. 컵을 들고 냉장고 문을 열어 물을 따라 꿀꺽 한 모금 마시니, 냉장고 옆에 붙여둔 남양성지 성모님께서 내려다보시고, "글라라, 이제 정신이 좀 들었습니까?"하고 말씀하시는 것 같았다.

나는 어머니가 정성껏 써서 작은 액자에 끼워 걸어놓고, 늘 생활의 좌우명

으로 삼았던 기도문을 천천히 떠올렸다.

　'일체의 염려를 놓고, 만사에 있어 감사와 함께, 기도와 간청으로써 너의 청원을 하느님께 알려드려라. 모든 지혜를 초월하시는 하느님의 평화가, 주님 안에서 너의 맘과 생각을 지켜주실 것이다.'(필립비 4장 6~7절)

어머니의 보따리

한 때 우리 집은 동네에서 코스모스 집이라고 불리었습니다.

어머니가 어느 해 봄비 촉촉이 내려 땅이 축축해 흙 내음 향기로울 때 멀리 윗마을 길가에서 드문드문 솎아 온 코스모스 모종을 담장 밖 둘레에 정성껏 심은 것으로 시작되어 퍼지고 퍼져 골목골목에 가을이면 분홍, 하양, 빨강 꽃들이 제멋대로 흔들흔들 곱게 피었습니다. 특히 우리 집으로 가는 길목, 좁은 오르막 길옆에 있던 뒷간 옆으로는 두 겹 세 겹 코스모스로 둘러싸듯 둥그렇게 촘촘히 심어서 가냘프지만 든든한 울타리처럼 만들어 놓아, 가을바람 살랑살랑 부는 날 그곳을 지날 때면 참 묘한 냄새가 바람 따라 흐르는 것 같기도, 꽃가루처럼 작은 알갱이가 되어 떠다니는 것 같기도 하였습니다.

코스모스가 한껏 자랑이 끝났다고 생각되는 즈음 날씨가 으스스 쌀쌀한 초겨울 어둑어둑할 무렵, 학교에서 돌아온 나는 담장 밑에서 머리에 수건을 썼는데, 혼나간 사람처럼 코스모스 씨받기에 열중하신 어머니를 발견했습니다.

"엄마! 뭐하세요?"

내가 가까이 오는 것도 몰랐다는 듯 후다닥 놀래며

"니 웬일이고? 토요일도 아닌데."

"오늘 오전 수업만 했어요. 춥지 않아요? 꽃씨를 왜 받아? 그냥 둬도 잘만 퍼지는데."

엄마는 손바닥 가득 받은 꽃씨를 잠시 들여다보시다가, 당신이 지금까지 무얼 했는지 그제야 생각난 듯 손바닥을 툭툭 털어 흩뿌리면서 한숨을 푸욱 쉬시고는,

"내 쫓기났다."

"뭐라구요?" 묻는데, 활짝 열린 대문 안의 마당에 보이는 광경에 깜짝 놀랐습니다.

그곳에는 여러 가지 옷가지들과 새것으로 보이는 겨울 내복들이 여기저기 흩어져 뒹굴고 있었습니다.

내가 대문 안으로 들어서는 낌새를 알아채신 우리 집 건너 방에 함께 살고 있으며, 초등생 아들과 장기를 곧잘 두시던 멋쟁이 엄마선생님이 나를 보며 검지로 입을 막아 가리키고는 또 안방을 가리키고 머리에 두 손가락으로 뿔을 만들었습니다. 그리고는 내 손을 잡아당겨 당신 방문 앞의 툇마루에 앉히고는, 가만가만 들려주는 이야기는 어머니가 대문 밖으로 쫓겨난 간추린 사연이었습니다.

어머니는 그동안 보따리 장사를 하셨답니다.

그것은 주로 겨울 내복이었는데 부평 백마장에 살고 계시던 큰 이모님 댁으로 가서 펼쳐 놓으면, 동네 아주머니들이 모여서 이것저것 꽤 많이 팔아 주셨다고 합니다.

처음에는 늦게 얻은 3남 1녀 치다꺼리로 바쁜 이모님의 심부름으로, 이종사촌들의 옷가지와 내복들을 사다 주다가 눈썰미 야무진 어머니의 패션 감각에, 이웃집들의 주문이 들어와 챙기다 보니 보따리는 점점 커졌답니다.

나는 지금도 기억합니다. 6.25 피난시절 경주에서 잠깐 살 때, 어머니는 손재봉틀을 사용하여 나에게 여름옷으로 간따후크(원피스)를 만들어 입히셨습니다.

어깨에 나풀나풀 주름을 잡아 멋을 낸 것도 있었고, 치맛단을 층층으로 층층치마주름을 잡아 무용복 같은 것을 만들어 입히셨습니다. 내가 그곳 분위기에 전혀 어울리지 않는 의상을 입고 학교에 가면 아이들은 '서울내기 다

마내기 맛좋은 고래 고기'하고 뜻 모를 노랫말로 놀려대곤 하였습니다. 부러운 아이들은 옷감을 가지고 와 만들어가기도 하였습니다.

아무튼, 어머니는 커진 보따리를 머리에 이고 이집 저집 팔러 다니는 것도 아니라 용기가 났고, 또 힘든 발 품팔이라도 돈벌이 재미가 솔솔 나서 자꾸만 빠져 들어가게 되었답니다. 그것을 아버지가 알게 되었고, 아버지는 노발대발(怒發大發)하시어 큰 소리가 오고 갔다는 것입니다.

그해 여름 언니도 서울로 시집을 갔고, 나는 서울 오빠 네서 학교를 다니며 토요일이나 인천 집에 들르곤 하여, 어머니가 보따리 장사를 하시는 줄은 꿈에도 몰랐습니다. 물론 한 집에 같이 사시는 아버지까지도 모르셨나 봅니다.

나는 여기저기 흩어진 옷가지들을 엄마선생님과 같이 주워 챙겨 마루에 모아 놓고, 아직도 대문 밖에서 딸에게 들켜 버린 엄마의 사업과 부부싸움이 부끄럽고 창피스러운지, 뻘쭘하게 서 있던 어머니의 차디찬 손을 잡아끌어 "엄마, 배고프다."하고 부엌으로 어머니를 떠밀어 넣었습니다.

한 부엌을 양 옆으로 나누어 함께 사용하고 있던 엄마선생님이 얼른 뒤따라 들어가, 저녁 준비는 다 했으니까 차리기만 하면 된다는 역시 가만가만 말소리를 뒤로 들으며, 안방 문을 살며시 열어보니, 아버지는 당신이 정성껏 만드신 반들반들 윤기 도는 아끼는 목침을 베개삼고, 신문을 활짝 펼쳐 얼굴이 넘치도록, 가슴까지 덮고는 잠이 드셨습니다.

어머니가 금방 차려오신 밥상은 아버지와 나의 겸상이었고, 어머니는 말없이 두 팔을 휘저어 생각이 없다고 하셨습니다.

나는 밥상을 들고 들어가 유난히 소리 나게 딜커덕 놓으며

"아버지 저녁 드시고 주무세요. 웬일로 초저녁부터 주무세요?"

하고 신문을 버시럭 버시럭 소리 나게 치웠습니다.

밥상 소리인지 신문 소리인지 생각도 못한 딸의 목소리인지에 아버지는 벌떡 일어나시며

"니 웬일이고? 오늘이 토요일이가? 어데 아프나?" 놀라면서 의아해하셨습니다.

"진지 드세요. 계란찜이 맛있겠네요." 그리고 나는 아버지가 수저를 드시기도 전에 밥을 먹기 시작했습니다.

어찌 어르신이 수저를 들기도 전에 아이가 숟가락을 들다니, 아버지의 밥상머리 교육 제1조에 큰 반기를 들은 나의 말없는 시위였다고나 할까. 그러나 나의 버릇없는 행동에도 불구하고, 아버지도 늦은 저녁에 시장기가 드셨는지 머뭇머뭇 식사를 시작하시고, 딸과 아버지는 말없이 마주 앉아 밥 한 그릇씩 미역국과 함께 뚝딱 다 먹어 치웠답니다.

지금 생각해 보면 미련한 것인지 능청스러운 것인지 좀 우스꽝스러운 장면으로 떠오릅니다. 그날 밤, 어머니와 나는 엄마선생님 방에서 잠을 잤고, 새벽 별과 함께 서울행 기차를 타고 학교를 가면서 아버지는 하루에도 몇 번씩 당신이 부르시는 어머니 이름 "봐라. 봐라. 어딧노"를 부를 수 없어 매우 불편할 것이라는 생각을 했습니다. 토요일 수업을 끝내고 조금 불안한 마음으로 집에 왔더니 며칠 전 쫓겨났던 어머니는, 아무 일도 없었던 것처럼 여느 때와 다름없는 아버지 곁의 자리에 계셨습니다. 옆 방 엄마선생님도 나를 향해 한 눈을 찡긋하며 환하게 웃으셨습니다. 그런데 어머니의 보따리 장사는 아버지가 아시게 되면서 잠시 휴업을 할 수밖에 없었습니다.

이런 일이 있은 후 불교 신자이셨던 어머니가 집 근처에는 절(寺)도 없었고 일 년에 한 번도 가기 어려운 절(寺) 보다는 뒷집 할머니가 열심히 다니시며 권하시는 천주교로 개종할 의사를 넌지시 비치면 당신은 절(寺) 근처에도 가시지 않으면서도 한 우물을 파야 한다고 주장하시던 아버지가 드디어 수녀님이 우리 집을 방문하시는 것을 모른 척하셨답니다.

나중에 안 일이지만 부모님의 부부싸움은 목청 큰 아버지의 경상도 억양으로 동네방네 모르는 사람이 없었고, 억울하게도 잘생기고 멋쟁이 샌님 같은 아버지를 크게 노하게 한 모든 것은 어머니의 잘못으로 알려지게 되었답니다.

그러나, 어머니의 보따리 장사는 부부 싸움으로 이웃에 홍보효과를 톡톡히 가져와 주문이 밀려 어머니의 사업은 다시 더욱 활기를 띠었고, 동네 아주머니들의 어머니 응원에 아버지도 마지못해 백기를 드실 수밖에 없었답니다. 그러나 졸지에 본점과 지점이 생긴 모양새가 되어 어머니 혼자서 감당하기에는 힘이 달리어 너무 벅찼고, 무엇보다 아버지가 영 싫어하시는 일을 계속 할 수 없다는 좋은 명분으로, 어머니도 오래지 않아 남은 옷가지들을 동네 옷 잔치로 끝내고 홀가분하게 접었습니다.

그때 아버지는 동네를 떠들썩하게 했던 부부싸움이 쑥스럽고 민망했던지, 아니면 어머니의 잘못으로 몰아간 이웃들이 당신 편만 들어준 것이 어머니에게 미안 했지만, 고마웠던지 부지런했던 아버지가 집 근처 공터에 정성스레 심어 척박한 돌밭이었는데도 알뜰살뜰 보살폈던 댑싸리 농사가, 그 해에 유난히 잘 자라 귀신 곡하겠다는 아버지의 솜씨로 가볍고 쓸모 있는 빗자루로 야무지게 만들어져 집집마다 하나씩 나누어 드렸습니다. 물론 어머니의 천주교 개종을 돕던 수녀님께도 하나 드렸습니다. 수녀님은 신기한 듯 이리 보고 저리 보며 아버지와 이야기를 나누다 무엇이 그리 우스운지 활짝 소리 내어 웃으셨습니다. 수녀님들은 웃으면 그것도 소리 내어 웃으면 안 되는 줄 알고 있던 나는, 아니, 아주 웃을 줄도 모르는 분들이라고 생각해 왔는데 수녀님이 허리를 뒤로 젖히고 웃는 모습이 처음이라 오히려 너무나 신기하였습니다.

과연 아버지는 추운 날씨에도 손을 폈다 오므렸다하면서 담배를 입에 물고 당신의 담배 연기에 얼굴을 찌푸리며 빗자루를 꽁꽁 묶으며, 무엇을 생각하셨을까 궁금했는데, 어머니가 보따리 장사를 확실하게 접은 것을 확인한 며칠 후, 즉 그 이듬해 늦은 봄, 아버지는 나를 불러 앉혀 놓고 다음과 같은 설교를 하셨습니다.

"야야, 너거 어메 장사 길게 하다가는 골병든데이. 그거 아무나 하는기 아인기라. 너 어메 성품으로 절대 몬한다. 일찌감치 치아뿌길 잘 한기라. 하모. 잘 한기고 말고. 앞으로 벌고 뒤로 밑가는기 너 어메 하던 장사인기라. 남는 기 있다카면 그긴 골빙 값인기라 알겠나. 알아듣겠나!"

그러나, 그 골병 값으로 나는 고등학교까지 힘겹게 마칠 수 있었음을 아무도 가르쳐 주지 않았어도 잘 압니다. 그 골병을 지금은 골다공중이라고 부른답니다.

지난날 문득문득 부모님이 원망스러울 때마다

'아버님 날 낳으시고, 어머님 날 기르시니……'

뜻 헷갈린다면서 깔깔거리고 외우던 시조가락이 이순(耳順)을 훌쩍 넘긴 지금에야 가슴에 와 닿음을 느끼며 부모노릇처럼 어려운 것이 또 있을까 아무리 궁리 해봐도 정답을 찾아내기가 영 쉽지 않습니다.

4월이 오면

　여의도 윤중로에 벚꽃이 활짝 핍니다. 저희들끼리 속삭이며 오랜 동안 준비해 오는 것을 오며가며 볼 수 있었습니다. 겨울 동안 꽃눈은 눈을 꼬옥 감고 야무지게 참고 믿음직스러운 뿌리의 고마움을 안다는 듯 조금씩 날마다 다른 옷으로 살짝 갈아입으며 고마움에 보답하려고 애쓴 보람으로 피어납니다.

　눈보라 비바람 치고 멀리서 황사까지 덮쳐 괴롭혀도 조그맣고 애처로운 것들은 묵묵히 저희들의 본분에서 벗어남 없이 꼭 부활절 지난 며칠 후 언제 필까 궁금해 하면 가장 따사한 날 수줍게 자랑스럽게 놀랍게 몽글몽글 뭉쳐서 빨리빨리 피어납니다.

　꽃길에서 꽃길로 이어진 윤중로 벚꽃 길에는 벚꽃만큼 가득가득 사람이 넘쳐납니다. 그들은 너무 좋아서 예쁜 꽃그늘에서 좀 더 예쁜 모습으로 보여지게 하려고 갖가지 자태로 포즈를 잡으며 사진을 찍습니다. 꽃은 사람을 돋보이게 하려고 애쓰고 사람은 행여 꽃이 다칠까 염려하는 서로가 서로를 배려하는 모습을 여기저기서 볼 수 있습니다. 아무리 찾아보아도 슬퍼 보이는 사람은 하나도 없습니다. 사람이 꽃이 되고 꽃은 사람이 됩니다. 뒤뚱뒤뚱 첫걸음마 아기 꼬마가 넘어질듯 말듯 위태위태 달려가는 뒤를 엄마, 아빠, 할아버지 할머니가 함박웃음을 머금고 줄줄이 따라갑니다. 지나가던 사람도 잠깐 걸음을 멈추고 빙그레 웃으며 함께 한 폭의 그림이 됩니다.

　하느님이 보시기에 참 좋았다. 나도 꽃이 되어 온 몸으로 기쁨이 흐르는 것을 알 수 있습니다.

  그리고 며칠 지나면 매서운 꽃샘바람이 찾아옵니다. 가볍게 봄옷으로 멋을 낸 성급한 봄맞이 사람들은 또 속았구나 하면서 다시 겨울옷으로 싸매고 콜록콜록 기침을 하며 꽃길로 꽃구경을 나옵니다. 휘익 지나가는 바람한 번에 후루룩 후루룩 힘없이 팔랑이며 흩날리는 꽃잎들 속에서 멍하니 슬프게 걸음을 멈추는 사람들을 이번에는 쉽게 찾아볼 수 있습니다. 나도 그속에서 슬픔을 만납니다. 그리고 어김없이 겹쳐 나타납니다. 1960년 광화문거리……

  하얀 칼라의 교복시절 집이 같은 방향의 우리들을 몇 묶음으로 꽁꽁 뭉치게 하고 절대로 큰 길로 가지 말고 골목길로 골목길로 재빨리 집으로 돌아가라는 선생님의 어둡고 무거운 표정의 교문 앞 배웅이.

  무슨 일인가 궁금했지만 아무도 묻지 못한 채 총총 집으로 길을 재촉했는데 이따금 들릴 듯 말듯 총소리 들리는가 하면 후다닥 떼를 지어 급하게 골목길을 뛰어가는 남학생들을 만날 수 있었고, 언뜻 보이는 큰 길에는 천천히혹은 빨리 지나가는 트럭인지 짚 차인지 분간하기 어려운 차들에서는 청년들이 팔을 높이 쳐들어 흔들며 지나가는 것을 볼 수 있었습니다. 도대체 무슨 일일까? 사람들이 모두 미쳤나봐.

  그 때 서울로 유학 온 나는 인천이 집이라 서울역으로 기차를 타러 갔습니다. 마침 인천이 집인 여고 선배인 대학생 언니를 만나 함께 기차를 기다렸습니다. 그런데 내가 집에 가는 날은 부른 듯이 나타나 꼭 집 앞까지 데려다 주던 인천에서 서울로 통학기차를 이용하던 고종 사촌 오빠가 보이지 않았습니다. 그 무렵 오후 5시에 동인천으로 떠나는 기차가 막차였음에도 불구하고 뒤돌아 뒤돌아보아도 나타나지 않아 하는 수 없이 기차를 탔습니다. 많은 사람들이 기차를 놓칠세라 기차에 올랐지만 이상하게도 서로 이야기도 나누지 않아 무거운 침묵이 흘러 차안의 분위기는 섬뜩할 만큼 가라앉았고, 모두 불안한 얼굴을 한 채 창밖만 주시하고 있었습니다.

  나는 고등학교 2학년이면서도 아무것도 모르는 바보였음을 그 날 이후 보이지 않는 오빠를 통해 진저리치게 알게 되었습니다. 한 달이 지나도 집으로 돌아오지도 않고 소식조차 몰라 허둥지둥 찾아 헤매던 가족들의 실낱같은 희망은 꽃잎처럼 슬어져간······ 으로 애통하게 접어야 했습니다.

4.19, 해마다 4월이 되면 기억조차 희미해져 헷갈리는 그날이지만 흩날리는 벚꽃 속에서 벙글벙글 웃으며 나타나는 오빠, 나의 보디가드로 역에서 한참 먼 밤길을 헐떡이며 걸어올 막내 딸 애처로워 가슴 아파하던 우리 엄마를 안심시켰던, 더 없이 착하고 든든하고 씩씩하던 그가 꽃잎파리 사이사이로 여기저기서 보입니다.

부엌 단상

지금부터 36년 전, 1972년 4월 나는 절박한 상황에 떠밀려 그 무렵 우리 부부의 수입으로는 가히 천문학적 숫자로 인식되는 건축비가 필요한 58평 땅에 건평 20평의 단독 주택을 덜컥 짓게 되었다. 입술을 잘근잘근 씹으며 가슴위로 솟아오르는 겁(怯)을 꾹꾹 누르며 꿈자리 뒤숭숭하게 저질러진 일이었다.

기왕에 짓게 된 집, 나는 야무지게 입식 부엌을 원했다. 그 때 서울 집들의 상황은 어떤지 몰랐지만 나는 인천에 살고 있었고 그것도 도심에서 한참 떨어진 수봉공원 남쪽 경인 고속도로 옆 주안동 넓은 들판이 마악 주택단지로 탈바꿈하면서 붕어빵 찍어내듯 방, 방, 방, 마루, 부엌, 목욕탕 그렇게 쉽게 빠르게 퍼져가고 있는 동네에 입식 부엌 같은 것은 찾아 볼 수 없었다.

당연히 우리 집을 지어주기로 약속한 건축자는 집짓는 일에 자부심이 대단하고 단단한 근육으로 단련된 아저씨는 터무니없이 앞서가는 나의 의견에 콧방귀를 뀌고 집짓는 일이 무슨 꿈꾸는 일이냐고, 그것도 여자가 무얼 안다고 참견을 하느냐고 뒤도 돌아보지 않고 가버렸다.

그러나 나는 고등학교 다닐 때 항상 짧은 통치마의 한복을 즐겨 입으셨던 가정 선생님으로부터 매우 단단한 세뇌교육을 받은 바 있음을 상기 했고, 늘 헛 떡국 먹은 소리만 일삼는 다는 친정어머니의 몰래 하시는 뒷소리 구박(?)에도 불구하고 우리나라 주택구조는 평면으로 바꿔야 한다고 자주 주장하시는 친정아버지의 어린 시절부터 들어온 부엌 개조론을 실천해 보아야겠다는 오기가 발동했다.

　가정 선생님께서는 우리나라 주부들을 대상으로 실험을 했다. 발목에 충분한 실을 감게 하고 하루 종일 오르락내리락 부엌에서 안방으로 건너 방으로 다시 부엌으로 장독으로 뒷간으로 빨래터로……, 움직임을 실이 풀어진 길이로 측정한 결과 그 엄청난 노동은 나이 먹은 후 건강을 해침은 물론 아무리 여자로 태어났지만 인간으로서의 삶은 그렇게만 살아서는 안 된다. 그러므로 주부의 동선을 줄이는 것은 제일 먼저 부엌의 구조를 바꿔야 한다는 실험 결과를 열강 하셨으며 그것은 나의 아버지의 부엌 개조 주장과도 일치하는 것이었다.

　나는 나를 재무장하고 아버지를 앞세워 집짓는 아저씨를 함께 살살 설득하기 시작했다. 이론에 강한 아버지의 차근차근하고 성실한 접근에 아저씨도 차츰 귀담아 솔깃하게 듣기 시작할 무렵 남편의 금전적 플러스카드에 그토록 완강하게 버티던 집짓기 아저씨도 심사숙고 했는지 어느 날 나를 보고 희쭉 웃으며 '다락이 문제인데……'하는 것이었다. 다락이란 지금 생각해도 참 쓰임새 있는 공간이라 나는 생각하는데 그 때만해도 집집마다 다락 없는 집은 상상도 할 수 없었다.

　아무튼 아버지와 아저씨와 남편의 티격태격 밀고 당기고, 며칠간의 갑론을박 끝에 다락도 살리고 입식부엌도 살리자는 아저씨의 절충안에 합의를 할 수 밖에 없었다. 아버지는 자신만이 상상한 완벽한 입식부엌에 대한 부푼 꿈을 경제적 부담과 함께 집짓기 아저씨의 좁은 식견으로 실현되지 못함을 못내 아쉬워 하셨고, 나도 어딘가 만족스럽지 못했지만 워낙 집짓기에 예견 못한 여러 가지 문제점 돌출에 상당히 지쳐 있기도 해, 서울로 달려가 설계사나 발 품팔이 현장 조사를 할 엄두도 못 냈었다.

　마룻바닥과 같은 높이의 평면 부엌바닥 설계로 안방 측면에 연탄을 때 난방을 해결할 수 있도록 레일 식 화덕을 설치했는데 이로 인해 구들장을 놓는 방법에 상당한 연구가 필요했고 이 부분에도 아버지의 놀라운 상상력, 치밀함, 열정에 집짓기 아저씨도 혀를 내두르며 성의껏 우리 집을 지어 주었다.

다락 공간 높이를 반으로 줄여 부엌의 답답함을 다소 해소하고 취사시설로 싱크대 위에 그 당시엔 혁신적이라 할 수 있는 린나이 가스레인지를 설치했다. 스위치를 팍 오른 쪽으로 돌리면 확 불꽃이 솟아오르고 그 열로 밥 짓고 국, 찌개도 끓이고 빨래도 삶고 불꽃의 세기도 요술처럼 조절할 수 있다니. 가스레인지의 점화를 지켜보시던 시어머니의 휘둥그런 놀라움과 함께 포개졌던 두려움의 표정은 지금도 생생하게 떠오른다.

밥상 차려 오르락내리락 하며 긴 치마 자락을 밟아 넘어질듯 말듯 아슬아슬함은 부엌에 들어 온 식탁위에 간단히 차려 먹고 손쉽게 설거지 까지 해결할 수 있다니…….

은행대출과 결혼을 앞둔 대학동기생의 결혼 준비금으로 꽁꽁 묶어둔 목돈의 무이자 대출로 지어진 빚더미 집이지만 입주를 끝낸 우리 집은 멀리서도 현대식으로 지어진 입식부엌이란 소문을 듣고 찾아오는 사람들의 구경하는 집이 되었다.

알맞은 크기의 네모난 진초록 색 아스타일이 바둑판처럼 단정하게 풋풋한 잔디처럼 희망처럼 깔린 부엌바닥은 아낙네들의 시선을 끌었고, 가스레인지는 석유곤로도 갖추어지지 않은 변두리 동네에서는 호기심어린 눈을 사로잡기에 충분했다.

집짓기 아저씨의 과장된 홍보 효과도 있었겠지만, 한동안 구경하는 사람들이 드문드문 끊이지 않았는데 한해 두해 지날수록 불편한 점이 나타나기 시작했다. 어쩌다 관심 있게 구경하는 사람과 아버지가 맞닥뜨리면, 입식부엌의 개선점 보완점을 열심히 설명해 주시지만 우리 어머니처럼 헛떡국 먹은 사람의 헛소리 같이 이해되지 않음을 나는 느낄 수 있었다.

아버지는 그 때 벌써 부엌은 햇볕 잘 드는 밝은 곳에 배치하고 방문하는 사람과 집주인(요리하는 사람)은 서로 마주보고 대화해야 하고 바로 뒷정리를 깔끔하게 할 수 있어야 한다는 주장을 어쩌고 하셨으니까.

우리는 그 집에서 햇수로 8년을 살았고 서울 소형 아파트로 이사 와서 명실 공히 천편일률적인 입식부엌 집에서 지금까지 살고 있다.

요즘 TV에서 번쩍번쩍 스쳐지나가는 광고에 등장하는 부엌, 고가의 아파트에 으리으리하게 설계된 부엌, 리모컨으로 무엇이든 해결된다는 아버지와 내가 함께 꿈꾸던 부엌보다 더 앞서가고 있는 살아생전 틀려버렸다고 포기한 부엌 공간을 한번 구경이라도 해 보고 싶다.

하지만 나에게 '가서 살래?' 하고 물어 온다면 도리질을 칠 수 밖에 없는 위풍당당 가마솥 걸리고 축축하게 비오는 날 매캐한 연기 자욱해 눈물 콧물 훌쩍이던 커다란 아궁이가 있는 부엌이 아스라이 그리워짐은 적지 않은 나이 탓일까?

문학의 그리스도라는 플로베르의
「마담 보바리」를 읽고

교보문고에서 책을 구입하는 순간 책 두께에 어찌 다 읽어낼까 좀 당황스러웠으나, 책 표지의 매력적인 보바리 부인에 먼저 눈이 오랫동안 머물렀다.

-싸구려 소설만 읽고 성장한 됨됨이가 한심한 여자-

-정숙하지 못한 여자-

책을 읽지도 않았고, 영화로도 접한 바 없으며, 그러니까 잘 알지도 못하면서 언제 슬그머니 입력이 되었는지 아리송한, 나는 보바리 부인을 그렇게 알고 있었다. 그러나 한편 그 작품이 왜 세계문학전집에 올라 있는 가는 때때로 꽤 궁금했었다.

아주 가볍게 천천히 책 읽기공부를 시작 했는데 점점 무거워져 버겁게 느껴지면서, 나는 작가 소개나 책 표지 앞뒷면을 장식하는 굵은 활자나 책을 소개하는 이름을 밝힌 작은 활자로 적힌 짧고, 간결한 문장들은 거의 읽지 않고 시작하는 버릇이 생겼다. 나름대로 선입견을 갖지 않겠다는 나만의 명분이다. 그러나 마담 보바리는 그렇게 할 수가 없었다. 보바리 부인에 대한 나의 터무니없는 앎은 결코 바르지 못할 것이라고, 어느 정도의 짐작은 하고 있었으니까 무언가 사전 지식이 꼭 필요하리라고 판단했기 때문에, 작가 소개는 물론 그가 쓴 헌사, 505쪽에서 546쪽에 이르는 옮긴이의 작품해설, 옮긴이의 말, 출판사의 '새 문학전집을 펴내면서' 까지 꼼꼼하게 읽기 전에도 읽었고, 읽으면서도 틈틈이 뒤적거리며 찾아 읽었다.

간간히 떠오르는 140년이 지난 오늘날에도 소설이라는 장르를 문제 삼을 때 마다 반드시 인용되고 거론되는 작품. 1856년에 완성되었으나, 선정적이고 음란하다는 이유로 기소 당했고, 그러나 명쾌한 변론으로 무죄 판결을 받은 작품, 카프카는 작가의 글쓰기를 소설가의 전범(典範)으로 칭송하였다는 작품, 이 작품이 간직한 풍요롭고도 실험적인 스타일들은 이후 도래한 문예사조의 씨앗이 되었다는 말, 말……들을 생각하며 읽었다.

가끔씩 주위 사람들이 왜 '문학의 향기' 반이냐? 문학이란 무엇이냐? 글쓰기란 무엇인가? 의 물음에 '글쎄' 그냥 슬그머니 웃기만 할 수 밖에 없는 나를 뻔히 알지만 다시 또 한 번 내가 문학에 얼마나 무지한지 깨닫고 또 깨달아야 했으며, 그 만큼 혼란스러워 먹먹해지는 가슴으로 답답했다. 그러나 한편으로는 무언가 두터운 어두움이, 안개가 가득한 채로 벗겨지는 듯 한 느낌도 숨길 수는 없다. 그러면서 서서히 글 읽는 재미에 슬슬 빠져들기 시작하였다.

무엇을 그리느냐 보다는 어떻게 그리느냐가 더 중요하다는 뜻으로 작가가 말하듯이, 그림을 그리듯 그것도 아주 세밀한 연필화를 그리듯, 조심스런 손놀림으로 끌어가는 표현 방법은, 소설의 배경이 바뀔 때마다 나타나고, 벌어지고, 이어지는 장면 장면에서 예리하고 치밀한 시선이 곳곳에서 느껴져 두리번거리며, 나는 아름다운 화폭 속으로 마치 입체 영화 속으로 빨려들어가듯 책을 읽었다.

엮은이는 작품 해설에서 말하고 있다. 이 소설의 대강 줄거리는 현대 소설의 모체요, 문학사와 문학 비평에 빠짐없이 인용하는 걸작치고는, 그 줄거리가 너무나 평범한 간통 소설에 그치고 있지 않은가? 하고 의문을 갖는다. 그리고 이어서 설명하고 있지만, 그 대답은 플로베르가 루이즈 콜레에게 보낸 편지의 〈이 지구가 아무에게도 떠 받쳐지지 않고도 공중에 떠 있듯이 오직 스타일의 내적인 힘만으로 저 혼자 지탱되는 한 권의 책〉, 〈표현이 생각에 가까워지면 가까워질수록 어휘는 더욱 생각에 밀착되어 자취를 감추게 되고 그리하여 더욱 아름다워 지는 것이다.〉에서 찾아 볼 수 있겠다. 또 〈생각이 아름다우면 아름다울수록 문장이 가진 소리는 맑게 울린다.)고 그는 말했다.

지극히 평범한 간통소설 대강의 줄거리를 붙들고, 적확한 단어나 문장을 찾아내기 위해 단말마적 고통을 끊임없이 호소하며 이루고 만들어진 '스타일'의 맛, 글쓰기는 그의 십자가였다고 한다. 따라서 작품은 〈'스타일'의 힘으로 지탱하여야 하지만, 그 힘은 생각과 혼연일체가 됨으로써 생겨나는 내면적인 힘이다〉라 풀이하고도 있다

여기서 나는 장님 코끼리 만지듯 책을 읽었다는 느낌을 지울 수 없으며, 독후감 또한 그럴 수밖에 없겠지, 중얼거리며 책을 덮었다.

안타깝게도 대단히 소모적인 일생을 살다간 마담 보바리. 결혼, 이사, 첫 번째 정부(情夫), 두 번째 정부(情夫), 그리고 끝으로 자살로 이어지는 그녀의 기구한 삶, 중요한 부분마다 잠들어 있거나 졸고 있는 그 녀의 남편, 잔디 위에 앉아 양산 끝으로 풀밭을 콕콕 찌르면서 마음속으로 되풀이 하는 말,

〈맙소사, 내가 어쩌자고 결혼을 했던가?〉하는 보바리의 독백은 가슴이 먹먹하여 오래오래 잊혀 지지 않는다.

TV드라마, 영화, 소설 속에서 꼭 따라다니며 부딪혀 고민을 거듭하는 남녀 사랑 문제는 오늘 날에도 누구나 삶의 길에서 한 번쯤은 되짚어 보지 않았을까.

심지어 〈나는 아내와의 결혼을 후회한다〉는 놀랍고 솔직한 제목의 책도 서점에 진열되고, 신문광고란을 커다랗게 차지하는 21세기이다.

보바리즘[4] 을 불러온, 가엾고 애틋하며 불쌍한 보바리의 생을 따라가면서, 한편으로 '해답은 없다. 앞으로도 해답이 없을 것이고, 지금까지도 해답

---

4) 보바리즘 : 인간이 자기를 속이고 자기를 현실 속에 놓인 자기 아닌 것으로 인식하는 정신작용. 프랑스의 철학자 쥘드 고티에(Jules de Gautier)가 소설 〈보바리〉 부인의 여주인공의 성격을 따서 지은 말. 즉 〈스스로를 있는 그대로의 자신과 다르게 상상하는 기능〉을 일컫는다.

이 없었다. 이것이 인생의 유일한 해답이다' 라는 시가 떠오르지만 그럼에도
불구하고 세상살이 고단한 삶의 여정(旅程)에서 진정 여자의 일생을 어찌
꾸려가야 할지도, 문학작품 속에서 진지하게 고민하고, 지혜로운 해법도 함
께 모색해야 하지 않을까도 생각해 보았다.

　엮은이 김화영님은 이 작품에 대하여 끊임없이 새로운 매력을 느꼈다고
한다. 나도 어떤 새로움을 만나게 될까 궁금하여 조만간 찬찬히 다시 또 읽
어 보리라.

남명희

연암을 읽는 시간

할머니의 고두밥 / 어머니의 라일락 / 손녀의 꽃신 / 아버지의 묵주 /

화초에게서 배운다 / 연암을 읽는다

할머니의 고두밥

　나는 초등학교에 들어가기 전까지 유아기를 시골 할머니 댁에서 보냈다. 아버지의 직업이 한 곳에 정착해서 가정을 꾸려갈 수 없을 정도로 전국 각지로 자주 출장을 다니셔야 하는 일이어서 나는 어머니를 따라 할머니가 계시는 시골로 내려와 살았다. 당시 할머니가 사셨던 곳은 충남 논산군 노성면이라는 곳이었다.

　할아버지는 우리나라 고유의 과자인 쌀엿을 만들어 파는 일을 하셨다. 논산장이 서는 날이면 할아버지는 거의 2~3일 전부터 밤을 새다시피 하며 정성스레 만든 쌀엿을 자전거 뒷자리에 가득 싣고 장에 내다 팔고 오셨다.

　장날이 가까워오면 할머니는 온 종일 부엌에서 쌀엿의 재료인 고두밥을 짓느라 여념이 없으셨다. 나는 지금도 쌀엿을 만드는 데 필요한 재료나 방법은 아는 게 없다. 그런데 언젠가 부엌에서 고두밥을 만들고 계신 할머니에게 무엇을 하고 계시냐고 물었더니 쌀엿 만드는데 쓸 고두밥을 만들고 있다고 하셨다. 그래서 고두밥이 쌀엿을 만드는데 필요한 재료라는 것만 어렴풋이 알고 있을 뿐이다.

　어머니는 주로 밖에 나가 밭일이나 논농사를 거드셨기 때문에 나는 집안에서 대부분의 시간을 할머니와 함께 보냈다. 평상시 할머니가 밥을 지으실 때는 부엌에 마음대로 들락거릴 수 있었지만 고두밥을 만드시는 날에는 고두밥이 다 될 때까지 부엌에 들어 갈 수 없었다. 그런 날은 부엌문을 닫아놓고 일을 하셨기 때문이다. 이유는 모르지만 할머니는 꼭 그렇게 하셨다.

그래서 할머니가 고두밥을 만드시는 날이면 부엌문을 열고 안으로 들어오라고 손짓을 할 때까지 하릴없이 주변을 맴돌며 서성거리거나, 아예 뒤란에 거적을 깔아놓고 앉아서 공기놀이며 소꿉장난 같은 것을 하며 시간을 보냈다. 물론 그런 날의 놀이는 시늉으로만 하는 것이어서 재미도 없었지만 놀이를 하고 있을 때도 내 눈과 귀는 오로지 부엌문에 가 있었다.

하지만 고두밥이 다 되면 할머니는 나를 불러 두 손으로 고두밥을 꼭꼭 눌러 먹기 좋을 만큼 주먹만한 크기로 만들어 주셨는데 정말 꿀맛이었다. 쌀밥 구경하기가 하늘의 별따기 만큼 살기 어려웠던 시절에 잡곡 한 톨 섞이지 않은 하얀 쌀로만 쪄낸 고두밥은 별미 중의 별미였다. 지금도 그 맛은 이 세상에서 가장 맛있고 잊을 수 없는 먹거리로 내 기억 속에 남아있다.

언젠가 한번은 할머니가 부엌문을 열어놓고 고두밥을 만드셨는데 그때 나는 부엌문 문지방에 두 손으로 턱을 괴고 앉아서 처음으로 할머니의 고두밥 짓는 일을 볼 수 있었다. 물론 그날도 고두밥이 다 되기 전까지 부엌 안으로는 들어갈 수 없었다.

할머니는 먼저 큰 가마솥 뚜껑을 열고 물을 조금 붓더니 그 위에 시루를 얹은 다음 시루 안쪽에 베보자기를 깔고 깨끗이 씻어 놓은 쌀을 넣었다. 그리고 김이 새지 않도록 시루의 밑둥치를 둘러가며 밀가루 반죽으로 꼭꼭 눌러서 막아준 다음 큰 뚜껑으로 시루를 덮었다. 그 다음 할머니는 아궁이 앞에 앉아 정성들여 장작불을 때어 그렇게 두어 시간이 지나고 나면 시루 안의 하얀 쌀은 고들고들한 고두밥이 되어 나오는 것이었다.

부엌에 걸려있는 가마솥은 뚜껑이 크고 무거워서 가까스로 옆으로 밀다시피 해서 열고 닫아야 했다. 고두밥이 다 되어 할머니의 솥뚜껑 여는 소리가 들리면 주변에서 시간을 보내고 있던 나는 잽싸게 부엌문 앞으로 달려갔고, 그러면 할머니는 부엌문을 열고 손짓으로 나를 안으로 들어오라고 하셨다.

어린 시절 내가 기억하는 할머니집의 부엌은 참으로 컸다. 부엌 안에는 뚜껑이 반질반질 윤이 나는 커다란 솥이 두 개가 걸려 있었다. 그리고 커다란 광처럼 생긴 부엌에는 언제나 솔가지단이 그득 쌓여 있고 앞마당 우물에서 길어온 물을 담아두는 커다란 물항아리도 몇 개 있었다.

천정에는 둘둘 말은 멍석도 두 어 개가 매달려 있었고, 벽에는 채반이나 키며 크기가 다른 여러 종류의 바가지와 이름도 알 수 없는 살림도구들이 대롱대롱 매달리듯 걸려 있거나 부엌 바닥에 옹기종기 놓여 있었다.

끼니때가 되면 할머니는 부엌 아궁이 앞에 앉아서 불을 떼어 밥을 짓곤 하셨다. 그럴 때면 어린 나는 할머니 옆에 쭈그리고 앉아 할머니를 따라 아궁이에 솔가지나 마른 나뭇가지를 밀어 넣었다.

아궁이 안에서 불이 활활 타오르는 것을 보고 있으면 괜히 기분이 아주 좋았다. 그런 때면 나는 고개를 들어 빙긋이 웃는 얼굴로 할머니를 올려다 보았는데 할머니도 말없이 아궁이의 불꽃처럼 환한 웃음을 띠며 나를 향해 고개를 끄덕이셨다.

부엌은 내 목욕탕이 되기도 했다. 날씨가 쌀쌀해지면 가마솥에 끓인 물을 대나무를 엮어 만든 큰 통이나 커다란 놋대야에 물을 떠 놓고 부엌에서 목욕을 했다. 목욕은 주로 저녁밥을 먹고 나서 어머니가 시켜주셨지만 어머니가 하실 일이 많을 때는 할머니가 대신 맡아서 해주셨다.

그런데 나는 더운물 속에 들어가는 것이 싫었다. 지금도 가끔 사우나탕에 갈 기회가 있더라도 뜨거운 물이 그득 담긴 '온탕'이나 열기가 가득한 '증기탕' 안에는 결코 들어가지 않는다. 샤워실에서 대충 몸을 씻고 잠시 쉬다 나오는 게 고작이다. 내가 목욕을 하기 싫어서 꾀라도 피면 어머니는 까칠까칠한 천으로 내 팔꿈치며 무릎이며 허벅지 등을 사정없이 더욱 세게 문질렀다.

6·25전쟁이 터졌을 때 나는 다섯 살이었다. 전쟁이 난 그 해였는지 아니면 그 다음 해였는지 뚜렷이 기억이 나진 않지만, 그날도 나는 부엌에서 저녁밥을 짓는 할머니 옆에 쪼그리고 앉아 솔가지를 밀어 넣고 있었다.

갑자기 마당에서 소란스런 소리가 들리더니 총을 든 군인 두 명이 할머니와 내가 있는 부엌으로 들이닥쳤다. 인민군들이었다. 그 중 한사람이 할머니에게 밥을 해달라고 했다. 나는 처음 보는 이상한 복장을 한 사람들의 갑작스런 출현에 덜컥 겁이 나고 무서웠지만 할머니는 그 사람들을 아주 침착하게 대하셨다.

할머니는 나보고 부엌에서 한발 짝도 나오지 말고 가만히 있으라고 이르셨다. 그런 다음 그 사람들에게 "알겠다"고 짧게 대답을 하고나서 같이 온 군인들을 모두 마당에 깔려 있는 멍석에 앉아 기다리게 하라고 하셨다. 나는 닫혀있는 부엌문 틈새로 마당을 내다보니 인민군의 수가 열 명은 넘어 보였다.

부엌으로 다시 들어오신 할머니는 저녁밥을 짓고 있던 가마솥 외에 옆에 있는 솥에 추가로 쌀을 안치고 밥을 지으셨다. 밥이 다 되어 마당으로 밥과 찬을 내갈 때까지 그 사람들은 별다른 소요를 일으키지 않고 조용히 마당에 앉아서 기다렸다.

이윽고 그들은 할머니가 해주신 밥을 남김없이 먹은 뒤 올 때와는 달리 바람처럼 소리 없이 모두 사라졌다. 그들이 떠난 마당엔 잠시 귀가 멍할 정도로 적막이 감돌았다.

지금은 우리 주변에서 옛날의 재래식 부엌이 사라진지 이미 오래이며, 그나마 시골 할머니 사시던 집 부엌에 있던 것과 같은 가마솥을 구경하려면 산골 오지마을에서나 운 좋게 겨우 볼 수 있을 정도가 되었다.

요즘의 입식 부엌은 거실이고 마루이며 방이나 다름없는 온 가족의 생활공간이다. 수돗물이 안방까지 들어와 있고 가스레인지 등 음식을 요리해 먹을 수 있는 설비가 거실에까지 들어와 있으니 생활이 아주 편리해 졌다. 부엌은 이제 우리 생활의 중심이고 가족들과의 대화와 사랑을 나누는 공간이 되었다.

세월이 가면 많은 옛것들이 사라지고 기억 속에서 잊혀져가기 마련이다. 하지만 나에게는 그 무엇보다도 어릴 적 할머니와 함께 지낸 공간이었던 부억에 대한 추억을 이제는 더 이상 찾아볼 수 없게 되었으니 그 애틋함과 아쉬움이 더욱 크다.

문득 모든 것이 편리하게 마련되어 있는 주방을 바라보니 할머니에 대한 그리움이 더해진다. 아니, 그 맛있던 고두밥에 대한 아련한 추억의 한자락 그림자라고나 할까…… 지금도 귓전에는 할머니의 솥뚜껑 여는 소리가 들리는 듯하다. 부엌과 함께 떠오르는 할머니에 대한 나의 추억은 언제나 제자리걸음이다.

(2008. 3. 27 - 서라벌문예 신인작가 입상작)

어머니의 라일락

    지금은 추억속의 집이 되어버렸지만 내가 살던 '정릉 옛집'은 마당이 넓어 소나무와 은행나무며 감나무, 사과나무, 모과나무가 자랐고 개나리, 찔레꽃, 넝쿨장미 등 온갖 꽃나무도 많았다.

    그중에 오래되어 어른 키보다 큰 라일락나무도 다섯 그루 있었다. 세 그루는 보라색, 두 그루는 흰색 꽃을 피웠다. 매년 봄이면 KTX고속열차의 유리창보다 더 넓고 시원한 커다란 안방의 유리창문은 동화 같은 보라색꽃과 추억처럼 하얀 라일락꽃으로 가득 찼다.

    매년 4월 중순 한창 라일락꽃이 필 무렵이면 언제나 어머니의 추억이 새롭다. 금년은 어머니께서 돌아가신지 열여섯 번째 맞는 생신이다. 어머니 생신일은 음력 3월 17일로서 양력으로는 대개 4월 중순쯤 되는데 해마다 이맘때면 라일락꽃이 흐드러지게 피어 정릉집 정원은 4월이 갈 때까지 라일락 향에 흠뻑 젖어 든다.

    어머니는 라일락꽃을 좋아하셔서 생신날에는 우리 '정릉 옛집'에서 함께 지내기를 좋아하셨다. 한편 어머니는 애비야, 너와 애미가 좀 번거롭긴 하겠지만 손주도 볼 겸 내 생일엔 너희 집에서 보내는 게 마음이 더 편하구나 하시며 나와 아내의 마음을 어루만져 주시는 것도 잊지 않았다.

    말끔하게 손질한 아래위 옥색 한복을 곱게 차려입은 어머니를 볼 때면 보라색이나 흰색 라일락꽃과 참 잘 어울린다는 생각이 들었다. 어머니는 꽃이 만개한 커다란 라일락나무 아래로 손자, 손녀들 손을 잡고 들어가 라일락 향을 음미하며 즐거워 하셨다. 그럴 때면 언제나 어머니 입가엔 흡족하고 행복한 미소가 라일락 향기처럼 번졌다.

1992년은 연말이 다 되도록 포근한 날씨가 계속되었다. 그해의 마지막 날을 3일 남겨둔 12월 29일 저녁, 회사 임원들과 송년회가 있었다. 회식장소로는 마침 분당의 새 아파트로 이사를 간 사장 댁에서 집들이겸 하기로 했다.

저녁 식사가 시작되고 한 두 순배 술잔이 돌았을 무렵 바지 뒷주머니에 넣어둔 휴대폰 벨이 울렸다. 나는 소형 무전기만한 검은색의 묵직한 휴대폰을 들고 마루로 나와서 전화를 받았다. 벽돌처럼 무겁게 가라앉은 아버지의 목소리가 들렸다.

"애비야, 네 어머니 운명하셨다. 병원으로 오너라."

아버지의 목소리는 더 이상 들리지 않았다. 아버지의 그 짧은 한마디는 신병훈련소에서 사격훈련 때 난생 처음으로 M1소총의 방아쇠를 당기며 들었던 귀청이 찢어질듯 한 소리보다 더 크게 내 고막을 때렸다.

나는 황급히 신발짝을 끌며 그 곳을 뛰쳐나와 택시를 잡았다. 시내로 들어가는 세모(歲暮)의 교통 길은 더디기만 했다. 차라리 차에서 내려 달려가는 편이 훨씬 더 빠를 것만 같은 조바심에 택시 기사에게 갈 길을 재촉해 보았지만 다 부질없는 일이었다.

가시는 마지막 길조차 끝내 배웅해 드리지 못하고 어머니를 잃은 회한 속에 거북이처럼 기어가는 택시 안에서 나는 그저 두 주먹을 움켜잡고 가슴만 조렸다. 그날따라 유난히 역겹게 느껴지는 자동차의 가스 냄새를 겨우 참아내며 대방동 S병원에 도착했을 때는 이미 밤 10시 30분이 넘고 있었다.

병상의 어머니는 머리에서부터 발끝까지 하얀 천으로 덮여 있었다. 나는 바로 어머니 얼굴을 대할 수가 없었다. 병상 옆에 선채로 성호를 긋고 기도했다. 나와 예수님을 만나게 해 주신 분, 성모님의 깊고 온화한 사랑을 알게 해 주신 분, 바로 그 어머니의 천상복락을 빌었다.

그리고 어머니 오른쪽 옆에 무릎을 꿇고 앉았다. 하얀 천 밖으로 어머니의 핏기 잃은 한 쪽 손이 보였다. 나는 그 손을 잡았다. 섬뜩한 냉기가 손바닥을 통해 전해졌지만 그 느낌은 금새 싫지 않게 느껴졌다. 손을 잡고 있노라니 생시의 따스하던 어머니의 온기가 다시 전해오는 것만 같았다.

"애비야, 이제 그만 어머니께 인사 드려라."

병실 밖에서 기다리고 계시던 아버지가 어느새 안으로 들어오셨다.

"그렇게 하세요. 장남 되시는 분께서 빨리 고인을 확인해 주셔야 영안실로 모실 수 있습니다."

옆에 서있던 하얀 까운을 입은 담당 의사가 말했다. 나는 천천히 일어나 어머니를 덮고 있는 하얀 천을 얼굴에서부터 서서히 벗겨 갔다. 어머니는 생신날 라일락 꽃나무 아래서 손주들 손을 잡고 즐거워하실 때의 모습 그대로 얼굴에 온화한 미소를 머금은 채 말없이 누워 계셨다.

나는 어머니를 두 팔로 부축해서 가슴에 껴안은 다음 평소에 간병을 하며 보아 오던 등을 살폈다. 주먹 하나 들어갈 만큼 커다란 구멍이 터널처럼 뻥 뚫려 있었다. 뇌경색으로 졸지에 쓰러지신 후 1년여 동안 병상에만 누워계셔서 등창이 생겼던 것이다.

가여우신 분!

셋째를 낳으신 후 산후조리를 제대로 못하신 탓에 40대 젊으실 때부터 줄곧 해소천식으로 고생을 해오시더니 끝내 그렇게 돌아가시고 말았다. 자식들이 병실로 찾아가면 실어증에 그저 눈가에 미소로만 반겨주실 수밖에 없었던 어머니를 나는 한동안 부둥켜 안은 채 흐느꼈다. 그리고 1992년의 마지막 날 포천의 혜화동 성당 묘원에 어머니를 모셨다.

금년은 내가 첫 손녀를 보아서 그런지 어머니의 생신을 기리는 감회가 예년 같지 않게 더욱 가슴 속 깊이 짠하게 스며온다. 정원의 라일락 향기에서 그 보다 더 진하고 강한 어머니의 향내와 미소를 본다. 어머니가 보고 싶은 날이면 내 마음속엔 언제나 라일락꽃이 핀다.

(2008. 4. 22. 어머니 생신날에)

손녀의 꽃신

　이제 막 19개월 된 손녀는 아직 말문이 트이지는 않았지만 나의 둘도 없는 친구다. 외출했다 돌아오면 제일 반가워하는 사람이 손녀요, 집안에서도 내가 서재에 있다가 잠시 모습을 보일 때면 손뼉을 치며 좋아하는 사람 역시 손녀다. 동화책을 보고 싶으면 책을 들고 와서 읽어 달라하고, 심심할 땐 인형이나 장난감을 들고 와서 함께 놀이하자고 한다.

　또 밖으로 나가 바람을 쏘이고 싶으면 '하부' 하고 내 허리끈을 붙들고 끌어당겨 현관문으로 가서는 손잡이를 잡고 문을 열라고 한다. 놀이터에서 미끄럼을 탈 때는 내려오기 전에 나를 향해 손을 흔들며 '하부!' 하고 소리친 다음 내가 손을 들어 답을 해야 미끄럼을 타고 내려온다.

　'하부'는 손녀가 나를 부르는 소리다. 아이들은 자라면서 흔히 처음으로 하게 되는 말이 '엄마' 또는 '아빠'인데, 손녀는 엄마아빠보다 나를 부르는 호칭인 '하부' 즉, '할아버지'란 말을 제일 먼저 했다. 두 돌이 가까워 오는데도 아직까지 '할아버지' 소리를 제대로 하지 못하는 걸 보면 손녀에겐 꽤 어려운 발음인 모양이다.

　지난번 어린이날을 맞으면서 있었던 일이다.

　아내와 나는 손녀에게 무슨 선물을 할까 궁리 끝에 옷과 신발을 사주기로 하고, 옷은 아내가, 그리고 신발은 내가 준비하기로 했다. 인터넷을 검색하다 보니 압구정의 어느 골목길에 가면 '세상에서 단 하나뿐인' 아기 수제화 신발을 살 수 있다는 정보를 얻을 수 있었다.

나는 압구정으로 나가서 꽃무늬가 새겨진 분홍색 가죽 신발을 샀다. 그리곤 책가방에서 책 두 권을 꺼내어 가운데를 비운 다음 신발이 구겨지지 않도록 잘 세워서 넣었다. 집에 가면 손뼉을 치며 좋아할 손녀의 모습을 생각하니 절로 신바람이 나서 휘파람을 불었다.

　삼성역은 언제나 오가는 승객들로 넘치는 곳이다. 그날도 예외 없이 지하철은 붐볐고 더구나 퇴근시간이라서 그런지 유난히 더 사람들이 많았다. 달리는 차안에서　이리 밀리고 저리 떠밀리며 한 손에는 손녀의 새로 산 신발이 든 가방, 또 다른 한 손에는 책을 들었으니 손잡이도 잡을 수 없어 중심을 잡고 서 있기가 매우 힘들었다.

　무엇보다도 가방에 든 손녀의 신발 포장이 구겨질까봐 자꾸만 신경이 쓰였다. 그래서 나는 내 옆의, 또 그 옆의 사람을 헤집고 들어가 가까스로 선반위에 '안전하게' 가방을 올려놓을 수 있었다.

　상왕십리역을 지나 집으로 가는 6호선으로 바꿔 탈 신당역에 차가 멈췄다. 나는 양어깨로 옆 사람들을 밀치며 가까스로 문간으로 나아갈 수 있었다. 내 몸이 거의 떠밀리다시피 하며 출입문 밖으로 던져짐과 동시에 전동차의 문이 닫혔다. 순간 나는 반사적으로 몸을 비틀어 뒤돌아보며 아! 내 가방, 아기신발…… 하고 손을 내저었지만 이미 선반위의 가방은 야속하게도 나를 바라보며 떠나가고 있었다.

　혼잡한 전동차 안에서 내리기에만 급급했던 나머지 깜빡 가방을 잊고 있었던 것이 내 실수였다. 눈앞이 캄캄했다. 어떻게든지 저 차를 따라잡아야 한다, 손녀의 꽃신발을 반드시 찾아야 한다, 그렇게 소리치며 나는 무조건 매표소를 향해 달렸다.

　숨이 턱까지 찼다. 나는 숨을 헐떡이며 볼펜으로 숭숭숭 뚫어 놓은 것 같은 구멍이 나있는 매표소 유리창 안을 향해, 저 차를 세워주세요, 아기신발을 찾아야 해요, 부탁합니다 하고 외쳤다. 매표소 직원은 검은 눈동자를 굴리며 잠시 나를 바라보더니 손가락으로 한쪽을 가리키며, 물건을 분실하셨어요? 그럼 저기 관리실로 가보세요라고 했다.

나는 마음이 바빴다. 서두르지 않으면 찾을 수 없어, 시간이 없단 말이야, 달리자. 하며 다시 그 사람이 가리킨 어두컴컴한 복도를 향해 뛰었다. 중고등학교 시절엔 줄곧 전교 단거리달리기 대표선수였던 내가 아닌가. 나는 정말 '젖 먹던 힘' 까지 다 해 초음속으로 복도를 달렸다. 어둡고 긴 터널 같은 복도가 금새 나를 집어 삼켰다. 난생 '죽을 힘을 다 해 그렇게 빨리 달려보긴 처음이었다.

관리실이란 문패가 매달린 출입문을 밀치고 안으로 달려 들어갔다. 컴퓨터 모니터를 응시하고 있던 한 남자가 탱크처럼 뛰어 들어오는 나를 보자 깜짝 놀라 몸을 움칠하며 그도 덩달아 일어섰다.

나는 숨이 턱까지 차서 헐떡이며 겨우 한마디씩 말을 이어갔다. 그 사람에게 가방을 찾아 달라고 알린 시간은 전동차에서 내려 정확하게 7분이 흐른 뒤였다. 나의 온몸은 땀으로 흠뻑 젖어 있었고 이마에선 콩알 만한 땀방울이 연신 뚝뚝 흘러내렸다.

그는 당황해 하고 있는 내 모습을 보며 내가 무엇을 원하고 있는지 알고 친절하게 일을 처리해 주었다. 우선 그는 차가 진행하고 있는 앞 역의 담당자들에게 일일이 전화하여 확인했으나 가방을 찾았다는 연락은 오지 않았다.

그럼, 가방을 찾을 수 있는 다른 방법은 없을까요? 나는 그 직원에게 간청했다. 그러자 그 직원이 말했다. 손님께서 지금 그 물건을 꼭 찾길 원하시니.., 그럼 좀 힘들고 또 반드시 찾을 수 있다는 보장은 없지만 직접 확인해 보시는 방법은 어떻겠습니까? 순환선인 2호선은 노선을 한 번씩 돌 때마다 성수역에서 다시 차량번호를 바꿉니다. 그래서 그 앞쪽의 어느 역에 지금 가시면 손님이 타셨던 전동차를 만날 수 있을 겁니다. 여기 사무실에 도착하신 시간을 감안하여 추정해볼 때 2207호에서 2212호 사이의 어느 것으로 생각됩니다 라고 했다.

나는 그의 말에 따라 곧바로 강변역으로 가서 기다렸다. 첫 번 째 전동차가 들어왔다. 차가 멈춘 순간 재빨리 차에 올라 맨 뒤 칸부터 훑어갔지만 가방은 보이지 않았다. 다음 차에도 없었다. 또 그 다음 차를 기다렸다.

2210호가 들어왔다. 마지막 칸인 10호부터 9호를 거쳐 8호 칸에 들어선 순간, 내 시선은 저 멀리 선반위에 처음 그대로 놓여있는 갈색 가방에 꽂혔고, 나는 마치 온몸이 감전된 듯 한동안 그 자리에서 꼼짝할 수 없었다.

그날 밤 나는 꿈을 꾸었다.

동물원에 가려고 집을 나섰다. 그러나 막상 대문을 열고 나가니 짙은 안개가 눈앞을 가려 한치 앞도 보이지 않았다. 앞을 분간할 수 없는 길을 어디로 가는지도 모르며 한참을 걸었다.

얼마를 갔을까? 갑자기 안개가 활짝 걷히며 햇빛에 눈이 부셨다. 원숭이들이 울안에서 그네를 타고 있었다. 주변엔 원숭이 재주를 보려는 사람들로 발 디딜 틈이 없었다. 우리 안에서는 원숭이들이 칡넝쿨 같이 긴 나무줄기를 잡았다 놓았다하며 이리저리 건너뛰기를 하며 놀고 있었다.

그런데 그 중의 한 원숭이가 손녀의 꽃신발을 들고 있는 것이 아닌가! 그 신발 이리 던져, 나한테 달란 말이야, 그건 내 손녀 신발이야 하고 나는 그 원숭이에게 소리쳤지만 아무리 애를 써도 목소리가 나오지 않았다.

주변을 둘러보니 그 많던 사람들은 어느새 어디로 갔는지 아무도 보이지 않았다. 다시 짙은 안개가 덮쳐왔고 나는 그 속에서 허공을 향해 손을 저었다. 허우적거리는 내 손끝에 무언가 부드럽고 따뜻한 게 만져졌다. 자세히 보니 새로 산 손녀의 꽃신발이었다. 나는 신발을 잡은 손에 더욱 힘을 주어 꼭 쥐었다.

그때 '하부'하고 나를 부르는 소리가 귓전에 들려 눈을 뜨니 새벽잠을 깬 손녀가 스펀지처럼 부드러운 손으로 내 손을 꼭 잡은 채 하얀 앞니를 드러내며 씨익 웃고 있었다.

그리곤 손녀는 '하부, 하부' 하며 손가락으로 자기가 신고 있는 꽃신발을 가리켰다. 아마도 내가 자고 있는 동안 아내가 아침에 신겨본 모양이다.

나는 자리에서 일어나 손녀를 번쩍 치켜 안고 방안을 두세 바퀴 휘돌았다. 손녀는 재미있다고 키득키득 웃으며 두 손으로 깍지를 끼어 내 목을 꼭 감아쥐었다.

아버지의 묵주

감기 뒤끝에 중이염으로 이비인후과 치료를 받으러 다니시던 아버지가 어느 날 점차 이상하다는 생각이 들었다. 아침에 모시고 병원 다녀왔는데 오후에 전화를 해서 왜 보름이 다 되도록 한 번도 오지 않느냐며 화를 내시거나, 전에 없이 한번 하신 얘기를 여러 번 반복하는 등의 행동이 점차 횟수가 잦아졌다.

그래서 혹시나 하는 마음에 치매 전문의와 상담을 했다. 의사는 알츠하이머형 치매로 판정했다. 그리고 아직은 초기 단계로 경증이며 지속적으로 치료를 잘하면 증상이 호전될 수도 있을 것이라고 덧붙였다.

그 후 아버지는 20여년 사시던 집을 정리하고 요양원으로 들어 가셨다. 치매 발병 후 기력이 노쇠하여 생활하기 힘들다며 전세를 놓고 요양원으로 가신 것이다. 아버지의 요양원 생활도 어언간 1년 반이 지났다. 그동안 육체적 건강은 다소 좋아진 듯 했으나 그 시간에 비례하여 치매 증세는 그다지 호전 된 것 같지 않았다.

아버지는 최근까지 사셨던 아파트 이름을 알지 못했다. 또 어머니 산소가 어딘지, 장남인 내가 6남매 중 몇째인지 구분하지 못했고, 아버지 간식거리를 들고 온 막내동생에게 면회 온 손님인줄 알고 빈손으로 오시지 뭘 이런 걸 사갖고 왔느냐며 고맙다고 인사했다.

얼마 전엔 설상가상으로 침대에서 내려오시다 낙상하여 고관절에 금이 갔다. 의사는 3~4주간 절대안정을 취해야 한다고 경고했다. 연로하신 나이에

뼈가 부스러지지 않은 것만도 천만다행으로 생각하고 감사했다.

그 후 병상에만 계시다 보니 자연 다리에 힘이 빠져 혼자 서기도 힘들 정도가 되었다. 거동을 하려면 휠체어에 의지해야 하고 용변은 기저귀를 사용했다. 휠체어에서 침대로 옮겨드리려고 아버지를 안았다. 바위처럼 단단하고 우람하던 아버지의 육신은 이제 한갓 썩은 나뭇가지처럼 가볍고 여위었다.

오로지 튼튼한 두 다리와 팔이 전 재산이요 생활의 밑천이던 아버지를 굴복시킬 수 없었던 84년의 긴 세월은 이제 아버지에게 이 세상에서 물러나라는 '퇴출 명령'을 내리고 있었다.

17년 전 어머니가 돌아가신 후에도 자식들에게 짐이 되기 싫다며 여태껏 당당하게 홀로 살아오셨다. 혼자 계시지 말고 저희와 함께 지내자고 말씀드렸지만 아버지는 끝까지 고개를 저으셨다.

초점을 잃은 눈으로 하릴없이 천장만 주시하고 있는 아버지 곁에서 나는 아버지의 삶을 더듬었다.

나의 신혼시절 정릉의 어느 셋방에 살 때였다. 아버지께서 다니러 오셨다가 안방 여닫이문이 너무 낡았다며 미아리고개 가구점에서 새로 산 문짝을 정릉 집까지 손수 등에 지고 와서 바꿔달아 주셨다. 문짝이 너무 커서 버스에 실어주지 않아 직접 지고 오셨다고 했다. 그 무거운 문짝을 지고 수 km를 걸어오셨으니 얼마나 등이 아프고 힘드셨을까.

불과 2년 전까지만 해도 젊은이 못지않게 지하철로 온갖 군데를 다 다니셨고, 복덕방 사무실도 혼자서 운영하고, 새벽미사도 매일 거르지 않고 다니셨다. 또 어머니 기일에는 꽃은 내가 준비 해가마 하시곤 언제나 하얀 국화 꽃다발 한 아름 안고 하안동에서 돈암동까지 먼 길을 지하철로 오셨다.

나는 어릴 적부터 아버지한테서 한자를 배웠다. 아침마다 그날 신문을 펼쳐놓고 나를 불러 앉히시고는 한 글자 한 글자 꼭꼭 짚어가며 운을 익히라고 읽어주셨다. 50년대의 신문에는 한글보다 한자가 훨씬 더 많았다.

또 아버지는 틈날 때마다 우리 집안의 족보와 내력에 대해 가르쳐 주셨고, 8대조 어르신까지 충정공 의령남씨 몇 대손 누구누구 하며 조상님들의 함자를 가르쳐 주셨다.

그러나 이젠 나의 출생 순서도 잊어버리셨다. 막내동생이 누구인지 구별 못하고, 50여년 함께 해로한 어머니의 산소가 어딘지도 기억 하지 못하신다. 그래서 아버지는 노쇠한 체력과 자꾸만 희미해져가는 기억력에 고통스러워 하신다.

문득문득 정상적인 상태로 정신이 돌아올 때면 아버지는 "너희들한테 정말 미안하구나." 오로지 이 한 말씀뿐, 그리곤 빙긋이 미소를 지으시는 게 전부다.

나는 그 미소 속에서 아버지가 아버지로서의 자존(自尊)을 지키지 못하는 자신에 대한 연민과 회한을 읽는다. 그럴 때면 나는 그저 아버지의 두 손을 꼭 잡아드리는 것 외에 더 이상 아무 것도 할 수 없음에 눈시울이 뜨거워진다.

아버지는 모든 것을 버리고 자신이 선택한 요양원으로 가셨다. 하지만 우리 형제들은 서로가 아버지 모실 부담에 한편으론 아버지의 주장과 선택에 동조한 것도 사실이다. 그래서 우리는 자연스럽게 1주일, 혹은 2주일 간격으로 서로 번갈아가며 아버지를 찾아가 외로움을 달래드린다.

하지만 내 마음 한 구석에는 입에 맞지 않는 거친 음식을 드시게 하고, 차가운 타일바닥과 단조로운 흰색 벽, 소독약 냄새 풍기는 '시설'에 계시도록 하는 게 자식의 도리가 아니라는 죄책감으로 언제나 마음은 물에 뜬 바람 빠진 고무풍선처럼 허허로이 빈 하늘을 맴돈다.

그나마 최근에는 두 달 가까이 아버지를 뵈러 가지 못했다. 미국에 살고 있는 딸아이의 출산이 임박하여 아내와 함께 그곳에 다녀와야 했기 때문이다. 물론 핑계거리이기도 하지만 무엇보다도 아버지에 대한 내 효심이 부족한 탓임을 나는 잘 알고 있다.

지난 3월 중순, 오랜만에 아버지를 만났다. 아버지는 나를 보자말자 야, 이 눔아, 미국 갔었다면서 언제 돌아왔냐? 어서 오느라 하고 반기시며 두 팔을 활짝 벌려 나를 포옹으로 받아 들였다.

그리곤 아버지는 빙긋이 웃으시며 이게 다 내가 만든 작품이야 하고 손가락으로 한쪽 벽을 가리키셨다. 거기에는 색종이를 접어서 만든 배와 집, 색연필로 색칠을 한 오리그림 등의 '작품'이 3~4점 붙어있었다. 유치원 아이들이 만든 것처럼 어설펐으나 지금까지 보지 못한 아버지의 또 다른 한 모습을 보는 것 같아 즐거웠다.

그런데 놀라운 것은 아버지의 건강과 치매 증세가 많이 호전되었다는 사실이다. 내가 미국에 갔었다는 사실과 그 이유를 기억하고 계셨고, 나를 비롯한 동생들의 생년월일과 어머니의 포천묘원 주소 등을 노트에 또박또박 다 적어놓고 기억하셨다.

또한 그보다 더욱 감사할 일은 아버지의 기력이 많이 좋아지신 것이다. 아버지는 침대 옆에 세워 둔 1m가 조금 넘어 보이는 나무 지팡이를 짚고서는 혼자서 거뜬히 걸어가시는 것이 아닌가. 나는 아버지를 위해 힘찬 격려의 박수를 보냈으며, 순간 내 볼 위로는 뜨거운 눈물이 흘렀다.

오랜만에 아버지와 행복한 시간을 보낸 뒤 일어서려는데 잠시 할 말이 있다며 나를 붙드셨다. 다음에 올 때 어머니 사진과 성모님상을 가져다 달라고 부탁하시곤 말을 이으셨다.

"내가 집을 나올 때 아무것도 갖고 온 게 없어. 그런데 누가 넣어주었는지 환자복 주머니 속에 딱 한 가지, 이 묵주가 들어있더구나. 그래서 너희들이 보고 싶고 외로울 땐 언제나 이 묵주를 들고 성모님께 기도드리고 있지. 한 달 후면 지팡이 없이도 나 혼자서 걸을 수 있다는 자신이 생겼다. 그러면 전처럼 나 혼자서 지하철타고 네 집에도 가고 그러마."

아버지가 보여주신 묵주는 대추나무를 은행알 만하게 큼지막하게 깎아 만든 5단짜리 묵주였다. 그 순간 나는 아버지 앞에서 고개를 들 수 없었다.

아, 내가 아버지께 얼마나 무심했던가. 내가 아버지의 외로움과 아픔을 달래드리기 위해 그동안 무엇을 했는가. 그동안 아버지를 위한 내 기도가 너무나 미약했음에 부끄러움이 앞섰다.

아버지는 현관까지 따라 나오셔서 한 쪽 손으로는 지팡이를 짚고, 또 한손으로는 내 손을 꼭 잡고 놓지 않으셨다. 자꾸만 눈물이 날 것 같아 아버지와의 작별시간을 더 이상 오래 끌 수 없었다. 나는 아버지를 뒤로 하고 잰걸음으로 현관문을 나섰다. 아버지는 현관 유리창 너머로 내가 보이지 않을 때까지 계속 손을 흔들고 계셨다. 집에 돌아오는 내내 환히 웃으시는 아버지의 얼굴이 자꾸만 눈앞을 스쳤다.

화초에게서 배운다

엊그제 이문재의 수필 '하루를 정돈하는 괜찮은 방법'을 읽으며 공감 가는 부분이 있어 내 나름대로 경험한 일을 몇 가지 적어본다.

돌이켜 생각하니 나는 생활 속에서 늘 깨어있는 삶을 살지 못했다. 길을 가다 어깨를 스치며 떨어지는 나뭇잎 하나에서도 삶의 의미를 찾으려는 노력이 부족했고, 봄 땡볕 따가운 메마른 들판에서 온 정성을 다해 피어나는 이름 모를 들꽃 한 송이를 보고서도 감사의 기도와 눈물을 흘릴 수 있는 마음이 되어있지 못함을 깨달았다.

그래서 언젠가 어떻게 하면 항상 깨어있을 수 있을까? 하는 생각에 골똘해본 적이 있었는데, 마침 이문재 시인이 위의 글에서 제시한 '해결책'이 있어 그의 도식에 대입을 해보았다. 그가 던지는 다음 두 가지 질문에 답을 하는 것이다.

첫 번째 질문은 '오늘 난생 처음으로 본 것' 인데, 군자란 한 포기에서 두 개의 꽃대가 올라와 꽃을 피운 것이다.

두 번 째 질문은 '오늘 새롭게 본 것' 인데, 화초들이 살아가는 모습에서 삶의 참모습을 새롭게 발견한 것이다.

봄은 꽃과 함께 온다. 그래서 봄의 전령은 화신(花信)이다. 더군다나 아파트 베란다의 차가운 시멘트 바닥에서 겨울을 나며 움츠렸던 꽃가지가 움을 틔우고 꽃망울을 터뜨리는 것을 보고 있노라면 나는 희망의 계절 봄이 왔음을 체감한다.

3평 남짓한 우리 집 베란다에는 키가 크고 잘생긴 소철을 비롯하여, 영산홍, 생명력이 왕성한 산죽, 군자란과 양란 화분 10여개, 봄여름 가리지 않고 사시사철 씩씩하게 꽃을 피우는 보라클로버, 화분가득 소담스럽게 자라는 아이비, 큰 화분에 가득한 산세베리아, 동백꽃나무, 쟈스민 꽃나무 등으로 빼곡히 차있다. 그래서 나는 거의 1년 내내 집안에서 싱싱하고 푸른 수목과 형형색색의 꽃을 볼 수 있다.

그 중에서도 군자란은 우리 가족의 역사다. 우리 가족이 살아온 길 한켠에는 언제나 군자란이 함께 자리해왔다. 1974년 5월 결혼 직후, 아내가 교사로 근무하고 있던 학교에서 분갈이를 하면서 한쪽을 떼어다 심은 것이다. 그런데 이것을 35년여 키워오면서 한 포기에서 두 개의 꽃대가 나온 걸 보기는 금년이 처음이다.

군자란은 대개 3월 하순 경 개화하여 한 달 이상 간다. 군자란 꽃이 필 무렵이면 한겨울동안 반휴면 상태에 있던 꽃나무들은 따뜻한 날씨에 원기를 되찾고, 푸르른 잎들은 한층 그 선명도가 더해져 아름다운 꽃빛깔과 원색의 화려한 조화를 이루게 된다.

군자란은 대개 꽃이 지고나면 분갈이를 해준다. 분갈이 후 3~4년이 지나면 화분 속에 뿌리가 가득차고 곁 포기가 나와서 다시 포기 나누기를 하고 흙을 갈아서 심어주어야 한다.

지금까지 군자란을 키우며 포기 나누기를 한 것은 모두 동네 이웃에게 나누어 주었는데, 지난해에는 임자가 없어 우리 집에서 겨울을 났다. 그런데 금년 봄, 지금까지와는 달리 분가한 아들 포기에서 꽃대가 먼저 나오더니, 그것도 줄기의 한가운데가 아니라 옆구리에서 허리를 구부린 채 잎을 헤치며 가까스로 머리를 밀치고 나와 꽃을 피웠다.

약 1주일 후, 어머니 꽃은 보란 듯이 꽃대가 한가운데로 쭉쭉 뻗어 오르더니 커다란 왕관처럼 피어난 새빨간 꽃뭉치가 넓고 싱싱한 푸른 잎에 떠받쳐 한껏 고고한 자태를 뽐낸다. 마치 어머니 꽃이 마주보고 있는 아들 꽃에게 "애야, 모름지기 꽃을 피우려면 이 정도는 되어야 해."하고 가르치고 있는 것 같았다.

그런데 신기하게도 아들 꽃은 "어머니, 제가 너무 서둘렀나 봐요. 그럼, 어머니처럼 다시 멋있는 꽃을 피워보겠어요." 하며 어머니의 가르침에 화답이나 하듯 그 다음날부터 줄기 한가운데서 꽃대가 힘차게 오르더니 어머니 꽃 못지않은 또 하나의 금빛 왕관과 같은 꽃뭉치를 만들어 내는 것이 아닌가!

이처럼 아무것도 모를 것 같은 꽃들도 서로 가르치고 배우며, 사랑하고 순명하는 하늘의 도리를 실천해 가고 있는데, 내 어찌 지금까지 부모와 자식에게 그것을 제대로 행하지 못하고 살아왔는지 부끄럽다.

오늘 나는 그간 40년 가까이 관상용 수목 몇 그루와 화초를 돌보며 '새롭게 보고' 얻은 몇 가지 교훈이 있음을 깨닫는다.

화초는 사람이 정성껏 물을 주고 다듬어주며 사랑을 베풀면 그 이상으로 보답한다는 것이다. 어떤 것은 아름다운 꽃과 향기로, 어떤 것은 싱싱함과 기묘한 모양새로, 또 어떤 것은 끈질긴 생명력으로 힘과 용기를 준다. 그 베풂에는 신분의 귀천이나 빈부를 따지지 않고 어떤 대상에게도 구별 없이 똑같다.

그리고 화초는 내 눈을 즐겁게 하고 내 마음을 푸르게 하며 내 머리를 맑게 해준다. 그러면서도 으스대지도 않고 자랑을 늘어놓지도 않는다. 언제나 나에게 모든 것을 주기만 하는 존재다. 비좁은 아파트 베란다에서 말없이 엄동(嚴冬)을 이겨내고 제일 먼저 화신이 되어 달려오는 그 인내와 겸손에 오로지 나는 경탄할 뿐이다.

화초는 또한 나를 감격시킨다. 아무리 하찮은 수목 한 그루, 꽃 한 송이라도 자기가 할 수 있는 최선을 다하여 가장 화려한 옷으로 성장(盛裝)하고 멋을 부린다. 그리하여 붉은 영산홍 꽃잎 하나라도 푸르른 잎들과 조화를 이루며 모네의 풍경화처럼 내 마음에 시심(詩心)을 불러일으킨다.

화초는 또 남을 탓하지 않는다. 가지를 잘라내고 비틀어도 원망하거나 눈을 흘기지 않는다. 깜빡 물주는 시기를 놓쳐 시들어가는 잎을 보곤 미안한 마음에 허둥지둥 서둘러 물 한 모금 주고나면 금세 싱싱한 모습으로 감사의 미소를 보낸다.

화초는 서로 시기하지도, 다투지도 않는다. 형형색색 다른 꽃을 피워도 너는 왜 빨간색이냐, 왜 너는 노란색이냐 하며 색깔논쟁이나 편 가르기를 하지 않는다. 그리고 너는 왜 경상도에서 왔느냐, 너는 왜 전라도에서 왔느냐며 출신지역을 따지지도 않는다. 언제나 그들은 다름의 조화 속에 서로를 도우며 함께 산다.

화초는 나에게 삶에 대해 묵상하고 반성하게 한다. 만개했다 지는 꽃잎은 옆의 꽃잎을 다칠새라 다소곳이 주저앉으며, 새잎이 나면 누렇게 시든 잎은 생을 마감하면서 자리바꿈을 할 때도 자기를 내세우지 않고 슬며시 새잎 뒤로 몸을 숨긴다.

또한 짙은 보랏빛으로 피어나는 쟈스민 꽃은 서서히 연보라로 변하여 마침내 흰색으로 일생을 마무리한다. 쟈스민 꽃을 보고 있노라면 나도 언젠가 이 세상을 떠날 때는 저 쟈스민 처럼 부끄럼 없는 하얀 마음으로 모든 것 놓아두고 홀가분하게 떠났으면 좋겠다는 생각을 하게 된다.

그리고 화초는 순리의 삶을 산다. 더울 땐 맘껏 활동하며 자양분을 축적하여 어려운 때를 대비하고, 추우면 몸을 움츠리며 때를 기다린다. 대세를 거스르지 않으며 자연의 섭리에 따라 산다. 그러면서 그들은 나름대로의 색깔과 향기와 모양으로 창조주에 대한 찬미와 감사를 표현하며 살고 있다는 것을 새롭게 깨닫는다.

화초는 마치 하느님 품안에서 천진난만하게 재롱떨며 뛰어노는 아기천사와 같다. 화초는 언제나 있는 그대로 스스로 경이롭고 위대한 내 삶의 스승이다.

연암을 읽는다

　연암 박지원(1737~1805)의 글을 접하기는 처음이다. 그의 작품으로 알려진 '호질', '허생전', '양반전', '열하일기' 등과 같은 책에 대한 간략한 내용이나 그가 살았던 시대적 배경 등은 고등학교 때 단편적으로나마 공부한 적이 있어 조금은 알고 있었다. 그런데 막상 그의 글을 한 편 한 편 직접 읽어 내려 가노라니 벅찬 감동과 함께 어느새 내가 연암 속으로 들어가 있음을 느꼈다.

　그가 살던 18세기 후반은 제반 사회 여건의 변화, 특히 실학이 발흥하여 사물에 대한 인식의 새로움을 보여주던 시기였다. 연암은 북학파 계열로 중상주의를 주장하였다. 따라서 그는 사상과 문물의 격변기에서 남다른 시각과 관점으로 세상을 바라보고 글을 썼다고 생각한다.

　연암(燕巖)은 박지원의 호다. 황해도 남동부에 위치한 금천(金川)에 연암협(燕巖峽)이 있으며, 개성에서 30리 떨어진 산골짝이다. 박지원은 1771년(영조47년) 서얼 출신인 무인 백동수(호: 영숙)와 연암협을 답사한 후 장차 이곳에 은거하기로 마음을 정하며, 이때부터 '연암'이라는 호를 사용하였다고 한다. 그 이전에는 '좌소산인', '무릉도인', '공작관' 등의 호를 사용했다.

　'연암을 읽는다'의 저자 박희병은 연암의 많은 작품 중에서 우선 본인이 가장 좋아하는 20여 편의 글을 선정하여 '읽기'를 시도한 책이라고 소개하고 있다. 또한 이 책에서는 연암 작품의 한문 원본을 싣지 않았다. 한글 번역만으로 연암 산문의 깊이와 아름다움을 충분히 느끼게 하자는 것이 저자의 원래 의도라고 한다.

저자의 이러한 의도 탓인지 연암의 글을 보다 수월하게 읽을 수 있을 뿐만 아니라, 연암의 매 작품을 단락별로 주해와 평설을 하고 총평으로 마무리 하는 과정에서 저자가 연암의 내면 심리상황까지 예리하게 파헤치는 능력과 혜안(慧眼)에 놀라지 않을 수 없었으며, 그로 인해 나는 연암의 정신세계로 더욱 몰입해 들어갈 수 있었다.

이 책에 실려 있는 연암의 산문들을 읽다보면 '연암 글쓰기의 진수, 자신의 사유를 풀어내는 그 놀라운 능력하며, 자구(字句)를 단련하면서 물샐틈없이 삼엄하게 한 편의 글을 조직해 내는 그 빼어난 솜씨하며, 자신의 안팎을 반성적으로 성찰해 내는 저 깊은 시선' 등에 절로 감탄의 탄성이 나온다.

하지만 첫 번째 글 '큰누님 박씨 묘지명'에서 저자가 평설한 내용 중 연암이 젊은 나이에 삶의 버팀목인 부모와 누이를 모두 잃은 사실을 알고는 가슴이 짠해지며 연민의 정에 눈시울이 뜨거워졌다. 연암은 23세 때 모친이 돌아가시고, 그 이듬해에 조부가 돌아가셨다. 또 31세 때 부친이 돌아가시고, 4년 만에 다시 큰누님마저 죽음을 맞게 된다. 그 누이와 행복했던 시절도 겨우 8년 안팎에 불과했다.

연암을 읽는다는 것은 무엇인가.

'연암 주변을 아무리 빙빙 배회해 봤자 연암의 진면목을 알기는 어렵다. 연암을 알기 위해서는 연암의 마음속으로 들어가지 않으면 안 된다. 연암이 무엇을 괴로워했는지, 무엇을 기뻐했는지, 무엇에 분노했는지, 스스로 연암이 되어 느껴보지 않으면 안 된다. 하지만, 연암을 읽는다는 일이, 단지 연암의 시선으로 삶과 자연과 세상을 읽는데 그치는 것은 아니다. 그것은 동시에 스스로의 시선, 다시 말해 우리 시대 '나'의 시선으로 삶과 자연과 세상을 읽는 일이기도 한 것이다.' 저자 박희병은 진정으로 연암을 알기 위해서는 그의 마음속으로 들어가야 한다고 이렇게 강조하고 있다.

이에 덧붙여 저자는 '연암의 글은 워낙 치밀한 데다 깊은 사유와 미학적 고려를 담고 있으며, 고도의 구성과 안배를 해놓고 있기에, 범범하게 글 전체만 갖고 대강 논의해서는 수박 겉핥기가 되기 쉬우며, 정작 연암이 글을 통해 보여주고자 했던 미묘하고 아름다운 국면들을 놓쳐버리기 십상이다'고 말하며 연암의 각 글에 대해 주해와 평설에 총평을 가하는 방식을 취하여 독자들이 연암의 세심한 세계까지도 놓치지 않도록 일깨워주고 있다.

그런데 나는 연암의 글과 저자의 평설을 읽는 가운데 '창조적 글쓰기' 혹은 '좋은 글쓰기'에 관한 의미 있는 내용들을 책의 곳곳에서 발견할 수 있었다. 그래서 이와 관련된 평설의 내용들 중에서 몇 가지를 간추려 발췌, 정리해 보았다.

우선, 글은 진실하게 써야 감동을 준다.

'큰누님 박씨 묘지명'의 글은 연암의 누이에 대한 글이고, 삽입된 에피소드도 연암과 누이 두 사람만의 내밀한 이야기에 지나지 않는다. 다시 말해 이 글은 아주 개인적인 것이다. 그럼에도 이 글은 많은 사람들의 심금을 울리는 보편성을 획득한다. 왜일까? 글이 진실하기 때문이다. 또한 연암은 '글이란 뜻을 드러내면 족하다'했다. 이에 대해 그가 쓴 글 일부를 아래에 그대로 옮겼다.

'글을 지으러 붓을 들기만 하면 옛말에 어떤 좋은 말이 있는가를 생각한다든가 억지로 경전의 그럴듯한 말을 뒤지면서 그 뜻을 빌려와 근엄하게 꾸미고 매 글자마다 엄숙하게 보이도록 만드는 사람은, 마치 화공을 불러 초상화를 그릴 때 용모를 싹 고치고서 화공 앞에 앉아 있는 자와 같다.

눈을 뜨고 있되 눈동자는 움직이지 않으며 옷의 주름은 쫙 펴져있어 평상시 모습과 너무도 다르니 아무리 뛰어난 화공인들 그 참모습을 그려낼 수 있겠는가. 글을 짓는 일이라고 해서 뭐가 다르겠는가. 말이란 꼭 거창해야 하

는 건 아니다. 글을 짓는 건 진실해야 한다.'

평범한 언어에 새로운 느낌과 이미지를 부여할 수 있어야 한다.

연암의 '말 머리에 무지개가 뜬 광경을 적은 글'에는 진부한 글자가 하나도 없고 모든 글자가 문맥 속에서 펄펄 살아 있는 글자로 창조되고 있다는 점에서, 언어의 마술사로서의 연암 특유의 면모가 유감없이 발휘되고 있다.

언어의 마술사라는 말은 연암이 현란한 언어와 수사를 구사하는 데 능했다는 말이 아니다. 평범한 언어를 구사하면서도 그 언어에 새로운 느낌과 이미지, 새로운 뉘앙스와 빛깔을 부여하면서 대상의 본질을 간결하면서도 정채 있게, 그리고 깊숙이 묘파해 냈다는 점에서 그런 말을 한 것이다.

상투적인 글은 쓰지 않는다.

연암은 '죽오라는 집의 기문'에서 상투적인 글은 절대 쓰지 않으려는 태도를 취하고 있다. 연암은 안이하게 글을 쓰지 않고, 가슴에 영감과 흥취가 가득 차오를 때를 기다려 비로소 붓을 들어 흉중의 뜻을 토해 내고 있다. 글이 진실 되고, 펄펄 살아 있는 것은 이 때문이다. 연암의 글이 귀신같다고 하지만, 그것은 거저 된 것이 아닌 것이다.

명문이란 다채로운 전개 속에 냉정한 자기 직시와 자기 성찰을 녹여놓고 있는 글이다.

'술에 취해 운종교를 밟았던 일을 적은 글'을 읽으며 어떤 대목에서는 빙그레 웃게 되고, 어떤 대목에서는 이 글 속 인물들의 처지에 공감되어 슬픈 마음이 되기도 하며, 어떤 대목에서는 그 아름다운 묘사에 마음을 빼앗겨 황홀해지기도 하고, 어떤 대목에서는 흐뭇해지기도 하며, 어떤 대목에서는 정신이 각성되기도 한다.

페이소스(pathos, 비감悲感)가 그득한 작품은 독자의 마음을 움직인다.

연암의 '소완정이 쓴 「여름밤 벗을 방문하고 와」에 답한 글'은 현실에 절망하면서도 힘겹게 버티며 저항하고, 또 힘겹게 버티고 저항하면서도 자신이 지치고 낙담에 빠져 있다는 것을 스스로 응시하는 한 인간의 내면 풍경을 잘 보여준다. 그것은 한편으로는 아름답고, 한편으로는 슬프다.

구성이 물샐틈없이 정교한 글을 쓴다.

'기린협으로 들어가는 백영숙에게 주는 서'의 글은 제1단락에서 백동수가 왜 강원도 산골로 들어가려 하는가 물은 다음, 제2단락에서 물꼬를 바꾸어 연암협에서의 둘만의 은밀한 일을 이야기하고, 마지막 단락에서 연암협과 도저히 비교할 수 없을 정도로 험난한 오지인 기린협으로 떠나가는 백동수를 보는 자신의 착잡한 마음을 피력하고 있다. 마지막 단락은 앞의 두 단락과 각각 호응하면서 독자에게 큰 여운을 남긴다. 그 여운은 하나의 가난이 또 다른 가난과 오버랩 되면서 생겨난다. 그 때문에 떠나보내는 사람의 슬픔이

곱절이나 크게 느껴진다. 소품이지만 물샐틈없이 삼엄해, 토씨 하나 바꿀 수 없고, 쓸데없는 말이 하나도 없다.

메마른 제목을 가지고 윤택한 글을 짓는다.

김택영은 연암의 '형수님 묘지명'이란 글에 대해 "메마른 제목을 가지고 윤택한 글을 지었다. 생동감이 있는데다가 글 끝에 와서 기세가 갑자기 꺾이는 수법을 보여 주니, 대체 이 어떤 솜씨란 말인가?"라고 평했다.

슬픔, 고통, 연민은 문학의 본원이다.

연암의 '어떤 사람에게 보낸 편지'는 슬픔에 대한 빼어난 미학적 성취를 보여주고 있다.

연암이 창안한 '법고창신론(法古創新論)'은 문학 창작방법론으로 유용한 원리다.

연암은 대략 30세 이후 창작 방법을 둘러싼 문제에 대해 스스로의 입장을 확립하였다. 그것이 유명한 법고창신론, 즉 '옛것을 본받아 새로움을 창조한다.'는 명제다.

무술에 정법이란 게 있고 활법이란 게 있다. 정법은 정해진 법식으로 자취가 있고, 활법은 상황에 따라 자유자재로 구사하는 법식으로 자취가 없다.

정법을 배우지 않고서는 활법을 펼칠 수 없지만 정법을 배웠다고 해서 다

활법을 펼칠 수 있는 것은 아니다. 둘 사이에는 질적 비약이 존재한다. 연암이 말하는 법고창신이란 바로 이 활법에 가깝다. 이 경지는 결코 쉽지 않으며 고도의 수련과 내공이 필요하다.

비유나 은유를 잘 활용한다.

연암은 글쓰기에서 비유나 은유를 퍽 잘 활용했는데, 이런 데서 연암의 기발한 상상력이 잘 드러난다. 연암이 쓴 '코골이'와 '나비 잡는 아이'의 비유가 재미있어 그대로 옮겨 쓴다.

*코골이 묘사

'언젠가 어떤 시골 사람과 한 방에 잤는데 그는 드르렁드르렁 몹시 코를 골았다. 그 소리는 토하는 것 같기도 하고, 휘파람을 부는 것 같기도 하고, 탄식하는 것 같기도 하고, 한숨 쉬는 것 같기도 하고, 푸우 하고 입으로 불을 피우는 것 같기도 하고, 보글보글 솥이 끓는 것 같기도 하고, 빈 수레가 덜커덩거리는 것 같기도 했다. 숨을 들이 쉴 땐 톱질하는 소리 같고, 숨을 내쉴 땐 돼지가 꿀꿀거리는 소리 같았다.

*아이의 나비 잡는 묘사

어린아이가 앞다리는 반쯤 꿇고 뒷다리는 비스듬히 발꿈치를 들고 서는 손가락을 'Y'자 모양으로 하여 살금살금 다가가 잡을까 말까 주저하는 순간, 나비는 그만 싹 날아가 버리외다. 사방을 돌아봐도 아무도 없자 씩 웃고 나서 부끄럽기도 하고 분이 나기도 하나니.

한편 '좋은 글', '창조적인 글'을 쓰기 위해서는 독서법과 밀접한 상관관계가 있다고 생각한다. 그런 관점에서 평설 중 독서에 관한 내용도 찾아서 다음에 옮겼다.

창조적 글 읽기 : 창조적 사고가 이루어지지 않으면 창조적인 글이 나오지 않는다.

연암 당대의 조선에는 크게 세 가지 독서법이 있었으니, 하나는 성리학적 독서법이고, 다른 하나는 고증학적 독서법이며, 또 하나는 과거시험에 합격하기 위한 독서법이었다.

성리학적 독서법은 몹시 편협하고 교조적이었던 바, 독서가 실제 현실과 연결되기 어려웠다. 고증학적 독서법은 박학을 지향하는 특성이 있으며, 성리학적 독서법에 대한 안티테제로서의 성격을 갖는다. 하지만 성리학적 독서법에서 관념의 과잉이 문제였다면, 고증학적 독서법은 거꾸로 이념의 결여가 문제였다.

과거시험에 합격하기 위한 독서법은 시험에 소용되는 책을 달달 외는 것이었다. 연암은 당대의 이 세 가지 독서법을 모두 비판하면서 독서를 사물 및 현실 세계와 긴밀히 연결시킬 것을 주장했다.

연암이 제기한 이 독서법은 '실학적 독서법'이라 할 수 있으며, 심미적이면서 실천적인 면모가 있다. 이 독서법은 감수성과 상상력을 억압하지 않고 활짝 열어젖힘으로써만 가능하다. 창조적 사고가 이루어지지 않으면 창조적인 글이 나올 수 없다.

작자의 마음을 읽는다.

연암의 글 '정석치 제문'은 그 형식도 묘하고, 문체와 어조도 묘하고, 표현도 재미있다면 재미있다. 하지만 한갓 이런 점에만 눈을 빼앗긴다면 연암옹이 자못 섭섭해 할지 모른다. 왜냐하면 연암은 늘 글을 읽을 때 눈에 빤히 보이는 거죽이 아니라 눈에 잘 보이지 않는 작자의 고심(苦心), 즉 작자의 마음을 읽을 것을 강조했기 때문이다.

위의 발췌 내용과 같이 연암의 글은 단순히 읽는 것으로 끝나지 않는다. 나는 연암의 작품을 통해 진정 창조적인 글, 좋은 글을 쓰려면 어떻게 해야 하는가에 대한 몇 가지 개념을 얻은 것만도 많은 배움이 되어 큰 기쁨이요 소득이다.

양정자

주님은 나를
기도하게 하신다

파 / 저녁에 / 김수환 추기경님을 그리며 / 나의 손녀 예한아! /

주님은 나를 기도하게 하신다 / 나의 어머니 / 4월이 오면 / 아버지 / 부엌 /

걷기에 대한 명상

파

생명의 힘을 모아 언 땅을 밀고 여린 목을 내민다.
텃밭가에 따스한 햇살이
봄의 숨결로
줄기에 향을 모으며 다소곳이 자라고 있다.
자라는 키만큼
오후가 길어지는 봄날
백년가약의 의미를 지닌
하얀 뿌리는 땅속 깊이 묻고……
나태해지고 까칠해진 봄날
의지가 파의 허리처럼 가늘어 질 때에
파의 뿌리처럼 향처럼
삶을 섬기는 향이 되고 싶다.

저녁에

4月의 어느 오후
입가에 미소 띠며
웨딩마치 소리와 함께
나의 곁에서 떠나갔지

할 말이 너무 많아 입 다무는데
눈가는 젖어 들었지

아침마다 분주한 몸짓
머리 감고 화장하고
냄새 그득하던 방안
밥 한술 더 떠 넣으려
에미 마음 헤아리기도 하더니

저녁이면 어김없이 문 여닫는 소리
맑은 시냇물 흐르는 듯한 목소리는
집안 가득하여
창가에 흘렀는데
쌓여 가는 주인 없는 화장대 위 먼지와

남겨진 화장품들은 유효 기간 지난
지금
얼만큼 세월 지나야
치워 버릴 수 있는지

저녁마다 찾아드는 어둠은
빈 방에 아직도 걸려 있는
학사모 쓴 웃음 띤 액자와
주인 없는 방을 가득 메워
그리워도 말 못한다
입가에 그 미소가 말을 붙든다.
가을이 오는 지금은
그립다고 해보고 싶다.

김수환 추기경님을 그리며

2월의 스산한 바람이 피부를 스치는 차가운 바람에

커다란 별이 떨어졌다는 소식을 듣는다.

버팀목의 감사를 잊고 살아온 순간들

아! 떠나시었구나……

연민의 슬픔들이

온 세상을 회색 물결로 움직이게 한다.

서슴치 않는 엄숙하고 단호함

빨강 모자에 유머러스한 다정한 미소

약한 아픔을 품어 주시던 따스한 가슴

흙속에 묻히는 날까지

목자를 찾는 양떼들은 구름처럼 밀려다닌다.

이러한 시대에 기대일 가슴이 없어졌다구

떼를 쓰지만

저희는 압니다.

가슴에 무거운 짐을 내려놓게 해드려야 한다는 것을

우리들은 스스로 눈을 떠야 한다는 것을

나의 손녀 예한아!

나의 기쁨
나의 손녀
예쁜 예한아

사랑하는 마음으로 곱게 잘 살아 다오

항상 할머니는
기도 할게

가슴 펴고 하늘 향해 쭉 쭉 커-어가는
꿈나무
우리 예한이를 위해

할머니 엄마 아빠의 자랑
사랑하는 나의 손녀
예쁜 예한아!

주님은 나를 기도하게 하신다

"그리스도는 고난을 겪고 자기 영광을 누린다."
"그리스도께서는 친히 죽음과 우리들의 두려움을 극복 하시고 죽음을 생
　명으로 변화시킨 분으로서 우리 가운데 계신다."

　토요일 아침 평화 방송에서 신부님의 말씀이시다.
　내 삶과 화해할 수 있는가? 라는 물음을 귀 뒤로 흘러 버린 채 T.V 를 꺼
버리고 산으로 올라갔다. 잠에서 깨어 채널을 돌리니 각 방송마다 젊은이들
이 떠들며 웃기기도 하며 춤추고 노래하는 프로에 흥미가 없어 평화방송으
로 채널을 돌리자 이처럼 신부님이 말씀하시는 것을 꺼버리고 집을 나와 산
으로 오른 것이다.
　봄은 훈훈한 바람으로 꽃피워 자연의 아름다움을 모두들에게 안겨주고
있다. 그 자연 속에서 커피를 마시며 담소를 나누고 운동을 마친 후 내려오
는 길이 토요일이라서인지 제법 많은 회원들이 줄지어져 내려오는 모습들이
일개 소대 같다며 군대 시절 이야기 들이 떠들썩 하게 산 공기를 흔들어 대
는 즈음에 누군가가 내게 며느리 출산을 물어온다.
　내리막길을 서서히 걸으며 생각해 보니 "출산일이 앞당겨질 수도 있다고
하네요" 병원이라고 하며 전화를 했던 며느리 말이 생각난다. 날짜를 꼽아보
니 시일이 꽤나 지난 것 같다. 즉시 전화를 걸으니 아들내외 전화 전원이 모
두 꺼져 있고 집전화도 받지 않는다.

시간을 두었다가 몇 번을 해도 마찬 가지였다. 토요일이라서 외식하러 나갔겠지 하는 생각도 했었는데 6시가 넘어서부터는 점점 더 걱정이 되기 시작한다. 전원이 함께 오랜 시간 꺼져 있었던 적이 이제까지는 한 번도 없었다.

"애기가 거꾸로 있다는데 정상 위치로 돌아오기도 한대네요" 하시던 안사돈의 오래 전에 말씀이 불현듯 떠오른다.

아들이 오라고 할 때에 한번 다녀왔던지 아니면 전화라도 자주하여 챙겨볼 것을 자식들 불편할까봐 가지 않았었고 전화도 줄이며 참고 있었더니 집안 어른으로서 중요한 시기에 무관심이 됐던 것 같아 죄책감에 미안하고 불안한 마음이 커져만 간다.

며느리의 첫 출산했을 때와 내가 둘째아이 출산 때의 시간을 계산하여 병원이라 꺼놓았다고 가정을 해 본다 하여도 통화 되지 않는 시간이 너무 길지 않는가? 만약 수술 했다고 해도 소식이 진작 전해지고도 남는 시간이라고 할 수 있지 않는가.

첫째와 두 번째 아이 임신 했을 때 맨 처음 병원서 며느리 몰래 전화 했었고 태아가 아들이라고도 살짝 전화 했었지 기쁜 소식일수록 참지 못하는 아들인데…….

같은 시기에 딸도 함께 아이를 가졌다가 4개월 만에 유산되자 가족 모임 때는 조심을 했다. 그러나 불러오는 배를 보면 언젠가 두툼한 녀석이 내 팔에 묵직하게 안겨 올 것을 생각하면 내 기쁨도 커져 눈치 보며 손에 물도 대지 못하게 했고 입맛 댕기는 것이 있으면 뭐든지 해주고 싶어 했는데 만약 무언가 잘못되었다면 가능한 내게 늦게 알리려고 전원을 끄고 있을는지도 모른다.

생각이 여기까지 미치자 가만히 있을 수가 없다. 촛불을 켜고 무릎을 꿇고 앉았다. 묵주를 들고 성모님께 기도를 드렸다.

성모님도 자식을 걱정하고 사랑하는 제 마음을 아실 것입니다. 제게는 무슨 일이 있어도 괜찮지만 아들가족만은 은혜를 베풀어 지켜달라고 더도 말고 평범한 가정으로 허락해 달라고 간절하게 기도했다.

주님께는 자식을 향한 에미의 마음을 헤아려 기도를 들어 달라고 기도 드렸다. 기도를 마친 후 전화를 해보니 전원은 여전히 꺼져 있다는 여인의 음성만 또 들려온다.

불안은 시간이 지날수록 점점 짙어져 숨 막히는 집에 있는 것 보다는 성당에 가서 특전 미사 드리면서 기도드리는 것이 나을 성 싶어 성당을 향해 발걸음을 재촉했다.

먹을거리 장사들이 우리 동네 둑 방위 꽃길에 들어왔다는 소식에 오늘 저녁은 그 곳에서 만나 쭈꾸미 사먹기로 약속을 했고 미사는 내일 주중 미사 드리기로 했었는데 오늘 저녁 약속은 지키지 못하겠다고 전화 해 줄 마음의 여유조차 없어진다.

여러 행사가 곁들어 9시40분에 특전 미사가 끝난 후가 되었는데도 전원은 여전하게 꺼져 있다. 직접 만든 막걸리와 도토리묵이 준비되어 있으니 많이 이용하여 사먹으라는 신부님의 말씀이 끝나자 일행들에 이끌려 음식 앞에 앉았다.

이번만 전화해보고 연결 안 되면 이제는 집에 가서 해야지 하며 전화를 걸어보았다.

"엄마!" 아들의 나지막한 음성이 들려온다.

"무슨 일이 있는 거니?"

"무슨 말씀예요?"

"왜 너희 둘 전원이 모두 꺼져 있고 집 전화는 계속 안 받는 거니?"

둘의 전화기를 함께 충전시키는 중인데 코드가 빠져 있었단다. 외식하고 들어와 며느리와 손녀는 잠들었고 아들은 컴퓨터 좀 하다가 잠자리 들려고 막 나오는 거라니…… 집으로 돌아오는 길 그때서야 저녁을 안 먹은 생각과 쭈꾸미를 떠올려본다.

집에 오자 촛불을 켜놓고 무릎을 꿇고 앉았다. 손을 모아 진심으로 기도 드렸다.

오늘의 무사함에 감사합니다.

깨달을 수 있어 더욱 감사 합니다.

그리고 제 삶과 화해 할 수 있습니다.

아침 신부님 말씀을 귀 흘려버리고 이기적인 행동과 마음을 지적 하여 주심에 감사합니다.

적당하게 기도하고 적당하게 살려고 하는 나에게 마귀가 꼬리치며 머리를 온통 점령했던 늦은 저녁까지의 나! 이러한 상황이 사실로의 길로 지나갔을 누구인가도 있을 것이다. 그 아파했을 마음을 떠올리며

이 세상은 나만이 사는 세상이 아닌 더불어 사는 것으로 실천해야지! 오래오래 기도드리고 앉아 있어도 배고프지 않았다. 주님은 오늘 나를 이렇게 기도하게 하신다.

나의 어머니

어머니 하면 떠오르는 모습은 탄력 없이 주름진 얼굴로 비시시 웃으시는 모습이다. 뵈올 때마다 생기가 잦아지는 듯 왜소해져 가는 모습이 가슴 뭉클하다. 앞으로 사시면 얼마나 사시겠는가!

매번 생각을 하면서도 이렇다하게 잘 해드리지 못하고 미루는 미련함을 면치 못하며 살고 있다. 올해로 89세이신 어머니는 19세 때에 세 살 연하이신 16세의 아버지와 같은 동네 사람끼리 결혼 하시어 5남매를 키우시어 결혼시키셨다.

그 연세에 수술 경험은 물론 지병 하나 없이 건강을 유지하시며 태어나신 고향에서 친정과 시댁의 친척들과 노후의 삶을 살고 계신다.

팔십이 되던 해에는 집을 새로 지으셨고 그 집에서 팔순 잔치를 하셨다. 결혼식은 시댁이 아주 가까워서 가마를 타고 동네 한 바퀴 돌아서 혼례를 치루셨다고 한다. 아버지께서 방안에서 학교에 갈 준비를 하면서 고모와 다투는 소리가 부엌의 어머니 귀에 들려오면 몸이 한 주먹 되는 듯 불안하여 저녁이면 다투지 말라고 타이르시는 등 신혼 생활을 그렇게 보내셨다고 한다.

5월도 돌아오고 해서 어머니께 한번 다녀올까? 라고 했던 말도 까맣게 잊어버린 어느 저녁 시장끼를 느끼며 금방 삶아 준비한 시원한 비빔국수 한 그릇 먹을까 하는데 전화 벨 소리가 들려왔다. 받지 않고 국수나 먹을까 하다가 받고 보니 어머니 음성이셨다.

"나다. 큰딸이지? 저번에 쑥이 얼마나 컸느냐고 말을 하기에 뜯어 삶아서 냉

동실에 넣고 쌀은 따로 빻았다. 쑥 버무리가 좋겠지? 너는 그걸 좋아했지."

누가 먼저 전화를 하든 시외 전화이든 염두에 두지 않고 팔을 바꾸어 가며 통화하는 시간은 한 시간이 훨씬 지나야 끊으시는 어머니시다.

누구의 아들딸들이 무슨 일로 하여 고향에 다녀갔으며 용돈은 그 부모에게 얼마나 줬는지 회관에는 무얼 찬조했는지 호기심조차도 없는 나에게 전에의 이야기 아니 그 이전의 이야기가 녹음기 돌아가듯 돌아 들려온다. 그래도 나는 마음을 잘 다스리며 끝까지 인내하며 들어야 한다. 서둘러 끊거나 짜증을 표현한 채 끊게 되는 날에는 후회가 더 되기 때문에 반복하지 않기 위해서는 마무리를 잘해야 한다. 그래야 한번이라도 덜 다녀오게 되면 돈과 시간도 절약되는 때문이다.

시장끼와 국수는 접어버리고 어머니 말씀을 되도록 많이 들어 드리고 끊은 후 누운 채로 천정을 바라보노라니 지나간 어머니와의 사건들이 그리움이 추억되어 떠오른다.

세 아이들 각자 대학원과 대학교에 다닐 때 자주 못가고 있다는 생각에 거의 매일 시외 전화로 문안을 드려서 통화비가 보통 17만원씩 나와도 쓸쓸하게 계시는 어머니를 생각해 줄여볼 생각 없이 통화로 성의를 대신하다가 여러 여건들을 접고 어머니를 뵈러 갔을 때 일이었다.

"고급 수건 석 장이다 너 줄려고……."

"어데서 준 것인데요?"

"고 서방 댁 큰딸이 차를 끌고 와서 자기 엄마하고 나를 태우고 가 감나무골에 약오리탕을 사주어 잘 먹었다. 제어머니 용돈은 오십만 원을 주는 것을 보니 돈을 쓸 줄도 알고 큰사위는 관광차를 끌고 와서는 동네사람들 태워 구인사 구경 모두 시켜주고 음식도 사주고 처가동네 어른들이라고 한사람씩 인사하며 이 수건을 준거여!"

"네 할아버지께서 이북 사람이라서 친척 하나 없는 고 서방을 머슴으로 살게 하여 새경을 차곡차곡 늘려서 논밭 사도록 도와주고 고모할머니 시댁 동네 딸 하나 데리고 혼자 사는 고 서방 댁을 중신해서 결혼시켜주었지. 살면서 그 딸을 데려 오고 싶어 했어도 고 서방이 싫어해서 못 데리고 왔었지. 방학 때 만 가끔 제 어미 보러 다니며 컸어도 큰 딸이라고 친정에 그렇게 잘 한다네!"

"엄마. 그 남편이 인간 문화재요. '신응수'씨라고 신문과 방송에도 나오 던 걸요 오빠 친구 도수 형이예요. 여름 방학 때 우리 집에 몰려서 올 때 에 남에 참외 따먹었다고 밭주인이 신고해서 오빠까지 참고인으로 면 지 서로 불려갔고 그때 지서에서 하루 밤 지내고 나왔던 것 같애요. 큰어머 니랑 넷째작은 어머니가 오시어 손 콩국수 해 먹여 놓으니 지서로 불려가 참외 값 물지 않으면 콩밥 먹을지도 모른다고 했는데 한 푼도 물지 않고 해결 했다고 하던데 진짜였었는지 모르겠네요."

"아! 그 총이라는 아이 이제 생각이 나는구먼."

"총이 아니고 어깨총이예요 별명이."

"배움이 짧아도 방송에 나오고 돈도 잘 벌고 애써서 돈 버려가며 공부할 필요 없다니까 기술이 최고이지."

"절만 짓는데 따라다니며 배운 기술이 우리나라서 숫자로 셀 정도래요 창 경궁, 구인사 등."

"다음에 내려올 때는 너도 차 좀 끌고 내려와 봐라 어지간하면 모두들 차 끌고 오더라. 잘 늙은 호박을 따놓고는 주고 싶고 감을 따도 그렇고 네 팔 아플 가해서 못 주잖니?"

"세 아이들 졸업하고 취직 후라면 몰라도 지금 그럴만한 입장이 못 되는 데."

"죽을 때 돈 가져가니? 네 나이에 차도 끌고 다니고 돈 좀 쓰고 살아야지 나이 더 먹어 봐라 하고 싶어도 못한다. 다 때가 있느니라."

용돈을 오만 원에서 십만 원으로 정한 지 얼마 아니 되었었다. 왕복 차비 에 옷가지와 먹을거리 사들고 한번 다녀가는 그 달은 생활비에 자리가 났었 다. 집을 무리해가며 지어서 더욱 아니 된다고 해도 지독한 자식으로 단정을 지으려 내 말에는 귀조차 기울이지도 않으시는 어머니가 야속하기만 했다.

"다른 엄마들은 고속도로 운전이 위험하다고 큰 차 타고 다니라고 당부 하던데 고속도로는 혼자 조심해도 소용없다는 소리 듣지도 못했는가 봐 요?"

"운전한다고 다 사고 난다던?"

"어머나 친엄마 맞아요? 우리 엄마가 진짜로 맞냐구요? 남에 딸이랑 비교 만 비교만 하구. 엄마는 외할머니께 뭘 하셨다구요? 그 많은 재산 외삼촌 만 준다고 이모들 만나면 흉보면서 엄마도 아들만 챙긴다고 동생들 모여 놓고 흉을 많이 보아야겠어!"

일어나 집 뒤에 있는 밭을 지나 노적봉산을 올라 중턱 편편한 곳에 떡갈 나무를 꺾어 깔고 앉아 마을을 내려다본다. 마음이 시원해지는 듯하다. 이 마를 서로 마주한 지붕들이 정다워 보인다. 그 지붕 속에서 나와 어머니는 서로 다른 생각을 해가며 자신의 뜻만 내세우고······.

시댁 식구들과의 관계성은 무리 없이 잘 가지면서 친정어머니 하고는 왜 이러는 걸까? 결혼 앞둔 딸에게까지 나와 시부모와의 무난한 관계성을 예를 들면서 어른께 잘해 사랑 받는 딸 되는 것이 내가 바라는 최고의 딸이라고 했던 내가 아닌가······.

애당초 우리 어머니도 그렇게 말씀 하셨었지!

그 시절에도 시집살이 한번 않았고 당신 시누와 시어머니는 덮어만 주시 었다고, 할아버지 사랑을 넘치게 받아 그립다고 눈물까지 글썽이시는 어머 니. 무의식중에 내게 교육이 되었는지도 모른다. 나도 그렇게 살아야 한다는 교훈처럼 생각이 여기까지 미치자 결국 우리 어머니는 나로 하여금 시댁과 융합 잘하고 살아와 자식 앞에서 떳떳할 가훈처럼 전수할 수 있게 해 주심 이 아닌가.

화난다고 돌아가신 외할머니까지 들먹였으니 어머니 기억에 내 잘못이 고 착되기 전 빨리 내려가서 비워 버려야 하겠다는 마음에 달음박질해가며 산 을 내려 주방으로 들어갔다.

돼지고기 두르치기를 좋아하시어 내가 사들고 갔던 돼지고기에 양념을

듬뿍 넣어 얼큰하게 요리를 정성껏 하여 상을 차려 나를 생각하며 담그신 핑크빛 앵두주를 곁들여 어머니 앞에 놓았다.

어머니 가슴을 손으로 쓸어내리며

"엄마 이 속에 있는 모든 내용들 내게 다 털어 놓으세요 딸에게는 다들 털어 놓는 것을 내가 엄마에게 예민했었나봐요 어머니라고 부를 수 있도록 해주시어 얼마나 감사한데……."

"우리 큰 딸은 내 한쪽 팔이었었지 결혼 후 남편 따라가는 차가 안 보일 때까지 서 있다가 안방에 와서 얼마나 울었었는지 아냐? 한쪽 팔이 뚝 떨어져 나가버린 것 같아서……."

얼굴이 앵두 빛으로 되어가고 있다고 서로 얼굴을 바라보고 웃으며 모녀의 사랑도 핑크빛 앵두가 되어 앵두 술을 따르던 추억 오늘 따라 떠오른다. 내가 탄 버스가 멀어져도 그 자리 그대로 서서 손을 흔드시는 어머니. 한 시간쯤 달렸을 무렵 전화가 왔었지.

"얘야, 너 여행 다닐 때 쓰라면서 네 동생이 전해주라는 손톱만큼 한 화장품 한 주먹하고 쬐끔 더 큰 것 몇 개를 문갑 위에 내놓고 못줘서 어쩌지? 다음에 언제 오게 되니?"

집에 도착도 하기 전 벌써 나를 기다리시는 우리 사랑하는 어머니…….

4월이 오면

　4월이 오면 우리 동네하늘 아래에는 벚꽃들이 화사하게 피어 벚꽃 축제가 벌어진다. 쭉 뻗은 둑 방 양쪽으로 서있는 벚꽃 나무들은 높아진 하늘을 향해 함박웃음을 짓고 나뭇가지 아래에는 청사초롱 등이 매달려진다. 가족들과 연인들은 가지마다 다닥다닥 피어있는 꽃송이들을 닮은 듯 다정하게 꽃길을 걸으며 축제날 기대에 마음을 부풀린다. 둑 아래로 쭉 펼쳐진 개울가에는 노오란 개나리와 아지랑이가 어울려 4월의 오후 한때를 한가하게 속삭이고 있다. 우리 동네 주민들은 서울의 도심 속에서 전원생활을 하는 듯하다. 흐르고 있는 우이 천 맑은 물속에는 물고기들이 떼를 지어 놀고 개울가 운동로에는 운동을 하는 주민들이 삼삼오오 짝을 지어 새벽부터 밤중까지 팔을 앞뒤로 흔들며 운동들을 하고 있다.

　별일이 없는 한 아침마다 배드민턴 가방을 메고 오르는 마을 뒤 초안산길은 사시사철 자태를 바꾸어가며 항상 즐겁게 나를 맞이해준다. 기인 겨울동안 언 땅을 밀치고 연한 새싹이 돋아나는가 하더니 곧이어 높아져가는 하늘 아래로 쏟아지는 햇살은 골짜기 마다 붉은 진달래를 피우며 산 중턱에 서 있는 벚꽃들을 활짝 피워 하늘 가득하게 꽃을 피운다. 한 폭의 그림 속에 시가 담겨 있는 듯 자태를 뽐내고 있는 그들을 보느라면 끝내 탄성이 터지고야 만다. 야 넌 정말 아름답구나! 비워진 가슴속엔 환한 벚꽃들로 가득가득 채워져 소박한 행복으로 부푼다.

　이곳 초안산에는 양반과 서민들의 묘지도 있지만 옛날에는 내시네 산이라고 했을 만큼 궁궐에서 시중을 들던 내시들이 세상을 하직하면 궁궐서쪽을 향하게 묘지를 써서 내시들이 죽어서도 임금의 안녕을 빌게 했다는 이야기가 전해지며 일제 강점기 때 까지만 해도 매년 마을 사람들이 올라와서 내시들의 제사를 지내었다고 한다. 지금은 붕긋한 묘지위로 각종 나무들이 뿌리를 내리고 잡초들과 석상들이 그 무덤 앞에서 어울려 사계절을 보내고 있다. 묘지 앞에는 넓적하고 까만 제대용의 석물이 놓여 져 있고 양옆으로는 두 손을 모은 채 고개를 숙이고 서있는 내시 모습의 석상들이 여기 저기 서 있다. 맑은 물소리를 내며 흐르고 있는 촉촉한 약수터를 반 바퀴 돌아 얼마쯤 오르다 보면 판판하게 다져진 묘지 앞에 반들반들해진 돌로 된 제대가 햇볕아래 반짝이고 있다. 이곳은 우리들이 만남의 장소로 산에 오르다 한 번 쯤 쉬어가는 곳이다. 그 위에 앉아서 땀을 식히며 내려다보이는 집들을 보고 있노라면 세상이 작아진 듯 여유로운 마음이 되어 천상병님의 "귀천"이라는 시를 떠올리게 된다.

"나 하늘로 돌아가리라 새벽빛 와 닿으면 스러지는 이슬 더불어 손에 손을 잡고 나 하늘로 돌아가리라 노을빛 함께 단 둘이서 기슭에서 놀다가 구름 손짓하면은 나 하늘로 돌아가리라 아름다운 이 세상 소풍 끝내는 날 가서 아름다웠더라고 말하리라"

소풍이 끝날 것을 알면서도 남의 일처럼 여기며 살고 있는 자신을 다시 한번 또 생각해본다.

이 지나가고 마는 세상을…….

마음은 비우고 황혼으로 가고 있는 나의 이 길을 4월의 꽃길처럼 가꾸며 갈 것으로 생각해본다. 벌떡 일어나 복식 호흡을 몇 번 한 후 "야호, 야호" 있는 힘을 다해 소리질러본다.

아기 발바닥 보다 더 커진 연두 빛 떡갈나무 잎 사이 아래에서 "야호, 야호" 화답하는 소리와 함께 이내 둥싯한 모습의 엄 상궁님의 모습이 차츰 커지며 올라오고 있다. 위아래에서 서로 마주한 둘이는 양손을 허리에 얹고 하하하하 큰소리로 만남의 기쁨을 하늘에도 알려주며 함께 웃는다. 조금 더 오르다 보면 펑퍼짐한 헬기장이 보이고 그곳에서 에어로빅 운동 하는 음악 소리가 온 산에 퍼지고 있다. 그곳서 조금 내려가는 길 밑에서는 베드민턴 공을 받아내는 기압소리와 스매싱으로 이어지는 탄성소리가 힘차게 신선한 아침 공기를 흔든다. 친선 게임이지만 운동을 할 때만큼은 승부욕을 가지고 힘껏 뛰고 난 후 땀을 씻으며 맑은 공기와 커피 한잔을 마시노라면 이것이 곧 낙원이 아닌가 하는 생각이 절로 난다. 4월은 들과 산이 각각의 색으로 단장을 하고 활기찬 한해의 에너지를 힘껏 뿜어대며 지루한 겨울의 거무스레한 모습을 아름답게 치장을 해준다. 산에서 내려가는 길 양옆으로는 소나무와 참나무, 도토리나무, 아카시아나무들이 큰 키로 하늘을 가리고 이마를 마주하며 서 있고 소나무 잣나무 사이 애기 나무들이 친구들처럼 손짓을 하며 서있다. 나무위에서는 나무를 파는 딱따구리 소리와 산새들의 노래가 화음이 되어 4월 산속의 적막을 깨고 들려온다. 이곳마을에서 나는 이웃들과 30대에 만나서 이제는 자녀들이 30대가 되어가고 있는 이웃이 되고 보니 장단점을 포용해주는 다정한 사이가 되어 매일 만나도 매일 즐거움을 느끼며 살고 있다.

아버지

　이제껏 살아온 나의 삶을 되돌아보아 행복했던 시절을 꼽으라고 한다면 아버지와 함께 살던 처녀시절이었다고 하고 싶다. 우리 아버지는 식구들 모두가 위해 드리는 걸 유난하게도 무척 좋아하셨다.

　대신에 가족에 대한 사랑과 자부심이 또한 남달라서 큰딸로서 실망을 드리지 않으려고 내가 하고 싶은 일들이 있어도 아버지의 정서에 맞추느라 나의 일생에 손해도 있었다고 생각을 한다. 퇴근하실 때는 막내 동생을 대문서 부터 부르면 온 식구들은 쪼르르 몰려나가 마중을 해야 했다. 특히 주머니에 돈이 두둑한 날에는 그 목소리가 더 커지며 오빠를 시작으로 용돈을 차이를 두어 동생들 까지 나누어 주실 때면 어머니는 술상을 차리셨다. 큰아들부터 술 한 잔 따르고 노래시켜 안 부르면 아버지가 대신 신라의 달밤을, 큰딸 대신은 백마강 어머니 대신은 오동추야를 부르시다가 시들해지면 두 분의 결혼 시절 이야기가 나오신다. 아버지께서는 16살에 한마을에 사는 19살 되시는 연상의 어머니와 결혼을 하셨다. 아버지 말씀에 의하면 네 어머니가 나를 참 좋아 했었지 동네 총각들이 대추를 따면 작대기를 들고 쫓아 버려도 내가 서있으면 한 웅큼 따주고 씨익 웃었었지 그때는 뽀얀 하니 보기 좋았었는데 하시면 어머니는 팔딱 떼시면서 저런저런 애들이 진짜 곧이듣겠네 하이 참 그래서 어린 종윤이를 붙잡고 네 누이 나랑 결혼 못하게 하면 너희 물고는 다 터놓고 둑 넘어 밀밭은 다 밟아 버리겠다고 너의 어머니께 말씀드려라 한 것은 누구인데 오죽하면 우리 어머니가 쫓아갈려고 까지 했을까봐 쯧쯧 혀를 차시곤 하실 때는 누구의 말이 참인지 심판은 항상 우리들에게 물어보는 것으로 끝냈었다. 결혼식 날에도 한동네라서 가마를 타고 둑 방으로 해서 동구 밖까지 돌았다는 이야기며 어머니와 할머니는 아침 준비를 하느라면 아버지께서는 방안에서 학교에 갈 준비를 하시다가 고모와 다투시는 소리가 부엌에 까지 들려오면 사랑채 할아버지께서 아실까보아 할머니께서는 주먹을 쥐고 방안에 들어가시고 아버지와 고모는 앞뒷문으로 튀어나가시어 아침밥을 굶고 학교에 가셨다고한다. 그런 날에는 아침밥을 덩달아 굶으셨다는 어머니의 푸념을 안주 삼아 술을 즐기시던 아버지가 사업을 접으시고 고향에서 잠깐 동안 농사를 지으실 때 개울가 서숙밭 옆에 소에게 풀을 뜯게 하시고 내손에 들려진 시집을 바라보시면서 정자야 우리는 시인의 한 폭의 그림처럼 살고 있지 않니? 저 산 쪽으로 넘어가는 노을 좀 보거라 너희들 이만큼 가르쳐놓고 아버지는 이 순간 행복하다 하시면, 식구들을 시골에 들어와 고생시키면서 그런 말을 하다니 하시는 어머니의 핀잔에도 눈을 찡긋 하시며 웃음을 보이시는 아버지는 낙천적이시어서 화를 잘 안내신다. 술이 거나하게 취하시면 더더욱 화를 안내신다. 언제인가는 술이 거나하신 줄 알고 말을 경솔하게 했다가 호되게 혼이 난 적도 있었다. 그러한 아버지가 뻐꾸기가 그렇게 슬피 울던 날 양지바른 산자락에 깊이 묻히시었다. 세상의 모든 것들이 회색 빛처럼 보이고 현실인지 꿈인지 혼동 되던 날 아버지를 부르며 듬성듬성한 잔디를 뿌리 채 쥐어뜯으며 울고 울다 어른들의 손에 이끌려 산자락을 내려와 집으로 왔다. 얼었던 땅이 녹고 새싹들이 파아랗게 돋아나고 노오란 개나리와 진달래가 들과 산에 피어날 때이면 우리 고향 앞 마당가에 복사꽃도 분홍빛 봉우리를 가지마다 매달고 있다. 마을 앞 시냇물 물굽이를 농부들은 힘을 모아 논으로 흐르게 하는 보 도랑을 만들어 밭갈이 논갈이의 일을 시작해 놓은 앞 논에는 못자리가 파랗게 풍년을 향해 자라나고 있었던 봄 어느 날 운명은 나의 모든 것을 온통 잿빛으로 덮은 채 슬픔의 낭떠러지 끝으로 밀고 갔다.

1973년 우리나라에 처음 불어 닥친 유류파동으로 아버지께서 하시던 운

수업은 타격을 받았었다. 석유 한 방울 나지 않는 나라에서 자고나면 오르는 석유 값은 종잡을 수 없는 관계로 운수업은 사양 길이라는 혼자의 판단으로 가족과는 상의 한마디 없이 영업하던 차를 약속 어음이라는 종이만 달랑 받고 차를 넘겨 버린 채 이불 보따리만 들고 어머니를 앞세우고 고향으로 가셨었다. 나는 학교에 조금은 더 다녀야하는 동생을 돌보며 직장 생활을 계속하고 있던 어느 날 부모님이 계신 고향으로 동생을 데리고 갔었다.

아지랑이가 피어오르는 들녘을 지나서 노적봉의 산기슭에 올라 아버지와 나는 나란히 앉아 작게 보이는 마을과 사람들의 움직이는 모습들을 내려다 보고 있었다. 결혼한 오빠 대신 아버지의 힘이 되어야 하겠다는 마음으로 "아버지, 농촌의 일은 하실만하세요?" 하고 위로 겸 물어보는 나에게 "그럼 통일벼라는 신품종으로 못자리를 했는데 수확량이 제법 많다구하더라 네 동생들 공부 마칠 때 까지는 농사일을 해야 되겠어 애들 공부만 끝내면 사슴목장을 할까? 노적봉 밑에 우리 밭을 시작으로 해서 산자락에 방목하면 제법이겠지?"하시며 웃으시는 아버지의 얼굴은 검게 그을려 그간의 농촌일이 힘겨웠음을 나에게 말해주는 듯 탄력이 없어 보였다. 아버지! 우리5남매가 그때쯤 되면 사슴 몇 마리씩은 사드릴 수 있을 거예요 그때가 멀지 않았어요 나는 자신감 있는 말로 큰소리로 말을 했었다. "그래 난 사업에는 실패를 했어도 자식 농사는 참 잘했다고 생각한다. 자식 공부 안 시키고 땅만 많으면 뭐하냐? 나는 너희들 5남매를 이만큼 키우고 가르쳐서 시골에 와서 일을 해도 정말 마음이 든든하다. 농촌 일도 할만 해 일을 하고 난후에 막걸리 맛이란 아주 좋거든" 하시며 웃으시는 아버지는 옛날에 호탕하고 당당 하셨던 모습은 볼 수 없다. 그날도 떠나는 딸들을 배웅하실 때 두 손을 높이 쳐들고 흔드시는 초라해 지신 아버지 등 뒤로 농촌의 저물어가는 석양과 보라색으로 매달려있는 복사꽃 봉오리 들이 쓸쓸해 보였다. 부모와 자식은 하늘이 맺어주는 천륜이라 하더니 고향이 멀어져도 아버지의 모습은 나의 머릿속에서 사라질 줄을 모르고 서글프게 자꾸만 맴돌았다 새벽잠결에 말소리가 들려 일어나보니 고향에서 살고 있는 사촌 오빠와 곁에 사시는 고모님이

와 계시었다. 깨어 났구나 어서 일어나 서둘러 빨리 시골로 가야 하겠다. 사촌 오빠의 작은 소리가 끊어 질듯이 들리며 아버지 두루마기가 이곳에 있다고 하던데 하시며 고모님은 옷 보따리 속에서 찾고 계신다.

어제 다녀온 시골은 왜 가요? 무슨 일이 있대요? 아버지가 아픈 거예요 아니면 엄마예요 무거운 침묵만 지키던 사촌오빠가 아버지, 아버지가 어제 말이 다 저녁 잘 잡수시고 주무시다가 밤사이에 그만 하고 말을 잇지를 않는다. 세상에 이럴 수가 있나 이럴 수가 어디 있느냐고 나는 방바닥을 뒹굴며 소리소리 질러대며 마구 울어댔다 나를 억지로 부추기며 잡아 놓은 택시 안으로 밀어넣으시는 고모님의 눈에서도 굵은 눈물줄기가 마구 흐르며 내 눈물을 닦아 주신다. 출근했다가 그냥 돌아온 오빠의 손에는 소주병이 들려져 있고 올케 언니는 조카의 큰옷보따리를 들고 동생들은 가방을 든 채 택시에 탔다.

얼마쯤 가던 택시가 세워져서 내다보니 교통경찰이 기사에게 면허증제시를 요구하고 있다. 인원초과의 사유를 기사가 사정을 해도 교통순경은 계속 앞을 막고 섰다. 아버지가 차를 운행하시는 과정에서 싫어하셨던 교통순경이 아버지 곁으로 급하게 가야 하는 우리들의 길을 방해 하고 있는 것이다. 설마 사정을 알면 통과시키겠지 기다리는 순간 생각을 해보았다. 사람이 그렇게 빨리 죽을 수는 없어 건강을 자신하셨던 아버지였는데 농사일이 힘들어 가위 눌렀다가 지금 쯤 깨어나셨는지도 모르겠다. 아님 잠깐 기절했을지도 모르는데 시골 사람들이라서 혹시? 생각이 여기까지 미치자 빨리 아버지 곁으로 가야 한다는 다급한 마음이 더욱 들었다. 밖을 내다보니 교통순경은 여전히 막고 서있다 나는 차문을 박차고 밖으로 나갔다 당신은 부모도 없어, 당신부모가 죽어가고 있는데 이렇게 막으면 되겠느냐구 교통순경이면 피도 눈물도 없는 거야? 나는 있는 힘을 다해 교통순경 가슴팍을 두 손으로 확 밀어부쳤다. 그는 떠밀린 채로 조금 서있더니 그대로 통과를 시켰다. 고향동네 지붕들이 보이더니 이내 뜰에는 많은 사람들의 모습과 마당 그득하게 처놓은 차일이 보였고 시작하자 차에서 내려보니 이미 밥상 위에는 아버지의 구두와 하얀 쌀밥이 놓여져 절망스런 확신을 주고 있었다. 병풍 앞에는 과일과 향이 피워져 있어 모든 것들이 가슴 미어지는 현실로 내 앞에 그대로 있는 것이다. 큰 아버지께서 나타나시어 애구애구 너희가 왔구나, 어쩌면 이런 일이 다 있다냐, 고향에서 형제가 함께 살게 되어 의지가 된다고 했더니만, 마지막 아버지 얼굴을 보아야지 하시며 하얀 천을 조심스레 거두시니 아버지의 얼굴은 하얀 채 잠자는 듯한 굳어진 표정을 하고 계셨다. 우리들이 모두 왔건만 냉정하게 눈과 입을 굳게 다물고 계신다. 5남매가 잘 커주어서 든든하다고 하시더니, 그 말씀에 효도를 많이많이 해야겠다구 다짐을 했었는데, 자식에 대해 자부심이 크셨던 아버지께 정말 잘하고 싶었는데, 아버지께서는 툭툭 털고 일어서실 것 같은 생각도 들었다. 아버지가 벌떡 일어나신다면 더 이상은 소원이 없을 것만 같았다. 다리를 구불 쳐보려고 만지니 문지방처럼 딱딱한 느낌에 가슴이 꽉 눌려지는 아픔만이 온다. 세상에 이럴 수가 있는가. 어제 이맘때에 통일벼 농사와 사슴목장 이야기를 하시더니 우리가 있어 든든하다고 하시더니, 우리 모두를 이대로 두고 지금 혼자서 어느 길을 가고 계신 것 이란 말인가, 갑자기 아득해지다가 정신을 차리고 보니 손발을 주무르는 사람들 틈에 어머니가 고통스러운 얼굴로 서 계시었다. 어머니가 가여운 생각이 들었다. 아버지가 행여에 옮겨져 집을 마지막으로 떠날 때 앞 논에 파아란 모들은 아지랑이 속에서 하늘거리고 마당가에 복사꽃 봉오리들은 붉은 채로 그대로 있는데 아버지만이 영원히 떠나가신다니 기가 막히다. 딸들은 산까지 못 따라 가도록 잡아야 한다는 손 들을 뿌리치고 논길로 밭 가운데로 질러서 찾아가보니 깊이 파놓은 구덩이가 아버지를 기다리고 있었다. 차라리 나도 그 속으로 들어갔으면 하는 생각이 들기도 했다. 아버지를 붙잡으면 영혼이 슬퍼서 깜깜한 산속에서 방황하실까봐 좋은 곳으로 가시라고 간절하게 빌고 또 빌었다. 아버지를 산속에 그렇게 홀로 남겨둔 채 산을 내려오는 산길에는 뻐꾸기가 구슬피 울어댔다. 진달래도 산비탈에 피어 있는 모습이 외로워 보였다. 차에서 뛰어내려 달려가느라고 누구도 택시비를 주지 않았다는 사실을 몇 년 후에서야 알았다. 생각을 모두 못했던 것이다. 지금도 진달래 피고 뻐꾸기가 울면 우울해진다.

부엌

부엌이라는 단어는 나에게 추억으로 향수에 젖게 한다.

부엌은 누룽지나 떡 고구마와 감자 두부 등 먹거리가 만들어져서 우리 가족들이 둘러앉아 즐겁게 먹을 수 있도록 정겨웁고 고마운 장소였고 크고 까만 솥들이 사이좋게 나란히 있었다. 할머니들의 이야기를 들어보면 시집살이 하시던 시절에 아낙의 공간이 되어 불을 때며 눈물을 훔치며 한숨을 돌리기도 했었고 내가 어릴 적에는 큰일을 치루거나 일꾼들을 많이 얻어 일을 하던 날이면 이웃의 아낙들이 일을 거들어 주고는 큰 양푼에다 밥을 썩썩 비벼 머리들을 맞대며 사이좋게 먹던 모습들이 추억이 되어 떠오른다.

할머니께서는 부엌문 앞에 가시어 손님이 오셨으니 저녁진지 더 준비하고 술상차려 올릴거라 명령을 하시며 부엌의 일은 아예 손을 놓으시고 밥상을 받으시며 음식의 간이 맞지 않을 때에는 표정을 영 달리 하시던 그 당시 연세는 아마 지금의 내 나이 정도로 짐작이 간다.

저녁때가 되면 솥뚜껑 여닫는 소리와 굴뚝에서 피어오르는 하얀 연기는 이집 저집 약속이나 한 듯이 하늘을 향해 뭉게구름처럼 사이좋게 올라가는 모습은 평화 바로 그것인 듯 했었다.

요즈음의 부엌은 한결 한가해 졌다. 도시락도 급식으로 변하고 간식도 돈 주고 사는 경향이 많아지고 식구들이 모여서 함께 식사하는 모습도 드물어 졌다. 큰일 때나 명절 때가 되면 명절 증후군이 있을까보아 제사음식을 가능한 간단하게 해결하려는 방법들을 선택 하려고 한다.

시어머니나 남편 분간 없이 각자 부엌에 들어가서 챙겨먹는 것은 예사로 우며 맞벌이 집으로 변하여 어쩔 수 없는 문화로 변화해 가고 있다.

부엌의 이용은 편리해졌지만 여자만의 공간이 없어지고 집안 간의 정취도 없어 졌으며 그릇의 숫자도 많이는 필요로 하지 않아 부엌이 왜소해져 간다. 요리강습을 쫓아다니며 거금을 투자해서 사서 모아 갖추어놓은 그릇들도 제구실을 못하는지 꽤나 오래 된다.

나는 부엌에서 일을 할 때 행복하고 신이 났었던 시절을 떠올려 본다. 가족을 위해 직장 나가 고생하는 남편을 위해서 이른 새벽 단잠도 기꺼이 물리치며 새벽밥을 짓고 아이들의 도시락을 다섯 개씩 준비 하면서 가족을 위한 행복한 준비로 즐겁고 힘이 났던 것은 세월이 지난 후에 행복으로 더 다가온다.

아이들이 하나 둘 결혼하여 떠나가 가족이 해체되는 노년 앞에서 머지않아 나만의 먹거리나 해결하기 위한 공간이 될 앞날을 생각하며 씁쓸한 생각으로 부엌에 대한 생각을 접는다.

걷기에 대한 명상

우리 마을 뒷산 위 헬기장 옆에는 베드민턴 운동장이 있다. 나는 특별한 볼 일이 없는 한 아침마다 베드민턴 운동을 하기 위해 이 뒷산을 오른다. 나무들과 숲, 약수터, 바위, 묘지들은 매일처럼 만나서 그런지 옛 친구들처럼 정감이 간다. 가파른 능선을 오르자니 숨이 가빠 오고 다리가 뻐근해지는 것이 몸은 나이를 기억 하는데 나이 숫자는 기억 못한다. 산등성이의 나무들은 봄물을 잔뜩 머금고 하늘을 향해 쭉쭉 뻗어 서있다. 개나리는 노랗게 피어 넝쿨지어 골짜기를 덮고 있으며 양지마다 군데군데 진달래가 피어 활짝 웃고 있다.

나는 아침 햇살이 쏟아져 내리는 이 산길을 명상에 잠기며 걷고 있다. 자연의 섭리는 어김없다는 것을 모습으로 그대로 보여 주고 있다. 산중턱 약수터 가에 노랑으로 봉울봉울 피어 있는 산수유와 파아란 하늘 속에 화안하게 봉오리를 터트리는 벚꽃을 보느라면 옛 시절로 돌아가 예쁜 사랑을 해보고 싶은 생각이 잠시 든다. 지금 마악 피어 웃고 있는 꽃들처럼 나도 예뻐지고 싶어지지만 마음 뿐 모두가 마음뿐인 것을……

자라날 때에 우정은 대단했었지. 어른이 아니 계신 집에 모여 작은 이불 하나에 발만 모두 디밀고 자면서 웃음은 어디서 그렇게 끝없이 나왔었는지! 누구에게든 이성에게서 편지가 오면 돌려가며 읽어보고 칭찬도 하고 흉도 마음 놓고 보았었지. 답장은 주로 나에게 부탁이 있었고 이름 주인이 만나러 갈 때에는 들러리로 나도 함께 갔었지. 그 시절 다방에서의 매너가 서툴고 처음 남자를 만날 때에는 혼자 가지 않았었는데 나가고 보면 그 쪽도 혼자가 아니었었다. 그 우정은 남편이 생기기 전이 되고 말았다. 그때의 그 어색

한 에피소드들은 지금 생각해도 웃음이 절로 난다. 봄이 되면 아름다운 추억이 떠올라 젊었던 시절이 더 그리워진다.

지금 내가 서 있는 노년의 길. 그 길을 가고 있는 나는 가능한 신경 쓰지 않는 생활이 되었으면 하고 바란다. 전쟁처럼 북적이던 이른 아침 시간을 이제는 고요하게 맞는다. 다섯 식구 중에 내가 노예냐구? 외치기도 했었는데 이제는 게을러도 상관없는 사람이 되어 시간 제한 없이 명상에 잠기며 산길을 걷고 있다. 행복의 저울은 힘들었어도 그 시절이 눈금을 훨씬 차지한다는 사실이 세월이 지나고 난 후 지금에서야 알겠다. 부모 시대의 경제적 의존을 끊어 버리고 독립된 노년으로 자식 앞에 서 보려고 쫓기듯 살아온 내가 아닌가!

여자라는 이유로 낮추어 사는 시대에 태어나 아들딸 구별 없이 공부시켜 결혼 시킨 후 손자를 보면 한시름 놓는가 했더니 에프터 서비스를 해야 할 일들이 눈앞에 어른거려 요즈음 편치 않은 심상이 된다. 페미니즘의 변화된 시대적 환경에 살고 있는 딸과 며느리를 보면서 그 이전 성장했던 내가 변화된 이 시대에 사노라니 혼미된 노인의 정체성에 가슴을 쓸어내리는 부정할 수 없는 사실을 인식해야 함을 느낀다.

현재 나는 며느리인 동시에 시어머니가 된다. 내가 시어머니께 갖는 마음 자세를 나의 며느리에게 바랄 수 없으며 그 시절 시어머니들이 며느리인 우리들 대하시듯 시어머니가 된 우리들은 요즈음의 며느리들한테 그렇게는 못한다. 아니 해서도 아니된다고 생각한다.

그래 우선 마음을 비우자, 그리고 고집스럽지 말자, 말 수도 줄이고 작아지자. 바로 이 점들이 나날이 발전하고 변하고 있는 사회나 그 환경에서 살고 있는 가족들이 바라는 것들이 아닐까? 서글퍼 하지도 말자 누구나 모두가 이렇게 살다 자연으로 돌아가게 되는 것을... 노년의 길이 자연으로 한걸음씩 다가서는 것을 의미하는 것인지 자연이 편하며 좋아지고 친숙해 진다.

내려오는 산길이 이미 비워진 마음이 되었는지 한결 가벼워진 발길에 밝게 웃는 햇살이 얼굴과 등을 더욱 따스하게 감싸준다. 자연은 신뢰할 수 있어 미덥고 포근해 사랑하고 싶다.

유희숙

바하기 떠난 후

가족의 의미 / 「미쳐야 미친다」를 읽고 / 사랑하올 어머니 감사합니다 /

김수환 추기경님 선종에 대한 생각 / 「바쁜 것이 게으른 것이다」를 읽고 /

아버지 / Bach야! 신문 가져 와 / 사순절

가족의 의미

"705호실"

6남매 중 장남인 남편이 투병생활 1년 가까이 하고 있을 때 시어머니도 노환으로 같이 앓으셨다. 수술하고 계속 치료 중이고 외출도 잘 할 수 없는 상태여서 시어머니 계신 병원을 방문 할 수가 없었다. 어머니로서 앓고 있는 아들이 얼마나 보고 싶었을까? 부모는 전생에 소금 한줌 꿔다 쓰고 갚지 않는 인연으로 만나는 것이라고 어느 스님이 말씀하셨다.

부모는 첫째에게는 설레임이며 희망이기도 하고 기둥이기도 한 존재이기 때문이다. 남편이 항암치료를 몇 달씩 받으며 끝날 무렵, 약간 회복 되고 있는 중에 삼복더위에 별안간 밤에 잠을 못자고 힘들어 하며 몸부림을 치는 것이다. 어디가 아픈 줄도 모른다며 앓는다. 급히 서둘러 새벽에 또 병원에 실려가 입원하며 705호실에 누워 다시 링거와 주사를 맞고 누워있는 연속이다. 난 피곤하여 병원 휴게실에 나와 졸고 있었는데 고모가 울면서 전화를 했다.

시어머니가 돌아가셨다는 전화다. 순간 난 놀랐다. 큰 아들이 저녁에 원인 모르게 몸부림치며 앓고 있을 때 어머니도 숨을 거두려고 힘들어 하고 있는 순간이 아닐까? 난 정말 놀라지 않을 수 없었다. 어머니와 아들은 끈적이는 天倫이 아닌가? 아들이 병원에서 링거 꽂고 치료 중에 어머니는 숨을 거두신 것이다.

우리가 숨을 쉬고 산다는 것은 내 운명이고 한 생명이 이 세상을 열심히 살다가 숨을 거두는 것은 하느님의 몫이라 생각한다. 큰 아들이 투병 중이라는 것을 알면서도 잘 만나지 못하고 돌아가신 母子간의 情, 그 흐느낌이 서로 이별을 알리는 아픔이었나 보다. 그날 병원에서 검사를 다 해봐도 이상이 없다고 했다.

입양간 이들이 낳아준 부모를 찾는 것은 물론 뿌리도 알고 싶겠지만 숨을 함께 쉬고 피를 나눈 천륜의 정때문이라는 생각을 했다. 입관할 때는 편한 모습이었다. 공기 좋은 선산에 편히 잘 누워 계시며 아들의 쾌유를 빌고 계실 것이다.

「미쳐야 미친다」를 읽고

맛난 만남

① 허균(1569~1618) 50세
 이정(1578~1607) 30세

② 이정은 그의 어머니가 황금빛 눈부신 금신나한(金身羅漢)이 품으로 뛰어들면서 "너희 집 삼대의 네 사람이 모두 부처님을 잘 그려 그 그림이 거의 수천 장이나 된다. 그래서 내가 부처님의 뜻을 받들어 너의 자식이 되어 보답하러 왔다"고 이야기하는 태몽을 꾸고 낳았다는 뛰어난 화가였다.

③ 허균이 이정에게 쓴 편지.
 큰 비단 한 묶음과 갖가지 모양의 금빛과 푸른 빛의 채단을 집 종에게 함께 부쳐 서경으로 보내네. 모름지기 산을 뒤에 두르고 시내를 앞에 둔 집을 그려주시게. 온갖 꽃과 대나무 천 그루를 심어두고, 가운데로는 남쪽으로 마루를 터주게. 그 앞뜰을 넓게 하여 패랭이꽃과 금선화를 심어놓고, 괴석과 해묵은 화분을 늘어놓아 주시게. 동편의 안방에는 휘장을 걸고 도서 천 권을 진열하여야 하네. 구리병에는 공작새의 꼬리 깃털을 꽂아놓고, 비자나무 탁자 위에는 박산 향로를 얹어놓아 주게. 서쪽 방에는 창을 내어 애첩이 나물국을 끓여 손수 동동주를 걸러 신선로에 따르는 모습을 그려주게.

나는 방 가운데에서 보료에 기대어 누워 책을 읽고 있고, 자네와 다른 한 벗은 양 옆에서 즐겁게 웃는데, 두건과 비단신을 갖춰 신고 도복을 입고 있되 허리띠는 두르지 않은 모습으로 그려야 하네. 발 밖에서는 이끼를 쪼고 있고, 산동은 빗자루를 들고 떨어진 꽃잎을 쓸고 있어야겠네. 이러면 인생의 일이 다 갖춰진 것일세. 그림이 다 되면 이수준 공이 돌아오는 편에 부쳐주시게. 간절히 바라고 또 바라네.

느낌

중국 고사성어 중에 한자이야기 '엽공호용(葉公好龍)'

엽공은 사람의 이름이고 호는 좋다 뜻이며 용은 곧 용을 뜻한다. 그래서 엽공이라는 사람이 용을 좋아한다는 뜻이다. 옛날 중국에 엽공이라는 사람이 있었는데 그는 용을 너무나 좋아했다. 그는 용을 좋아하는 정도가 지나쳐 기구나 술잔에도 용을 그려넣고 담장이나 기둥에도 용을 그려 넣었다. 하늘에 살던 용이 이 소식을 듣고 자기를 그토록 좋아한다는 엽공을 만나고자 하였다. 그리하여 하늘에서 내려와 엽공의 집에 도착하여 창문에 기대어 방안을 들여다 보았다. 그러자 용의 꼬리가 창밖으로 길게 늘어졌다. 그때 엽공이 이를 보고 혼비백산 하여 도망 가버렸다. 이 이야기에 나오는 엽공은 정말 용을 좋아한 것일까? 그가 좋아한 것은 용인 듯하지만 진정한 용은 아니었다.

선을 좋아한다고 말한 사람은 정말 선을 좋아하는 것일까? 그에게 정말 선을 실천하자 하면 도망쳐 버릴 것이다. 믿음, 소망, 사랑을 좋아하는가? 그에게 진정 믿음, 소망, 사랑을 실천하고자 하면 대개는 못 본척 한다.

정의를 좋아 한다는 사람은 정말 정의를 좋아하는가? 그에게 정의를 실천하고자 하면 대개는 못 본척하고 도망쳐 버린다. 인내를 강조하는 사람. 민주화를 주장하는 사람. 정말 민주화를 주장하는가?

용을 좋아하는 사람이 용을 진짜 보면 도망가듯 우리가 좋아한다는 것은 과연 무엇일까? 본질인가? 아니면 이름 뿐인가? (동아일보 칼럼 중에서)

사랑하올 어머니 감사합니다

갑자기 몸이 악화 되어 4월 9일 병원 응급실에서 수혈 후 병실로 옮겨 치료가 시작된다. 병실에서 남편이 각혈을 한 것이다. 다시 내시경 검사 후 생존율 한 달 내지 길면 두 달 각서에 싸인도 많이 했다. 4월 12일은 부활대축일이다. 병원에서 미사를 드리고 부활계란과 떡도 받아왔다. 그전 입원 했을 때는 걸어서 미사를 드렸는데, 이제는 움직일 수 가 없어 병원사목 신부님께 '병자성사'를 받았다.

신부님 강론 말씀이 재미있다. 일 년 중 가장 바쁜 날이 부활주일 전례라고 하신다. 마치 김장철 주부들이 김장하고 난후의 느낌이라고 하신다.

병자성사 후 동료 친구들 끊임없이 찾아온다. 매주 금요일은 본당 봉성체 하는 날인데 신부님과 수녀님이 오셨다. 편안한 마음 같았다. 차츰 악화되기 시작 하더니 발이 붓고 가래가 많이 나온다. 본격적으로 앓는다. 간병인과 형제들이 돌아가며 병실을 지킨다. 더 이상 치료는 끝난 상태이다. 어떻게 해야 할까?

병원 측 의사 판단 하에 서울시립요양 병원 호스피스 병동으로 구급차를 타고 간다. 차속에서 정신은 맑다. 3개월 이내 말기암 환자들이 조용히 좀 더 편안한 마음으로 임종을 보내기 위한 병동이다. 그러나 다음날 아침에 오면 한 사람씩 퇴원을 한다.

편히 조용히 있는 것과 달리 정신만 맑다. 간병인 24시간 교대로 5명을 돌본다. 치료받던 병원처럼 난 또 출근한다. 햇볕이 환하게 비치는 창가는 조용하고 깨끗하다. 내가 가면 남편은 반가워한다. 물끄러미 나를 쳐다보아서 "무엇을 생각하세요?"하고 물으니 "옛날 생각해!" "무슨 옛날 생각인데?" "애들하고 놀이터 가고 산에도 가고, 나와 사귀던 생각, 좋아하던 생각이야." 누워서 정확하게 말을 한다.

작년 5월에는 아카시아꽃이 만발하고 향기가 '수락산' 전체 퍼져 있었다. 나는 꽃사진을 찍었으며 남편과 걸어 내려왔다. "아카시아 꽃도 보고 싶고, 함께 그 산을 한번 가보았으면 해서……" 하며 남편의 눈에서 눈물이 주루룩 흐른다.

"그럼 좋은 생각 하고 있었으니 편히 자!" 했더니 "나 잠들면 또 집에 갈려고."라며 아이 같이 투정을 한다. 병실 창밖은 햇살이 눈부시고 초록색 나무향이 좋아나가고 싶었다. 앉아 있으려니 답답하고 옆에도 환자신음 소리가 더 이상 참을 수가 없었다. 잠을 자는 것 같기에 간병인에게 이야기 하고 집으로 돌아 왔다.

이곳 조용한 병원으로 왔으니 애들도 일상으로 돌아가 각자 일을 하기로 했다. 그 날 저녁 병원에서 연락이 왔다 담당선생님 면담이 주말 넘기기 힘들것 같다 고 한다. 보름 정도는 더 있을 것 같았는데 다시 식구들 모아 밤을 새려 하는데 오늘 저녁은 괜찮을 것 같다고 해서 자정이 넘어서 다시 집으로 돌아 왔다.

이튿날 아침 간호할 짐을 싸서 병원에 갔는데 간호사가 혈압이 낮으며 숨이 차고 힘들어 하기 시작한다. 병원에서 환자들을 보아주시는 수녀님이 계신다. 혼자 겁이 난다. 원목실에 뛰어가서 수녀님께 말씀드리니 오셔서 "하느님 자비의 5단기도"를 바친다. 묵주를 이용해서 드리는 기도이지만, 묵주기도는 아닌 임종하는 환자에게 바치는 기도이다. 주님의 기도 대신에 이런 기도를 바친다.

영원하신 아버지,
저희가 지은 죄와 온 세상의 죄를
보속하는 마음으로 지극히 사랑하시는 당신 아들
우리 주 예수 그리스도의 몸과 피,
영혼과 신성을 바치나이다.

매단마다 성모송 대신에 아래 기도를 바친다.

예수님의 수난을 보시고,
저희와 온 세상에 자비를 베푸소서.

기도가 끝난 뒤 성모찬송 대신 아래 기도를 바친다.

거룩하신 하느님, 전능하시고 영원하신 이여,
저희와 온 세상에 자비를 베푸소서.(3번)

수녀님과 함께 임종 기도를 바쳤다. 숨을 편하게 쉬고 성호경을 긋는다. 한 시간 후에 아들 며느리가 왔다. 선량이(며느리)가 왔네요, 눈을 크게 뜨며 고개를 끄덕이더니 아주 편한 모습으로 짚풀 가라지듯 남편은 눈을 감는다. 딸을 무척이나 사랑했던 '정아 아버지'라 불렀다. 배낭 가방이 무겁다고 공항까지 가방을 들어줘 친구들에게 놀림을 듣던 딸은 임종을 지키지 못했다.

누구나 사람은 순서 없이 한번은 이 세상을 떠난다. 그동안 남편은 얼마나 아파서 힘들었을까 옆에서 지켜 봐야만 했던 나 자신도 서러웠다.

장례식장에서 본당 신부님, 수녀님, 교우님들, 연령회원님들이 남편 송마태오를 위하여 기도해 주시고 조의와 깊은 애도를 표하여 주심에 감사드립니다. 문향반님들, 가시아 수녀님, 봉사자님, 멀리서 장례미사까지 참석하여 주시고 따뜻이 위로해주신 문향 선생님, 온마음 다하여 잊지 않을 것이며 감사드립니다.

맑고 푸른 성모성월에 자연으로 돌아가 경치 좋은 납골묘지에는 먼저 세상을 떠난 천주교 동료들이 많이 있다. 성수 예절이 있는데 아홉 살 손자(환)가 할아버지가 목이 마르겠다고 많이 뿌려야 한다는 것이다. 어디든지 데리고 다녔던 손자, 눈에 넣어도 아프지 않을 손자 이야기를 들으며 미소를 지을 것이다.

묘비에는 장례미사 때에 부른 성가 218번 '주여 당신 종이 여기 왔나이다.'라고 적혀 있다. 산에는 진보라 엉겅퀴꽃이 피어 있었다. 편히 잠드세요. 사랑하올 어머니 감사합니다.

김수환 추기경님 선종에 대한 생각

2009년 2월 16일 월요일은 막 집을 나서려는데 김수환 추기경님이 선종하셨다 는 뉴스를 듣고 놀라기도 했지만 그 분은 영원히 살아계시는 분이 아닐까? 하며 또 놀랐다. 난 그동안 좀 맥이 빠져 있었고 우울했던 시기여서 그분의 선종은 더욱 슬픔이었다. 그분의 영상이 비칠 때마다 하염없이 울고 또 울었다.

그 분을 직접 만나 뵌 적은 없지만 1983년 본당에서 보낸 초등부주일학교 교리교사 교육을 지금 우리가 공부하는 별관쪽 마당에서 '레크리에이션' 순서대로 율동을 하고 있었다. 추기경님이 흰 모시옷을 입고 활짝 웃으시며 우리들을 보고 계셨다. 우린 신바람이 나서 더욱 열심히 했다. 다 끝난 후에는 박수도 쳐주시고 격려 말씀도 잊지 못한다. 그해 여름은 즐겁고 힘든 줄도 모르고 행복했다.

1984년 4월 103위 순교자 시성식 때 교황님께서 우리나라 방문의 영광과 제대위 계신 추기경님, 질서 정연히 앉아 있는 신자, 쓰레기 각자 가져가기,모두 한마음으로 뭉쳐 있는 아름다운 신앙인으로 전교도 많이 되었던 해이다.

추기경님 선종 때에는 온 국민이 한마음 한 뜻이 되어 그분의 선종을 진심으로 애도하였다. 추운 날씨인데 조문 행렬은 끝도 보이지 않고 믿지 않는 이들도 따뜻한 물을 가져 오고 앞사람의 등도 두드려 주는 모습은 봉사의 순교이다. 이 광경을 하느님은 보시고 명동의 기적을 이루게 하신 것이다.

추기경님은 가장 낮은 이들 병들고, 장애가 있는 이들을 위해 '남북걷기운동'을 시작하셨다. 지금까지 나도 작지만 남북 걷기운동 후원회 회원이다. 추기경님은 안구 각막을 기증하시어 빛을 볼 수 있는 제2의 인생 을 살아가는 희망의 빛이시다.

2003년 3월 나도 한마음 한몸 운동본부에 신청하여 각막 "사후 안구 기증합니다"등록증을 받았다. 아들 딸 유언으로 말했더니 저희들도 엄마의 뜻을 이어가겠다고 말했다. 이 세상을 열심히 살고 하늘나라 갈 때는 모든 것을 다 나누고 싶다고 생각했다.

80평생을 격동의 역사 속에서 사셨고 공부도 많이 하시어 유머도 많으시다. 유치원 방문을 하셨는데 원아들이 '추기경님 안녕 하세요' 인사 하니까, '그대들도 안녕하신가' 하는 말씀을 애들한테 하시는 것을 보며 웃었다.

병원 투병 생활하시면서 의사들이나 간호사들에게 수고하며 고맙다고 늘 인사를 하셨다고 하신다. 멋진 철학자이시다. 그렇게 온 몸으로 사셔서 "평생을 하느님과 여러분께 많은 사랑을 받았습니다. 고맙습니다. 서로 사랑하세요."라는 말씀을 하셨을 것이다.

"추기경 김수환 이야기" 책을 몇 해 전에 읽었다. 어린 시절 어머니와 함께 찍은 사진, 가장 잘 한일은 '어머니께 등 떠밀려 신부가 된 것' 이라고 적혀 있고 나중에는 하늘나라에 가서 어머니를 뵈면 "고맙습니다 어머니가 저를 사제의 길로 인도 해주셔서 한평생을 잘 살다가 왔습니다" 라는 이야기를 가장 먼저 하고 싶다고 털어놓았다. 거기에 속상 하고 힘들었던 일도 털어놓고 싶은 게 좀 있다고 덧붙였다.

아무리 나이가 들어도 막내로 성장한 추기경님의 어린애 같은 모습을 느끼게 된다. 그분 운구 행렬을 헬리콥터로 촬영하며 용인묘지까지 경찰차가 함께 하는 것을 보며 한국천주교 역사이며 우리나라 최초 추기경님 세계 가장 연소 추기경님, 명동의 기적을 되새겼다.

"주님은 나의 목자 나는 아쉬울것 없어라."(시편 23, 1)

추기경님이 이 말씀을 가장 좋아하셨다고 들었습니다.

추기경님 편히 영원한 안식을 누리십시오.

「바쁜 것이 게으른 것이다」를 읽고

하루를 정돈하는 괜찮은 방법

"첫째, 오늘 난생 처음으로 본 것은 무엇인가.

둘째, 늘 보아 오던 것들 중에서 오늘 새롭게 발견한 것은 무엇인가."

우리가 보고 있다는 것이 얼마나 헛된 것이냐, 우리는 우리가 볼 수 있 것을 보는 것이 아니다. 우리가 보고 싶은 것을 보고 있는 것도 아니다. 우리는 보고 있다고 믿고 있을 따름이다. 시인의 눈이란 남들이 보지 못하는 것, 남들이 보려 하지 않는 것을 보아 내는 눈이다. 시인을 견자(見者)라고 하지 않는가. 시인의 눈은 남들이 보았다는 것에서도 새로운 것을 보아 내는 눈이다."

"옛 어른들은 하루에 세 번 자기를 돌아보며(一日三省) 몸과 마음을 가다듬으라고 권고했다. 인간의 마음은 고삐 풀린 망아지여서, 언제 어디로 뛰어 나갈지 모른다. 옛 선비들이 하루 세 번씩 자기를 돌아 보라고 한 것은 그만큼 마음을 다스리기가 어렵다는 반증이다."

오늘 난생 처음으로 본 것 무엇인가

4월 15일: 병원 화단에는 벚꽃, 복사꽃이 화사하게 피어 있다. 키가 큰 나무밑에 보라색 제비꽃도 피려고 한다. 그런데 왠지 조그마한 꽃이 제자리가 아닌 것 같아 불편해 보인다 산 입구를 오르는 사람들은 흰색, 보라색 제비

꽃을 보며 감탄을 한다. "야 너 겨울 동안 잘 있었구나!" 여러 풀들과 섞여 활짝 피어 있으면 더욱 예쁜 꽃이다.

4월 18일: 백발머리 할머니가 이야기 하는 것을 들었다. 나이는 90세인데 목이 조금 아파 사진 찍은 결과를 보러 왔다고 한다. 곧은 자세 베이지색 바지 연두색 점퍼 목은 붉은색 스카프 편한 신발 세련되고 아름다웠다. 저렇게 곱게 늙으신 할머니 처음 보며 미래 꼭 저분 같이 늙고 잠자는 것처럼 세상을 떠났으면 하는 희망사항이었다.

늘 보아 오던 것들 중에, 새롭게 발견한 것은 무엇인가.

아파트 내에 꽃 중 라일락은 비교적 일찍 펴서 향기가 온 동네를 즐겁게 한다. 올해는 순서대로 꽃이 안 피기 때문에 연산홍의 찬란한 색도 흐리다.

"당신이 그렇게 걷고 또 걸으면 언젠가는 사람들이 길이라고 부르겠지요."

"주님 당신 앞에 있는 것만으로도 저는 충분합니다."

"부활을 체험한 사람은 공동체적인 삶으로 나아갑니다."

(가시아 매일 묵상 메시지 중에서 오늘 다가온 글입니다.)

"나는 습관이다"

"좋은 사람이란, 좋은 습관을 많이 가진 사람이다. 나쁜 사람은 나쁜 습관을 가진 사람이다."

나는 나쁜 사람이다. 좋은 습관이 거의 없기 때문이다.

매일 한 시간씩 걸으려고 하지만, 아직 습관이 되지 못했다. 술과 담배를 아직도 끊지 못하고 있다. 남을 도와야 한다고 하지만, 남으로부터 도움을 받을 때가 훨씬 많다. 가만히 앉아 눈을 감고 마음을 '끄고' 싶어 하지만 그 때마다 마음은 소용돌이친다.

"다행스럽게도, 내 주위에는 좋은 습관을 가진 친구들이 많다.

한 친구는 '선물광'이다. 만날 때마다 뭔가 손에 쥐어 준다. 일정한 수입이 없는 천하의 백수인데도 남에게 주기를 좋아 한다. 책, 엽서, 초코렛, 귤, 연필,등등 친구의 커다란 가방에서는 늘 뭔가 나온다. 그 친구한테서 배웠다. 선물은 마음이었다. 선물하는 습관은 지갑의 두께와 무관했다."

누군가에게 뭔가를 줄 때에는 세심하게 배려해야 한다. 도움을 받을 때에는 용기가 필요하지만 도움을 줄 때에는 지혜가 필요하다. 그런데 그 지혜는 모두 밖에 위에 있다. 선생님이나 선배들로부터 배워야 한다는 것이다. 내가 대학교 은사로부터 전수받은 '선물하는 법'가운데 이런 것이 있다. 가령 철수에게 만년필을 선물한다고 할 때 만년필 케이스 안에다 '철수는 만년필이 필요하다.'라고 써놓는 것이다.

"철수는 이 글귀를 보는 순간 부담감을 털어버린다. 설령 만년필을 원하지 않았다고 해도 갑자기 만년필이 필요하다고 생각한다. 선물하는 쪽보다 선물을 받는 쪽의 입장이 강해지는 것이다.

'00는00이 필요하다'라고 써서 선물하는 습관은 이내 몸에 뱄다. 직장을 잃고 어깨가 축 늘어진 후배에게 용돈을 건네줄 때에는 이렇게 쓴다. "00는 술값이 필요하다" 밥 사먹을 돈조차 없는 가난한 학생에게 봉투를 쥐어 줄 때에는 봉투 겉에다 "00은 책값이 필요하다'라고 쓴다."

"내가 선물하는 방법"

누군가에게 뭔가를 줄 때에는 세심한 배려를 해야 한다. 난 누군가에게 선물을 줄 때에는 그 사람을 떠올린다. 평소에 무엇을 좋아하는지 옷 모양 평소 대화 등을 생각한다. 그리고 男과 女를 생각하고 생각 안 나면 일상적이고 대중적인 것(볼펜, 초코렛, 사탕, 수건 등이다)을 생각한다.

그래서 선물은 정성이고 마음이란 생각이 든다. 어떤 이는 농담 삼아 말을 하는 이도 있다. '협박장만 빼고 다 좋아한다고.' 사람과 사람의 마음을 이어주는 아름다운 끈이다.

아버지

키가 크고 마르셨던 아버지는 까만 안경테를 쓰시고 명절 때는 가족들과 함께 사진관에서 사진을 찍었다고 한다. 그 사진 속에 나는 없다.

아버지의 젊은 시절 이야기다. 아버지는 가난한 시골집 5남매 중 막내로 태어나셨는데 농사짓기에는 영리하여 큰형님이 공부를 시켜 주셨고 아버지 스스로는 일본 유학하여 고국에 와서는 교통부 역장(驛長)으로 취직하여 잘 나가는 엘리트 청년이었다고 한다.

그 당시에는 사람들이 부러워하는 직업으로서 우리나라 남북을 왕래하며 함흥에서 부산까지 기차를 타며 어머니는 물론 식구들까지도 자유롭게 여행 할 수 있었다.

서울, 부산, 대전 등을 전근하실 때마다 언니, 오빠도 하나씩 낳아 지역 특성의 이름을 지었으며 사진 속에 빨간 모자를 쓰고 원피스를 입은 주인공은 아버지의 출장 기념으로 사 오신 것을 입고 찍었다고 언니는 늘 자랑하였다.

일본어, 러시아어를 능통하게 잘 하셨으며 식물 기르기를 좋아하셨다. 또한 흰둥이, 검둥이, 삽살이 등 개들도 끊이지 않고 거쳐 갔다. 약초나 동양의학에도 조예가 깊으셨고 큰 언니가 친정에 와서 산후조리 할 때에는 어머니보다 더 자상한 말씀을 하셨다고 언니는 이야기 한다.

해와 달

초등학교 들어가기 전에 방에는 메주를 주렁주렁 달아 놓았는데 냄새가 너무 싫어 코를 막고 얼굴을 찡그렸다. 아버지가 "옛날이야기 해줄까?" 하시더니 몇 가지 이야기를 들었는데 그중 '해와달'의 이야기는 너무 재미있게 들어서 지금도 '윤이(손녀)'한테 해 줄때에는 한 가지도 빠지지 않고 해준다.

아버지의 표정 까지도 다 기억 할 수 있다. 학교에서 돌아오면 받아쓰기를 하며 틀릴까 조바심하면 잘 쓰고 잘 한다고 칭찬을 지금도 잊지 못한다.

크레파스가 귀할 때 수양버들을 그렸는데 닳을까봐 연하게 색칠을 했다. 쓰던 물건을 제자리 갖다 놓지 않으면 호되게 야단치시고 눈을 감고도 찾을 수 있도록 하라고 늘 말씀하셨다. 나도 아이들에게 그렇게 하라고 말한다.

만종

5학년 때 아버지는 덕수궁, 경복궁을 딸들과 함께 미술전람회를 감상하러 다니며 그곳에 떨어진 많은 낙엽들을 주워 책갈피에 넣고 문창호지에는 국화꽃을 말려 베개 속에 넣고 꽃문양은 창문을 바르는데 쓰였다.

집 벽에는 밀레의 '이삭줍기'와 '만종'의 그림이 항상 걸려 있었다. 다방면에 재능이 많고 책을 늘 가까이 하시고 등산을 좋아하셔서 장비가 많이 있던 것으로 기억된다. 한국 전쟁 이후 신장이 안 좋으시고 몸이 약하셨는데 의료사고로 61세로 돌아가셨다.

내가 중학교 1학년 아주 쌀쌀한 봄날이었다. 큰 언니는 아직도 아버지의 젊었을 때 명함을 수첩에 지니고 있다. 상대방 마음을 잘 헤아리고 삶을 풍요롭게 살다 가신 아버지를 언니들은 존경한다고 말한다. 나도 아버지 같은 남성을 존경한다.

Bach야! 신문 가져 와

종: 코카스파니엘 이름: 바하 나이: 14살(숫컷)
생김새: 흰 바탕에 갈색 얼룩무늬(바둑이) 양쪽 귀가 길게 늘어짐
몸무게: 8.5kg

옛날 영국의 귀족 들이 사냥 할 때 함께 데리고 다니던 개로써 사람을 아주 좋아 하고, 잘 따르며 성격이 온순하고 머리가 영리하다. 강아지 때부터 대 소변을 잘 가리고 한번 훈련을 시키면 잘 따라 한다.

이름은 '베토벤'이란 동물 영화가 봤는데 재미있었다. 그래서 음악가인 헨델, 바흐, 베토벤은 제가 좋아하는 음악가들이다. 그 중 '바흐'를 선택한 것이다. 전화기 음악도 '바흐' 곡이다.

바하야! 신문 가져와! 하고 명령 하면 신문을 물고 온다. 또 다른 것을 시켜 본다. 오래된 무선전화기가 있어 '바하야 전화기 가져와' 했더니 침을 질질 흘리며 물고 온다. 아이들과 함성을 지르며 신기 해 했다. 친척들이 명절날 모이면 우리 집은 한바탕 바하 이야기로 자랑거리가 되었던 적이 있었다. 그 이후로 시간이 가고 나도 귀찮은 생각이 들어 그냥 사는 대로 함께 살게 되었다.

아들이 군대 가서 휴가 오면 바하는 아들에게 기쁨이었다. 딸이 직장 퇴근 후 집에 오면 즐거워하며 이야기를 나눈다. 마치 의인화 되어 사람과 같은 친근함이다. 요즘은 반려동물이라고 한다.

시어머니가 중풍으로 거동이 불편한데 우리 집에 일 년을 계셨을 때 일이다. 내가 외출해서 돌아오면 바하가 벗이 되어 드린다. 시어머니와 함께 이야기도 나누고 했을 것이다.(너의 엄마는 언제 오냐, 왜 이렇게 늦냐, 내가 싫은가, 아픈 몸을 바하에게 신세 한탄도 하셨을 것이다.) 바하는 다 들어 주었을 것이다. 그리고는 간식을 주셨을 것이고 바하는 먹이 받아 먹는 즐거움에 행복 했을 것이다. 함께 있을 때 내가 할 일만 하고 있으면 바하는 어느덧 시어머니 무릎에 앉아 나를 바라보고 있다.

서로 침묵만 흐르고 있는데 바하가 서로 어색함을 풀어 주는 마술사이다. 사람과의 관계가 어색 할 때 늘 다리 역할을 해주며 늘 웃음을 주었다. 주변 상황 파악을 잘해 식구 중 누가 기분이 상한 것 같으면 가만히 앉아있다 주인이 식탁에 앉아 밥을 먹으면 식탁 의자에 함께 앉아 기다린다.

내려와 바하 밥을 준다. 동물 병원 의사는 사람과의 순서는 꼭 지키도록 가르치라고 한다. 즉 사람 먼저_ 그렇지 않으면 자신이 사람인 줄 착각을 한다는 것이다.

식사 후에 커피를 마시면 티 스푼으로 몇 번을 개 밥그릇에 주면 주인과 함께 먹는 즐거움이 눈에 보인다. 서로 눈빛을 바라보며 말을 한다. '맛 있지? 더줄까 자_' 마치 서로 소꿉놀이 하는 것 같은 마음으로 기분이 좋은 것이다.

작년 시어머니께서 병원 입원하고 계실 때 돌아가실 무렵 바하가 밤에 잠을 안자고 헐떡이고 있다. 이튿날 병원 가서 주사 맞고 약 받아 며칠을 먹어도 낫지 않았는데 며칠 후 시어머니가 돌아가셨다.

지금 생각 하니 돌아가심을 예고하는 것일까 인도네시아 해일 이 났을 때에도 코끼리와 쥐와 동물들은 무엇인가 사건이 날것을 짐작하고 미리 떼를 지어 피신했다는 것을 알고 있다.

식구로서 14년을 함께 살며 기쁨과 웃음을 주었고 슬픔도 겪었던 바하가 남편이 병원생활을 하는 동안 집을 많이 비우고 혼자 주인 없이 살다보니 바하 생각에 외롭기도 하지만 집안에 무슨 일이 생긴 것을 짐작 한 것이다. 주인이 안보이고 집안이 썰렁하고 스트레스를 많이 받아서 몸이 갑자기 쇠약

해 진 것이다.

사람이 겪는 것과 똑같이 아프다. 일주일을 병원을 다녀도 낫지 않는다.

토요일 일요일이 낀 요일이기 때문에 병원을 갈 수 없어 월요일만 기다리고 있는데 마음은 초조하고 아무리 급해도 새벽 미사를 다녀와야겠다는 생각에 6시 30분 미사를 가기 위해 바하에게 '엄마가 미사를 빨리 다녀와서 병원 갈테니 기다리고 있어'_하며 대문을 나섰다.

성당에서 뛰어 오며 문을 여니 현관에서 날 기다리며 평소 때처럼 반가워한다. 사람 같으면 아프다고 일어서지도 못 할 텐데 동물은 거짓이 없다. 보는 순간 눈물이 쏟아진다.

목욕을 깨끗이 하고 병원엘 아들과 함께 데리고 갔다. 병원에서는 수술을 하는데 노환이라 깨어날 수 없을 수 있다고 하는데 못 일어나고 말았다. 바하가 떠난 것이다. 병원에서 엉엉 울었다 한참 울고 있는데 손님이 들어온다.

죽기 일주일 전에 자신의 이불을 돌돌 말아 마치 벼개 모양을 하고 누워 나를 웃으며 쳐다보는 것이다. 정말 웃음이 나서 '너 왜 그렇게 웃기냐'며 안아 주었다. 그동안 주인이 잘 길러주고, 보살펴 주어 고맙다는 인사를 마지막 하고 떠난 것이라고 생각한다.

밖에 외출했다 들어오면 바하가 없는 것을 잃어버리고 '바하야 바하야'불러도 대답이 없다. 혼자 앉아 또 운다. 이젠 잊어야 할텐데, 그래 잊자.

사람도 이별하고 바하도 이별 하고 내 곁을 떠나갔다. 난 아무것도 하기 싫은 병에 걸린 사람처럼 의욕이 없어졌다.

하느님 저에게 왜 이렇게 슬픔을 주셨나요? 그분이 답을 하신다. 죽음은 억울함도 두려움도 아니고 영혼을 가볍게 하는 것이라고 말씀 하시는 것 같다. 가시아 입학해서 제대로 수업 듣지 못해 휴학을 할까 몇 번 망설이다 이 시간까지 왔다. 이 세상 만물을 주관하시는 하느님께서 그동안 없었던 시간들을 다시 찾을 수 있도록 해주시라 믿는다.

'네가 외로워도 슬퍼도 고통 받을 때도 내가 네 곁에 있어 주었다'라고 말씀하신다. 그래서 나는 그분을 믿고 외롭지도 슬프지도 않다.

손녀에게 준 강아지 인형을 외국에 가면서 딸이 집에 두고 갔다. 인형은 시베리안 허스키,귀가 긴 코카스파니엘이다. 두 인형을 잘 때 안고 잔다. 이야기도 가끔 한다.(엄마가 공부할게 내려가 둘이 놀아_)

인형 이름을 짱가와 태권으로 지었다. 짱가는 아들이 어렸을 때 즐겨 부르던 만화 영화 '어디선가 누군가에 무슨 일 생기면 짜짜짜짱가 짱가짱가__

엄청난 기운이 틀림없이 생겨난다. 이런 가사 내용이 좋고 힘이 솟는 것 같은 경쾌한 음악 소리가 희망을 가져다준다.

바하가 떠난 후 〈동물은 무엇을 생각하는가〉 도널드 그리핀이 쓴 책을 읽었다. 동물도 생각을 한다고 씌어져 있다.

사순절

"하늘에 계신 우리 아버지"

2월 25일은 재의 수요일이었다. 꼭 참석하여 나를 돌아보고 성찰의 기회를 갖고 싶었으나 지났다. 작년 사순절을 떠올린다. 평소 산을 좋아해서 산동우회 회장을 맡아 주일마다 산행을 한다. '울뜨레야' 레지오 활동도 많이 했다.

둘이서 만나는 일은 새벽미사를 함께 다녔다. 가을이면 가로수 의 은행나무잎이 조명을 받으면 샛노랗게 보이며 화려하다. 성당까지 걸어가는 동안 사는 이야기도 나누고 아이들과 손자 이야기를 하면 성당에 도착한다.

난 감기에 잘 걸리는 체질인데 남편은 감기 몸살이 오는 것 같으면 소주 한잔을 마시면 낫는다고 했다. 평소 아픈데 없으니 병원 갈 일은 더욱 없다. 그러더니 한 보름을 감기처럼 앓더니 병원 진찰 결과는 수술을 해야 한다기에 뜻밖에 놀랐던 것이다. 평소 잘 앓아본 경험이 있으면 적응을 할 수 있겠으나 건강하다고 생각하기 때문에 그 문제도 힘 든 일 중에 하나였다. 작년 2월 14일 수술 날짜를 받고 그리고 마음을 가다듬고 찾은 곳이 '절두산' 성지였다. 절두산 성당은 '울뜨레야 교육피정을 부부가 함께 받던 성당이다. 그곳을 원해서 갔다.

성당에 와서 성모 동산에 촛불을 켜고 간절한 마음으로 기도드렸다. 특별히 교황님께서 전대사를 주시는 마지막 달 순례객들이 단체로 와서 혼잡 했다. 날씨가 영하 10도나 되는 추운 날씨였다. 십자가의 길을 밖에서 해야 되는데 너무 추워서 마지막 14처에 안수하시는 성모님 앞에서 안수를 남편 먼저 받고 아들 그리고 마지막으로 내가 받았다. 성당은 이미 들어 갈수가 없어 마당에 서서 미사를 드리면서 '하늘에 계신 우리 아버지'_ 아버지 하며 불러보았다. 남이 장애인이면 그런 가보다 누가 아프면 얼마나 아픈지를 모르니 그냥 상식적인 인사만 했을 뿐이다. 친언니가 무릎 수술을 하고 나왔을 때 아무 말도 하지 않았다. 나중에 병실에서 누가 제일보고 싶으냐고 물으니 대답이 의외다 나를 치료 해준 의사라고 한다. 의술은 인술 이라 했다. 아들도 딸도 아닌 병을 고쳐준 고마운 사람, 누군가의 정신적 지주가 되어 주는 것은 하늘에 계신 아버지의 뜻일 것이다.

영성체 후 그런 기도와 결심을 했다. 남편을 열심히 간호 할 것이며 최선을 다 하겠다고. '하늘에 계신 우리 아버지' 병들고 고통 받는 이들을 위하여 진심으로 생각을 하겠다고 기도 드렸다. 미사를 마치고 절두산에서 목이 잘려 수없이 한강에 던져진 순교자들을 생각하며 울었다. 평소에는 그냥 지나칠 일도 나에게 다가 올 일이 걱정 과 두려움 때문에 울고 또 우는 울보가 되었다.

12월 6일은 아들 결혼식을 앞두고 입원 치료를 반복하며 일어 서지도 못한다. 병원 선생님과 상의해서 결혼식장 에 참석만 하게 해달라고 했다. 생과 사를 넘나들며 고생 한다. 문향반에 알릴 수도 안 알릴 수도 없어 전날 문자만 남겼다. 참석하여 주셨다. 주님께서 그 자리까지 앉아 있을 수 있게 해 주시고 식사를 하고 아픈 남편이 반짝 낫는 현상을 보인다. 그 이후로 계속 치료 받으며 산다. 앓기 전에는 직장에서 늦게 오고 할 때면 시간이 많아 할 수 있는 일을 한다. 지금은 간호사처럼 시중 들고 하기 때문에 할 일이 내 몫이다.

아이들도 제 삶이 바빠서 교대하기란 힘 든다. 옛날 대가족은 서로 돌보며 살았지만 이제는 힘든 일이다. 한 해를 보내고 재의 수요일 에서 사순절을 또 맞는다. 가시아 2학년을 맞아 개강수업 열심히 하고 싶은 일, 문항동아리 재미있게 해야 되는데 또 참석을 못 한다. 사순3주일은 장미주일 담임 신부님의 분홍 제의가 유난히 돋보이고 신부님 말씀처럼 새신랑 같아 보인다. 젊고 유머도 많으시다.

주님은 고통을 주시려고 오신 분이 아니시다. "요한복음 3장 16절" '하느님은 이 세상을 극진히 사랑하셔서 외아들을 보내시어 그를 믿는 사람은 누구든지 멸망하지 않고 영원한 생명을 얻게 하여 주셨다. 하느님이 아들을 세상에 보내신 것은 세상을 단죄하시려는 것이 아니라 아들을 시켜 구원하려는 것이다.'

병원을 다시는 찾지 않겠다고 가면 장기 단골 환자와 가족이 눈에 또 보인다. 나이가 많이 드신 환자 가족이 아마도 존엄사에 대한 이야기 나눔 같다. 그 모습을 그냥 듣고 있지만 어떻게 해야 웰다잉할 수 있을까? 가시아에서는 웰다잉 과목 공부를 하고 있다. 늙어 움직일 수 있을 때까지 책을 읽고 쓰고 그림 그리고 나누는 삶이 소원이 이뤄지도록 하느님께 희망사항을 기도해본다.

사랑하고 살기에는 인생이 너무 짧다. 오늘은 4월5일 식목일이며 한식이고 절기상 청명이다. 맑고 청명하고 모처럼 따뜻해서 11시 교중 미사를 윤이(외손녀)를 데리고 미사를 갔다. 주님 수난 성지주일이다. 수난 복음이긴데 같이 앉아 잘하고 있다. 성서 말씀처럼 눈에 넣어도 아프지 않게 예쁘다. 누구나 다그렇다고한다. 윤이와 둘이 걸으며 이것저것 질문하는 것도 다 예쁘다. 6살된 윤이와 나의 아버지한테 듣던 "해와 달의 동화" 이야기하면 나보다 더 잘한다.

윤이와 함께 놀아주며 마음이 즐거웠다. 할머니와 놀자, 자 쎄쎄 아침바람 찬바람에 울고 가는 저 기러기…… 엽서 한 장 써 주세요. 구리 구리 짱 깹보 아닌 (가위 바위 보) 해서 지면 손가락으로 어느 손가락으로 찍었게? 자꾸만 하자고 하니 다음엔 어떤 놀이를 할까 어린이 프로그램을 본다. 윤이와 놀 때는 근심도 시름도 잊는다.

TV 아침마당에서 생화학자가 연구 결과 '노화의 성공적인 삶에 대하여'를 듣는다. 1. 하자(do it), 2. 주자(give it), 3. 배우자(lets do) 하고 싶다. 할 수 있다. 함께. 나는 이런 삶을 살고 싶다고 생각한다. 명동을 와서 대성전에서 성체조배를 하며 좋은 강의를 듣고 글을 읽고 쓰고 이야기를 나누고 식사도 하고 차도 마시며 동아리 수업은 선생님과 하고 싶어서 하는 공부이다. 비아의 뜰(영화 한편에 벚꽃 구경)이란 글을 읽고 울었다.

"어느 날 벚꽃이 흐드러진 공원에서 젊은 여자아이가 부토를 추는 광경을 보게 됩니다. 아내의 옷을 입고(죽어서라도 구경시켜주려고) 목걸이를 하고 치마를 입은 루디(남이보면 영락 없이 또라이지요), 그리고 아들의 오피스텔로 돌아오는 길에는 양배추를 사가지고 옵니다. 아내가 해주었던 양배추 요리를 아들에게 해주기 위해."

영화를 감상하진 못 했지만 본 것처럼 느낌이 와 닿았으며 자신이 아파서 아내에게 짜증과 투정만 부린 루디는 아내가 없어진 후 무슨 생각을 했을까? 있을 때 잘 해 줄 것을……. 중얼거릴 틈도 없이 얼마 후 세상을 떠났을 것이다. 그래야 그 남자는 행복한 남자이다. 삶이 연장되면 잔병엔 효자가 없다.

나의 어머니는 먼저 떠난 딸의 묘지를 당신이 돌아가실 무렵 아픈 몸으로 찾아 보시고 신발에는 흙이 잔뜩 묻혀 있었다. 어머니는 가장 위대한 존재가 아닌가! 그리고 며칠 후 돌아가셨다. 성삼일이 온다. 예수님께서 제자들과 최후의 만찬을 하시고 이제 이별이 다가옴을 예상한다.

예수님은 젊어서 고통 받기도 더 힘들었을 텐데 나는 그분 보다 더 오래 살았고 고통을 견디는 것도 지혜롭게 견뎌내야 하지 않을까. 불암산 입구를 오르다 보면 보라색 제비꽃이 피어 있다. 산에 오르는 등산객들에게 피어 있는 꽃 들이 인사를 한다. 두 개만 뽑아서 말려 코팅해서 책갈피에 둔다 .성지가지를 집에 꽂으며 주일학교하면서 부활 계란 몇 백 개를 삶고 그림 그리고 즐거웠던 부활절을 생각했다. 언제 긴 터널을 빠져나가 빛을 볼 수 있을까. 우리 가족에게 희망의 부활절이 되었으면. 명동 가시아도 가고 싶다. 문향반 친구들도 만나야 하고 바람도 쏘이고 싶다. '아버지의 뜻이 하늘 에서와 같이 땅에서도 이루어지소서!' 지금 난 어쩔 수 없기 때문이다. 그분께 기도할 뿐이다. 그리고 웃어야 한다.

이향순

잃어버린 깃들의 책

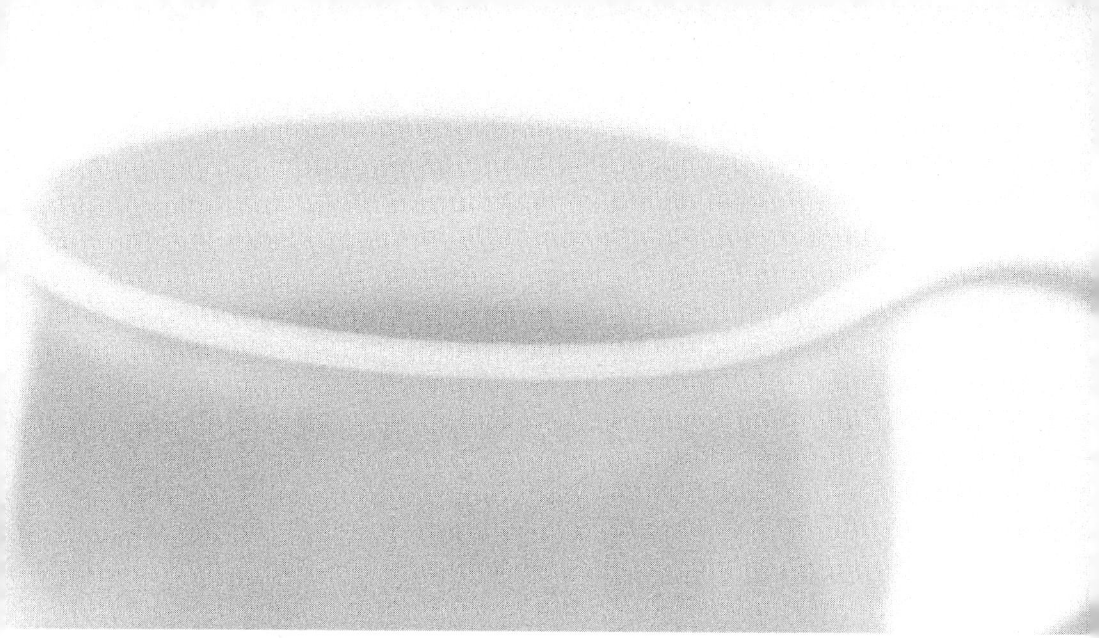

그분 / 「남한산성」을 읽고 / 「잃어버린 것들의 책」을 읽고 /

가족의 의미 / 씻기운 삶 / 「인생」을 읽고 / 감자 / 저녁에

그분

이 땅에도 별이 있었음을 보여 주셨던 그분
절망의 그늘에 빛을 모아들이시어
세상을 밝게 만들어 주셨던 그분

우리 마음에도 사랑이 있었음을 일깨워 주셨던 그분
황폐함에 희망이라는 옷으로
아이의 꿈을 띄워 주셨던 그분

우리 손길에도 나눔이 있었음을 보여 주셨던 그분
꽉 움켜짐에 허술함으로 고리를 풀어
개체의 너와 나를 하나로 묶어 주셨던 그분

우리 발길에도 작은 바퀴를 달아 주셨던 그분
어둠에 눈을 뜨고 금속의자에서 뜀박질 하는
낮은 자의 얼굴에 환한 미소를 주셨던 그분

강한 불의 속에 의연의 일침을 심으신 그분
칼을 무디게 갈아 향기의 꽃으로 승화시켜
짓눌린 아래인 자들을 부화 시켜 새 생명을 주셨던 그분

절망에도 봄을 안겨 주시고 그분은 떠나셨습니다.
모든 것 다 내려놓으시고
"고맙습니다." 낮으신 예의를 갖추어
"서로 사랑 하십시오" 겸손한 미소를 머금으시고
"너희와 모든 이를 위하여"
우리를 하나로 어우러지게 하시고 그분은 떠나셨습니다.

낡은 안경을 벗어 닫힌 세상 열어 나누어 주시고
가진 것 없어 아쉬움 없이
자유를 사랑한 그 모습 그대로
그 분은 훌훌 떠나셨습니다.

이제는
우리를 위한 염려 하늘 아버지께 맡겨 드리시고
편히 쉬십시오.

사랑합니다. 그분을…… 그립습니다. 그분이……
또 사랑합니다. 그분을…… 벌써 그립습니다. 그분이……

「남한산성」을 읽고

왕가의 가족과 대신들이 왕궁을 버리고 도망을 간다.

왜?

여진의 족장 누르하치는 만주의 모든 부족들을 어우르고 합쳐서 국호를 후금이라 내걸고 스스로 황제의 누런 옷을 입고 칸의 자리에 올랐다.

칸은 충성과 배반을 번갈아 가며 늙은 명의 변방 요새들을 차례로 무너뜨렸다. 그에게 충성과 배반 공손과 무례는 다르지 않았으며 이런 거칠 것 없는 칸도 등에 돋은 작은 종기로 인해 죽고 누르하치의 여덟 번째 아들 홍타이지는 아버지가 죽자 형들을 죽이고 황제의 자리에 올라 국호를 청이라 내걸고 명령을 칙이라 하였다.

젊은 칸의 눈매는 날카롭고 광채가 번뜩였으며 그 누구도 칸의 눈과 대적할 수 없었고 결정 또한 신속 단호했다. 이 칸이 내려오기 전 용골대가 먼저 내려오매 우리나라의 조신하고 여유로운 왕과 대신 백성들은 갈팡질팡 하다 빈궁 조는 강화로 왕과 세자 조는 남한산성에 터를 잡는다.

-서울을 버려야 서울로 돌아올 수 있다-는 대신들의 기름진 말들은 대가리와 꼬리를 서로 엇물면서 떼 뱀으로 뒤엉킨 인간들이 되었다.

예조판서 김상헌의 형인 김상용은 동생에게 적들이 이미 서교에 당도했고 조정은 파천하였으며 어가는 남한산성으로 향했고 세자 또한 상감의 뒤를 따랐으며 자신은 빈궁과 대군을 받들어 강화로 가니 스스로 몸 둘 곳을 알아 하라는 말에 남한산성으로 뒤늦게 길을 떠난다.

정갈한 추위와 빛나는 차가움 속에 송파 나루에서 늙은 사공의 안내를 받아 언 강을 건넌다. 강을 건넌 다음 사공에게 함께 남한산성으로 가자 하니 빈 집에 딸이 있어 집으로 돌아간다고 한다.

김상헌은 청병이 내려올 때 길 안내 해 줄 것을 염려해 환도를 뽑아 사공의 목을 벤다. 가늘고 힘줄 돋은 사공의 목을……. 죽기 전 사공은 -서문으로 들어가야 빠르다고 알려 준다-

산성 안 대장장이 서날쇠는 농기구를 만들더라도 똑같게 만들지 않고 연장을 쓰는 사람의 체형이나 근력과 장애인 사람에 맞게 만들어 준다. 널리 깔린 흙도 맛을 보아 맵고 떫은맛을 내는 흙으로 화약을 만들고 소화가 잘 된 곱고 굵은 똥을 물에 풀어 1년쯤 그늘에서 고요히 삭혀 잘 익은 똥물로 농사를 짓고 쥐를 잡아 머리와 꼬리는 잘라내고 내장을 발라내 껍질을 벗겨 끓는 물에 푹 고아 하얗게 엉긴 기름으로 상처에 바르고 고름 자리에는 거머리를 이용해 썩은 피를 빨아내게 하는 서날쇠는 대장장이요 농부요 의사요 과학자였다.

자연을 이용해 사는 이 슬기로운 서날쇠를 김상헌은 눈여겨본다. 김상헌은 그런 서날쇠에게서 일과 사물이 깃든 살아 있는 몸을 보는 듯 했다.

-글은 멀고 몸은 가깝구나!-를 실감하면서 서날쇠의 똥물위에서 땅이 열리고 꽃잎이 날리는 봄의 환영을 보았다. 자연은 시키지 않아도 저절로 봄은 오는데 우리는 기다리지 못한다. 마음이 조급해서일 것이다.

이런 서날쇠에게 김상헌은 고장 난 많은 총을 맡긴다. 일개 대장장이인 서날쇠는 총을 해부해 눈에 익힌 다음 고치고 일꾼들에게 사격까지 가르치며 표적을 맞추어야 잘 고칠 수 있고 눈으로 쏘고 눈으로 맞추라 한다. 눈이 몸을 부리고 몸이 총을 부린다. 즉 총구멍을 눈구멍처럼 만들라 한다. 얼마 뒤 세상사의 분위기 파악을 위해 서날쇠를 산성 밖으로 내보낸다.

용골대의 통역사 정 명수는 세습의 노비로 태어나 목숨을 점지하되 혈육의 관계를 맺지 않는 새나 짐승이 부러울 정도로 한이 맺혔으며 그런고로 나라도 고향도 없이 눈치로 단련된 천례의 총기가 예민해 여진 말 몽고말을 쉽게 배워 재물을 많이 모았다.

산성 안과 밖이 탐색만 하고 있을 때 칸이 내려오고 산성 안으로 문서를 보내고 산성 안에서는 칸에게 보낼 글을 쓸 사람을 넷으로 압축하매 정육품 수찬은 자신의 늙고 추악한 몸을 구실로 뒤로 빼 매를 맞고 결국은 후에 그 매로 인해 죽어간다.

최종 최명길이 밀서를 쓰게 되고 밀서에 칸을 황극으로 칭 했으니 임금 은 칸의 신하가 되고 신들은 칸의 말잡이가 되며 백성은 칸의 종이 되는 것 입니다. 김상헌이 말 할 때 최명길은 상헌은 자신에게 맞는 말을 하는 것입 니다. 상헌의 말은 태평세월에 맞는 말이고 세상이 모두 불타고 무너진 풀 밭에도 아름다운 꽃은 피어날 것 이며 그 꽃은 상헌의 넋일 것 이고 상헌의 백이오이나 명길 자신은 아직 무너지지 않은 세상에서 만고의 역적이 되고 자 한다고!

이 어려운 세상에 누가 진짜 의신이고 역신인지 순하고 약한 약소국의 비 애로움이라 가슴 아프다. 최명길의 문서가 글이 아니라고 울부짖는 김상헌 과 자신의 문서는 글이 아니고 길이라 하는 최명길의 상반된 생각이 어느 추에 힘을 기울여 줄 수 없는 상황이 더 곤혹스럽다.

성 밖을 살펴보고 서날쇠가 성으로 돌아 왔으나 변화는 없다. 이미 문서 는 삼전도로 떠났고 "조정이 비켜 주어야 소인들도 살 것" 이라는 서날쇠의 말에도 김상헌은 할 말이 없다.

사특 하지 않고 소인배가 아닌 칸 덕에 성안이 몰살 되지는 않았지만 산 성안의 왕과 대신 강화의 빈궁과 대군 사녀들이 꿇어앉고 왕의 나라 기녀들 이 울리는 풍악과 춤사위가 벌어지는 곳에서 왕이 칸에게 머리 숙여 삼배 를 하고 이 나라를 다시 일으켜 세워 준다며 세자와 공경과 그 부녀들과 구 궁들을 청으로 데려가고 삼전도에서 춤추던 200명의 기녀들도 청 군병의 서 열대로 나누어 주고 이참에 정명수도 3명의 여자와 재물을 바리바리 실어 간다.

성에서 이시백은 5일치 군량을 군병들에게 배불리 먹이고 대궐에 매인 몸이니 다시 도성으로 향하고 김상헌은 강화에서 형의 유골을 수습하고 관향인 안동으로 내려갈 작정을 한다.

서날쇠는 다시 남한산성을 향해 송파나루를 건넜다. 아내와 쌍둥이 나루와 함께 대장간으로 와 잘 익어 말갛게 된 똥물을 밭에 뿌렸다. 나루가 자라면 쌍둥이 아들 중 어느 녀석과 혼인을 시켜야 할 것 인가? 생각하며 웃었다.

서날쇠는 예전과 같이 대장일을 하며 농사를 지을 것이다. 나루 아버지 사공이 쓰러져 죽은 자리는 녹아 흔적도 없다.

*신문기자 출신인 작가 김훈의 글은 짜임새와 표현이 흐트러짐 없이 똑똑한 소설이라는 느낌이 들었다. 청의 칸은 그 멀고도 먼 길을 내려와 조선의 땅 한 귀퉁이 조그만 성을 향해 어른이 아이를 상대하듯 싸움을 건다.

우리 얌전한 선조들께서는 큰 자유의 대지 사대문을 뒤로 하고 어느 방한 켠 에서 조용히 머리로만 싸움을 하다. 끝내는 새봄 길목에서 적의 칸에게 머리를 조아려 새봄 흙냄새를 맡는다.

왕족의 내 살붙이를 치욕과 함께 딸려 보내고 다시 도성에 여릿한 왕좌를 튼다. 그 여릿함이 지금까지 이어져 지금의 왕궁은 씩씩한 백성위한 토론이 벌어진다.

그 때의 조신하고 여리고 품위로운 백성 사랑이 한이었을까? 지금은 주먹이 오가고 언성이 천장을 뚫는 용기백배로 발전한 것인가! 최명길과 김상헌은 나라와 백성 위함이 극과 극이었지만 상대의 의견도 버리지 말고 염두에 두라 조언함을 잊지 않았건만; 나름대로 자신의 의견 옆에 상대의 의견도 함께 하려는 배려의 정치였는데……. 지금은 너무도 또렷한 개인의 큰 소리 정치가 되 버려 우리 민초는 서글프다.

자연이란 큰 너울 속에 순리대로 살아가는 멋진 대장장이요 부지런한 농부요 슬기로운 의사요 야무진 과학자인 서날쇠에 흠뻑 반해 버렸다. 옛 선조들의 정신은 맑고 잡것이 섞이지 않아 추하지가 않았으며 그에 딸린 몸 또한 아무리 힘들더라도 하룻밤 지나면 깨끗이 나았다. 해맑고 군더더기 없는 근엄하신 옛 조상님, 조상님, 많이도 그립습니다.

「잃어버린 것들의 책」을 읽고

"옛날 옛적에" 동서양을 통해 모든 이야기의 시작은 이렇게 시작되나 보다. 병들기 전 데이빗의 엄마가 이야기는 살아있는 생명체라고 말하곤 했다. 다만 인간이나, 개, 고양이와는 살아있는 방식이 다를 뿐이라고 했다. 항상 책속에 묻혀있는 병약한 엄마가 읽어 주는 삶과 자신이 읽은 오래된 동화 속 삶이 이어지는 가운데 12살에 엄마를 이승에서 저승으로 보내는 아픔을 겪는다. 엄마를 확실히 저승으로 보내지 못하고 책을 통해 엄마와의 연을 잡아 보려 한다.

엄마 잃은 충격이 가시기 전 아빠의 새로운 여자와 그 사이에서의 동생 태어남은 아빠와의 분산된 사랑 나눔이 데이빗에겐 힘겹다. 그리해 정신치료까지 받지만 의사에게 속내는 털어놓지 못한다. 시내는 독일과의 전쟁 탓에 외곽의 새엄마의 큰집으로 이사 가면서 오래된 책으로 둘러싸인 다락방에 자리를 잡는다.

어느 날 지하정원 돌 틈사이 구멍에 들어갔다가. 폭격으로 돌담이 무너지면서 여러 동화들이 각색되어 데이빗은 책 속에 여행을 하면서 새로운 문양의 주인공들을 만난다.

변종 루프의 탄생, 그 루프를 통제하는 르로이, 르로이도 조종할 수 있고 왕도 조종할 수 있는 꼬부라진 남자, 도끼를 들고 데이빗을 도와주는 숲속의 사람, 친절하지 않은 난쟁이와 드레스로 작은 천막을 칠 수 있을 정도의 뚱뚱하고 퉁명스러운 백설공주, 인간의 상위와 튼튼한 말의 하위를 접목해서라도 강한 사냥꾼이 되고 싶어 하는 허영심 많은 여자사냥꾼, 사라진 친구를 찾아 나선 롤랜드와 괴물을 물리치고 건장한 롤랜드마저 죽어간 가시성에서 12살 소년 데이빗은 살아나온다.

가시성을 떠나 왕의 나라로 향하면서 말 스킬라와 도적2명도 죽이고 왕궁에 입성한다. 성에 들어서자 호위병들이 안전하게 안내했고 하녀들은 걸음을 멈추고 뒤에서 소곤거렸으며 노인들은 고개를 숙였고 어린아이들은 경외의 눈길로 바라보았다. 왕좌에 앉은 아주 늙은 노인은 머리에 얹혀 있는 금관도 버거워 보였다.

데이빗은 자신을 다시 집으로 돌려 보내줄 "잃어버린 것들의 책" 왕은 이 책을 왕좌보다 더 소중히 여기고 꼬부라진 남자는 아무짝에도 쓸모없다는 이 책을 꺼내 넘겨보니 이 세계가 아닌 데이빗이 살던 세계의 흔적들이었다.

여동생이 생기면서 관심을 빼앗긴 소년의 분노가 드러난 글들이 있었다. 여동생에 대한 증오심의 글 마지막장에 가족사진이 있었는데 엄마 아빠, 소년 소녀, 사진 속 소녀는 검은색 구두와 드레스 밑단만 남겨두고 긁혀 있다. 데이빗이 책의 첫 장으로 돌아가보니 거기엔 조나단 톨베이의 이야기라고 적혀있었다. 입양한 여동생과 실종된 뒤 소식이 끊긴 새엄마 로즈의 증조할아버지, 애정이 담긴 손길로 이 책을 쓰다듬던 왕, 그가 바로 조나단이었다.

여기에서 르로이와 루프들은 슈퍼박테리아나 변종바이러스 같았다. 꼬부라진 남자가 르로이에게 넌 짐승도 아니고 인간도 아니야 짐승보다도 못하고 인간보다도 못한 가련한 생명일 뿐 너는 네 천성을 혐오하고 네가 절대로 될 수 없는 것이 되려고 애쓰는 불쌍한 변종 르로이라고 말한다. 인간이란 늘 내면의 악에 휘둘리게 마련이며 자신의 과욕이 화를 부른다.

데이빗은 지끈거리는 머리의 통증을 느끼며 깨어났다. 침대 맡에는 로즈가 구겨진 옷차림과 더러운 머리로 잠들어 있었다. 데이빗은 지하정원 돌담 속 빈 공간 무너진 흙더미 속에서 구해져 며칠을 혼수상태로 있었으며 깨어난 뒤 12살 어린이에서 성숙하고 배려심 깊은 사랑을 표현할 줄 아는 데이빗으로 변해 돌아왔다.

그 후 아빠와 로즈가 이혼했어도 자주 왕래했으며 조지와도 각별하게 지냈다. 데이빗이 32살 때 아버지는 낚시하다 세상을 떠났고 조지는 전장에서 동료와 전사했다. 죠지의 묘비에는 "사랑하는 아들이자 동생이었던 자 이곳에 묻히다"라는 글귀가 적혀 있었다.

데이빗은 초록색 눈동자를 가진 여자와 결혼해 아기도 낳았으나 데이빗이 두려워했던 꼬부라진 남자의 예언대로 그가 사랑하는 사람들 그의 아이와 연인 모두를 빼앗길 것이다. 라고 말한 대로 출산도중 문제가 생겨 삼촌이름을 딴 조지는 살지 못했고 아내도 결국은 죽었다. 데이빗은 다시 결혼하지 않았고 작가가 됐으며 세상의 모든 아이들이 그의 아이들이었고 로즈가 늙고 병들었을 때 데이빗이 돌보아 주었으며 로즈는 집을 데이빗에게 남겨주었다. 값나가는 집이지만 팔지 않고 아래층에 집필실을 꾸며 그곳에서 글을 쓰면서 편안히 살았다.

워낙 유명한 집이라 둘러보고 싶은 사람에게 공개했으며 아이들의 안전을 위해 지하정원 돌담 구멍은 막아버렸다. 그리고 아이들에게 이야기를 들려주었다. 세상의 모든 이야기들이 누군가 말해주기를 기다린다고, 모든 책들이 누군가 읽어주기를 바란다고, 우리가 상상하는 모든 것이 책 속에 들어있다고, 자신의 이야기도 책 속에 들어있는 나이 든 삶이 왔을 때 정원사에게 부탁해 지하정원 구석에 구멍을 뚫어 달라고 했다.

나이 든 데이빗은 모든 삶의 흔적이 들어 있는 가죽앨범과 책들과 일일이 작별하고 뚫어 놓은 구멍에 들어가 어둠 속에 앉아 기다렸다. 거기에서 "대부분 사람들은 결국엔 이곳으로 오지! 라고 말 하는 숲속 사람을 만났는데 그 얼굴은 아버지를 닮았다. 숲속 사람 눈에 비친 자신은 더 이상 노인이 아니었다. 아무리 나이 먹어도 아버지 앞에 아들은 아이가 된다.

오두막에서 같이 도적을 두 명이나 해치웠던 스킬라도 만나고 오두막 문이 열리고 초록색 눈의 여자와 갓 태어난 아기도 만난다. 이곳에서는 일생이란 순간이었고 천국이었다. 어둠 속에서 데이빗은 비로소 눈을 감았다. 그가 잃어버렸던 모든 것을 이제야 다시 찾았다. 그리고 12살의 데이빗 소년의

모험 창작도 막을 내렸다. 지금 우리가 읽고 있는 "잃어버린 것들의 책"을 남겨 놓고!„„„„„

　*우리는 일생을 살아가면서 어릴 때의 꿈과 모험을 저축해 나이 들어 체력이 떨어질 때 하나씩 회상하면서 살아가는 것 같다. 그 꿈과 모험들은 실 체험보다는 책속에서 더 많이 얻는다. 책장 속을 더 많이 드나들수록 다양한 세상을 맛보면서 살아가는 것이다.

　그러나 여기에서는 옛날 순수함이 퇴색되어 변종 모험들이 생겨나기도 했다. 인간도 아닌 늑대도 아닌 루프처럼 계모에게 당하기만 하는 착하고 날씬한 예쁜 백설 공주는 뚱뚱하고 퉁명스러움으로 변해갔다. 병균에 혁신적인 치유의 왕으로 군림했던 항생제도 남용하게 되면 내성에 의해 슈퍼박테리아로 길러지면서 그 어느 강한 항생제도 효과가 없듯 우리는 마음속 어딘가에 나도 모르게 르로이 같은 늑대를 키우는 것은 아닌지 자성도 해보게 된다.

　이 책속에서 동화의 세계 모험의 세계를 섭렵하면서 한바탕 온 세계를 떠돌다 온 느낌이다. 가슴이 발그레 상기되도록! 그리고 거기엔 내 어린 시절이 멈추어 있다. 과한 욕심은 인간 이상을 추구하다 인간 이하로 추락하는 것은 아닐까? 순수는 순수만큼만 담아야겠다.

가족의 의미

    가족은 환할 때 보다 어두울 때 더 빛나는 그래서 그 어느 좋은 것과 바꾸려 하지 않는 값으로는 계산할 수 없는 빛나지 않는 어우러짐의 보석이라고 칭하고 싶다.

    우리 가족은 개개인의 아픔으로 구성된 4인실 병동이다. 우리 집 제일 우두머리인 아이들 아빠는 높은 혈압과 심혈관계통이 원활하지 않아 하나 더 인공심장 박동기를 가슴에 넣고 살았다. 두 번째 서열인 나는 어려서부터 약해 다양한 종류의 약을 섭렵 했으며 네 번의 수술로 깊은 늪에서 기어 올라오는 어려움을 맛보았고 큰 아이는 어려서부터 병약해 유치원을 거쳐 한방으로 다시 종합병원으로의 순례로 바쁜 유아기를 보냈다. 순례의 여정은 물론 나와 함께였다. 그러던 중 우리 집에서 가장 별일 없이 한가했던 작은애가 고삼 초 오월에 나에게 과격한 울림의 펀치를 안겨주었다.

    토요일 오후 학교에서 돌아온 아이가 '엄마 애들이 나보고 이상하대' 하면서 한쪽 목에 튀어나온 혹을 보여준다. 큰아이가 가끔 감기로 목 언저리에 임파선이 부어오른 적이 있어 대수롭지 않게 여겨 동네 약국에서 약을 지어 먹였다. 토요일 오후라 병원 문도 닫았고 해서 월요일쯤 병원에 가야겠다. 마음먹었다 동네 병원을 다녔지만 나아지는 기미가 없고 멍울을 만져도 아프지 않다는 말에 왠지 모를 불안이 밀려와 신촌의 세브란스 외과에 들려 초음파, 조직검사, 다 이상이 없다며 2주일 치 약을 지어 주었다. 아픈 아이가 엄마에게는 다시 아기로 여겨져 약을 먹인 뒤 내 침대에서 재웠다. 한 밤

중 거실에 있는 내게 작은애가 얼굴이 가렵다며 나왔다 .처다본 순간 어: 말문이 막혔다 얼굴이 벌겋게 달아올라 부었으며 특히나 입술은 3 배나 되게 부어 있었다. 황급히 야간 응급실에 전화하니 물을 많이 먹이고 다음 날 병원에 오란다. 다음 날 병원에 가 진료하니 별것 아니니 방학하면 수술 하자고해 예약하고 집으로 돌아왔다.

그리고 방학 하자마자 작은 배낭에 세면도구와 책만 챙겨 여행 가듯 가벼운 마음으로 3시경 입원했다.

다음 날 바로 수술, 나는 편안한 마음으로 수술 대기실에 앉아 책을 보고 있었고 반쯤 읽어갔을 때 수술이 끝났음을 알리는 빨간 불이 들어오고 마취가 깨기를 기다린 다음 병실로 옮겼다.

아주 개운한 마음으로 저녁회진을 맞았다 회진 중 의사선생님께서 '어머니 저 좀 뵐까요, 갑자기 가슴이 철렁 내려앉은 상태에서 의사의 뒤를 따랐다 수술을 해보니 임파선 암이란다. 나는 이때 알았다 하늘이 노오랗게 보인다는 것을 그리고 자꾸 손과 손이 마주 어우러져 계속 움직인다는 것을, 머리는 텅 비고 눈물은 안 나왔다 마른 눈 깜박임과 이성이라는 것이 내 머리에서 도망을 치고 반대로 어이없는 슬픔이, 황당한 두려움이, 이글거림의 분노라는 감정이 가슴으로 들어오는 것을 느꼈다 차마 병실로 가 작은애의 얼굴을 볼 수 없어 다른 병동 복도를 빈 머리에 계속 손 운동을 하면서 바쁘게 서성이고 있었다.

수술 첫 날은 이런 상태로 어이없이 바쁘게 보냈다 다음날부터는 자꾸만 눈물이 났다. 병실 에서는 울 수도 없고 복도에서도 울 수 없고 사치스럽게 나무아래 의자에 앉아 울 수도 없고 층과 층 사이의 계단 밑에 쪼그려 앉아 울다 병실로 돌아오면 작은애는 내 눈가에 남아 있는 눈물의 흔적에 "엄마는 왜 자꾸 울어" 할 때면 "음 옆 병동 아줌마가 너무 안타까워서" 또 다음엔 "음 옆 병동 아저씨가 너무 안돼서" 김 건모의 핑계를 읊고 다녔다 어느정도 수술 자국이 아물어 가자 이제는 담당 의사를 바꾸어야 한단다. 처음엔 하늘을 향해 정말로 사랑이시고 전지전능하시다는 대단한 분이 계시기는 계신 걸까? 의심의 화풀이를 하다 감사의 인사로 바꾸어 아예 못 고치는 병이 아닌 힘은 들지만 시도 할 수 있음에 치료 할 수 있음에 긍정의 씨앗을 키우기로 마음먹고 "자비의 하느님 제가 두 가지만 하겠습니다." 기도와 담당 의사가 하라는 대로 말입니다.

그 날 저녁 담당의사가 찾아왔다 [노 재경박사] 그분은 침대에 걸터앉아 우리 아이와 눈높이를 맞추고 "내가 이런 병 열 이면 열 다 고치지는 못해 하지만 열심히 해보자 만약 안 돼는 것은 하느님께서 해 주실 거라고 그리고 네 나이가 70-80이 아니고 아직 너무 젊은이 우리 최선의 노력을 하자고 " 신심이 매우 돈독한 개신교신자였다, 그 날 저녁 8시부터 항암 치료가 시작됐고 새벽 3시쯤 "엄마 저녁 먹은 게 체 했나봐" 나는 올 것이 왔구나 하면서 토할 그릇을 가져다주었다. 그 후에도 7시, 8시 세 번을 더 토했다.

물론 아이에게는 암이 아니라고 속였다, 퇴원하면 암 병동으로 통원 치료를 받아야 되겠기에, 그 암 병동 위치도 잘 알고 있었다. 아이 아빠가 심혈관 병동으로 치료 받으러 갈 때 바로 그 암 병동을 지나가고 심혈관병동 바로 아래층에 있었다.

그 암 병동을 지날 때 마다 저곳에서 치료 받는 사람들은 웃음도 없고 참 힘들겠다. 생각했는데 나와는 언제라도 무관한 연민의 느낌만 보냈던 곳인데 내가 그 병동 복도를 걷고 그 곳에서 내 가족의 치료를 받아야 하는 상황이 믿기지 않았다.

어떤 상황이든 나에게 올 수 있다는 인생의 산란함을 느꼈던 곳 그 곳을 가기 전 아이에게 왜? 그곳에 가서 치료 받아야 하는지를 알려 주어야했다 나는 숨을 크게 토해내 가슴을 고르게 한 다음 "상일아 네가 암은 아닌데 병이 너무 진행 되어서 말이다 밀가루를 반죽해 물속에 넣었다 바로 꺼내면 흔적 없이 깨끗하게 꺼내 올리지만 물속에 오랜 시간 담갔다 건지려면 풀어져 깨끗이 건져 올릴 수 없듯이 네 상태가 후자란다 그래서 강한 약을 써야 하기에 암 병동에서 치료를 받아야 한단다." 하고 말해 주었다. 아이는 순수하게 받아들였고 퇴원하자 그길로 학교를 찾아가 자퇴서를 제출했다. 담임 선생님은 조금 남았는데 그냥 다니지 하셨지만 두 길은 없고 한길에만 집중 하기로 마음먹었다.

공부를 잘 하는 편이라 고2때도 지금 손을 놓아도 서울의 대학에 갈 수 있다고 했는데 우수학생들만 따로 공부 하는 팀에 속했었는데 아쉬움을 뒤로 하고 힘든 치료가 시작 되었다. 독한 약을 쓰기에 항암 주사를 두 번 맞기도 전에 머리가 뽑혔다 미용실에 가 머리를 깨끗이 밀었다, 그리고 얼마 후 머리 감고 나온 아이가 "엄마, 내 머리 좀 봐" 해서 보니 머릿속 뿌리까지 다 빠져 맨들맨들한 하얀 머리가 아주 이상해 보였다 나는 정말 어설픈 웃음을 지으며 "스님이 너한테 기도해 달래겠다." 하며 고개를 돌려 버렸다.

날이 갈수록 아이는 힘들어했다. 어느 날 병원에서 종이를 접으면서 진료 순서를 기다리고 있는 내게 "엄마 나 암이지" 한다. "왜? 그렇게 생각 하는데" 하니 아무 말이 없다 내가 "그럼 그런 가부지" 하니 "엄마, 우리 집에서 내가 제일 건강한데 내가 걸려서 참 다행 이예요" 작은 아이의 이 소리를 들으면서 나는 그 때 처음으로 소리 없는 울음이 얼마나 더 힘든지 알았다. 그렇다. 가족이란 이런 것이다. 엄마는 대신 아팠으면 하고 우리 집에서 서열이 제일 낮은 아이지만 자신의 힘겨움 보다 다른 가족의 힘겨움을 더 힘겨워 하는…….

가족이란 그런 끈끈함이 있다 그 끈끈함은 오래된 녹은 설탕과도 같다 얼마 안 된 새 설탕은 보스스 사방으로 흩어지는 밝은 이기적이라면 오래된 녹은 설탕의 끈끈한 엉킴은 꽁꽁 뭉쳐 잘 떨어지지 않고 떼어 놓아도 어딘가에 눌러 붙어 움직이려 하지 않으며 힘들어도 떨쳐내지 못하고 같이 가슴 맞대며 고통을 나누는 관계. 상쾌함이 아닐지라도 손을 놓지 못하고 좋을 때보다 어려울 때 더 마음을 드러내 위안을 주며 젖은 눈물에 마른 수건을 들고 기다려 주는 인내의 따뜻함이 있다.

요즘 그 가족 수가 점점 줄어 핵가족으로 축소되어감에 따라 보듬는 행위의 양손 나눔 또한 적어 졌고 들어오는 마음의 줄기도 덩달아 엉성해 사이 사이 틈새로 서늘함의 실 줄을 엮어 내지만 반면 축소의 가족은 상호간의 마음 씀씀이 자잘하니 섬세하게 손끝에서 발끝까지 훈훈한 염려로 찐하게 보듬는 좋음도 있다.

가족도 가족속의 가족이 또 있다. 형제간. 부모 자식 간. 부부간. 온 가족으로 나누어진다. 형제간의 가족은 뭉침에서 분열의 변화가 있고 부부간 가족은 좋을 때 빛을 발하며 부모 자식 간 가족은 항상 한쪽의 저울이 기우는 다음대로 기울어짐을 넘겨받는 연결의 꼬리를 계속 이어가는 가장 숭고한 가족이다. 온 가족 간의 가족은 집안에서 보다는 집 밖에서 더 돈독함과 감싸는 힘이 크다. 그러므로 가족은 내게 힘이고 기쁨이고 사랑이며 살아 숨쉬는 "생"이다.

씻기운 삶

    내가 살아가는 1년 중 잠간 멈춤, 잠간 절제, 작은 희생, 기도 향해 머리 숙이고 겸손을 흉내 내려 하는 시기가 바로 사순 시기이다.

    세상이라는 곳에서 나이 들어감에 있어 내게는 다름의 고통들이 늘어난다. 그 고통들을 이겨냄에 있어 새봄 겉절이 보다 묵은지에 익숙할 나이이런만 만개한 꽃 보다 살짝 오므린 꽃 봉우리가 더 신비스러움으로 다가 옴은 내 마음이 아직 고통을 받아들이기에 철이 덜 들었나 보다. 몸은 연로해 가는데 마음은 새싹을 향해 풍선을 불고 있으니 고통의 무게를 견디어 내는데 둥글지 않고 모가 나 있어 나는 더 힘들다.

    요새 먹거리는 제 철이 없이 비닐하우스에서 좀 더 일찍 좀 더 일찍 하다가 끝내는 비닐하우스에서 제 철을 맞는 먹 거리처럼 마음만 조급증으로 매번 인생을 가불해 사는 듯 편치가 않다. 늘 가불 인생이다 보니 사순시기만 있지 극기 희생은 저 깊숙이 묻어 꺼내 보도 못하고 부활 또한 제대로 맞지 못해 제철 부활을 미리 보내 버리는 어리석음을 범한다.

    이제라도 나이 값 좀 해보자 하고 마음 들이민 곳이 사순시기 중간지점, 초입은 훌쩍 건너뛰고 이 중간에 앉아 빈 마음으로 준비 없이 황홀한 눈빛으로 부활만 바라보고 있다.

    예수님도 유혹을 당하시고 산에 올라 어느 제자 한명 동참하여 기도해 주지 않아 홀로 외로이 밤새 간구하고 끝내는 멀리서가 아닌 측근의 배반을 맛보기도 하셨다. 헐렁한 가시관 탓에 쑥 목에 내렸다 다시 올려 머리에 얹느라 피 엉김의 얼굴로 납덩이 매달린 채찍에 맞은 온몸에 상처가 피로 옷깃을 여미고 내가 자신이 매달려 죽을 자리 십자가를 끌고 끝내 못박혀 하늘을 우러러 "아버지 어찌하여 저를 버리시나이까?", "거둘 수만 있다면 이 잔을 제게서 거두어 주소서"

요 기도가 어찌 그리 내 마음에 쏙 담기는지, 천하에 제일이신 예수 그리스도께서도 저리 허약하게 하느님 아버지께 바라고 의지했거늘 일개 나약한 나야 뭐? 하며 요리도 요령 피며 꾀부리고 살았을까?

예수님의 그 뒤 "당신 뜻대로 하소서!" 온전한 순종과 그 못 박힘이 내 대타였다는 사실은 왜 몰랐을까? 이 무식함과 이기심이 주먹은 내 탓이요! 내 탓이요! 가슴을 치면서 되돌아오는 울림은 네 탓이야!를 반복하면서 사순 때는 무슨 큰 생색이나 내듯 한 끼 굶고 하루 고기 안 먹는다고, 겉치레적인 사순만 보냈으니…….

대로에서 기도하고 자녀라는 이유로 약자인 아이들 앞에 우뚝 서서 힐난하고 불편함은 서둘러 치워 버리는 못난 제가 이번만큼은 절대 부활을 그냥 지나쳐 보내지 않을 거라 다짐 하면서 내 어리석음의 몸짓 하나하나를 바라봅니다. 그리고 제게서 그것들을 하나하나 다 떨쳐 보내려 노력할 것입니다.

나는 내 어리석음의 몸짓 하나를 버릴 것입니다.
다 내 것이야 하여 얼굴을 그늘지게 한
넘치는 욕심을 버릴 것입니다.

나는 내 어리석음의 몸짓 하나를 버릴 것입니다.
내 믿음이 부족해 가슴을 답답하게 한
굳어버린 근심을 버릴 것입니다.

나는 내 어리석음의 몸짓 하나를 버릴 것입니다.
내가 어리석어 병들게 한

빠알간 미움을 버릴 것입니다.

바람 부는 날에도 나는 버틸 것입니다.
그늘지게 한 넘치는 욕심을
싸아한 바람에 말끔히 날려 보낼 것입니다.

비오는 날에도 나는 버틸 것입니다.
답답하게 굳어버린 근심을
마알간 빗물에 깨끗이 흘려보낼 것입니다.

쨍쨍 땡볕에도 나는 버틸 것입니다.
병든 빠알간 미움을
화사한 볕에 사각사각 말려 보낼 것입니다.

「인생」을 읽고

　위화가 서문에서 말하듯 인생을 감동적인 우정에 비유해 살아가는 동안은 흙먼지 풀풀 날리는 길을 함께 가고 죽을 때는 빗물과 진흙 속으로 함께 녹아든다고 했다. 아울러 중국 속담에 '머리카락 하나에 삼만 근을 매달아도 끊어지지 않는다. 라는 말이 있다. 이와 같이 인생이란 초인적인 힘의 질김 인 것 같다.

　또한 문학이란 작가가 의식하는 것뿐만 아니라 의식하지 못한 것 까지도 이야기한다고 했다. 그렇다면 독자는 이러한 순간에 일어나 자기 소리를 내 작가와 독자의 합일이 더 큰 작품을 만들어내는 것은 아닐까 생각해 본다.

　이 글은 촌에 가서 민요를 수집하는 일을 하는 사람이 촌에서 만난 노인의 살아온 이야기를 쓴 것이다. 이 글의 주인공 푸구이는 보통시골 사람들이 고생스러운 생활이 기억을 흩뜨려 자신의 지난날을 대충 얼버무리기 일쑤인데 푸구이는 자기 이야기 하는 것을 좋아 했다, 그 이야기 속에서 또 한번 지나온 삶을 사는 것 같았다.

　푸구이는 소는 밭을 갈아야 하고 개는 집을 지켜야 하고 중은 탁발을 해야 하고 닭은 새벽을 알려야 한다며 소에게 도를 가르친다. 거기에 '황제는 나를 불러 사위 삼겠다지만 길이 멀어 안 가려네' 호기도 부려보면서 이어 '얼시! 유칭! 게으름 피면 안 돼! 자전! 펑샤! 잘하는 구나. 쿠건! 너도 잘 한다' 하며 소가 자기만 일하는 것이 아니라 다른 소도 일하는 구나 느끼게 하려고 여러 이름을 부른다고 했다. 푸구이 노인은 밤톨 같은 지혜로움보다는 풍랑 속에서 나온 지혜로움으로 생활하는 것 같았다.

'젊었을 때는 난 먹고 마시고 계집질하고 도박하고 방탕한 짓이란 짓은 다 해봤어'로 이야기를 풀어간다. 칭러우라는 뚱뚱한 기생집에서 도박을 하고 종종 칭러우에게 업고 나가달라고 해 성에 사는 미곡상 장인을 만나면 기생 머리를 잡아당겨 세워 내려서 안부 인사를 하면 장인은 쑹화단 얼굴로 변해 자리를 피했다.

자전은 너그러움과 지혜로운 덕을 품은 사람이었다. 하루는 야채로 된 네 가지 요리에 술까지 준비하고 야채요리는 각기 다른 방식으로 만들었지만 밑에는 모두 비슷한 크기의 돼지고기가 들어 있었다. 자전의 뜻은 겉모습은 다 달라 보여도 아래는 다 같다는 것을 음식으로 보여준 것이다. 자전의 예봉을 감추고 에두르는 말도 아버지의 신발짝도 소용이 없었다.

도박장에는 예순살 가량의 절대로 도박에서 지지 않는 선 선생이 있었고 일본이 항복하던 해에 젊은 룽얼이 왔다. 선선생과 룽얼의 대전에서 룽얼이 이기고 그 후 선 선생은 다시는 나타나지 않았다. 룽얼은 조금씩 풀어주고 한 번에 크게 먹는 식으로 푸구이는 100묘의 땅을 몽땅 잃었다. 아버지가 잃은 100묘의 땅을 찾겠다고 했지만 남은 100묘 마저 다 잃고 살던 집과 땅을 룽얼에게 넘겼다. 그 대금은 아버지가 동전으로 바꾸어 푸구이가 직접 갖다 주게 했다. 조상들이 돈 벌기 위해 얼마나 힘들었는가를 알려주기 위해 가벼운 은화보다 동전으로 바꾸어 준 것이다.

그날 밥상머리에서 아버지는 "옛날 우리 쉬씨 집안 조상은 병아리 한 마리를 키웠을 뿐인데, 닭이 되고, 거위가 되고, 양이 다시 소가 되어 부를 이루고 살았는데 자신의 대에서 반대가 되었다고 한탄하며 이 집에서 죽고 싶었는데" 하시더니 끝내는 작은 집으로 옮겨가지 않고 집밖 변소에서 볼일보다 똥통을 베개 삼아 숨을 거두었다.

수족처럼 함께 지내던 머슴 창건이 빌어먹어도 황제는 황제 돈이 없어도 도련님은 도련님이라고 끝까지 예를 갖추고 오갈대가 없지만 짐 지우지 않기 위해 떠나갔다.

작은 집으로 옮긴 뒤 어머니는 '사람은 즐겁게만 살 수 있으면 가난 따위는 두렵지 않은 법이라고 했다.

집이 망하고 장인은 자전이 시집올 때처럼 화려하게 가마에 태워 데려갔다. 자신의 땅이었던 룽얼의 땅을 다섯 묘 받아 농사를 지으면서 거친 옷에 길들여지니 비단 옷이 미끌미끌한 것이 꼭 콧물로 만든 옷 같았다고 했다. 석 달 뒤 창건이 찢어진 옷에 고목가지 지팡이에 이빨 빠진 그릇을 들고 찾아왔다. 모자간에 한 두 숟갈씩 덜먹고 창건과 같이 살려 했으나 그대로 떠나고 한 번 더 평샤의 비단머리 묶는 것을 주었다며 품에 품고 왔다. 그 뒤 다시는 오지 않았다. 자전은 아들 유칭이 태어난 지 6개월 만에 돌아왔다.

어머니 약을 지으러 갔다가 포병부대에 이끌려 북으로. 북으로 끌려갔다. 그 중대는 열 대여섯살난 춘성이란 소년과 여러 차례 도망 중에도 질기게 살아남은 라오취안도 있었다. 푸구이는 해방군에서 나와 집으로 돌아왔을 때 어머니는 '푸구이는 노름을 하러 간 게 아니란다. 하며 세상을 떠났다. 평샤 또한 열병으로 듣지도 말하지도 못했다. 그리고 마을에 토지개혁이 시작되었는데 빳빳하게 굴던 룽얼은 총살을 당하기 위해 끌려가면서 푸구이 옆을 지날 때 '푸구이 너 대신 내가 죽는구나! 했다. 방탕한 생활 덕에 재산과 부모님을 다 잃었지만 하나뿐인 목숨을 건졌다. 그리고 '앞으로는 제대로 살아야지' 하는 깨달음을 얻었다. 자신에게 겁줄 필요 없이 운명으로 받아들이고 자전 또한 복 같은 건 바라지 않는 다고 했다.

한번은 풍수장이가 와서 강철을 녹일 때의 장소 명당을 찾을 때 푸구이 집을 보고 명당. 이구나 해 헐릴 판 이었는데 풍수장이와 자전이 아는 관계로 다른 집이 헐리게 됐다. 이 집에서 목숨도 얻었고 집도 헐리지 않았으니 명당은 명당인 모양이다.

워낙 어려운 시절에 홍수로 농사를 망쳐 먹을 것이 없었고 풀조차 없어 나무뿌리를 먹는 지경에 이르렀을 때 밭에서 평샤가 고구마를 한 개 캤으나 다른 남자가 자기 것이라 우겨 싸우다 반에 반 조각을 얻고 그것이 가족에 허기를 채울 수 없음을 모를 정도로 먹을 것이라곤 없던 시대, 자전은 구

루병이 걸렸지만 먹지 못하고 쉬지 못해 병은 점점 더 깊어 만 갔다. 머리가 어깨에서 떨어져 내릴 것 같으면서도 성에 사는 아버지께 하루를 보내고도 저녁 무렵이 되어서 가슴에 숨길 정도의 쌀을 얻어 와서는 눈물을 흘리며 '이 쌀은 우리 아버지 이 사이에서 빼온 거예요' 했다. 자신이 밖에 나가지 못했을 때도 옷은 안 입으면 빨리 못쓰게 된다면서 자신의 옷으로 아이들의 옷을 만들어 주었다.

그즈음 학교교장 현장 부인이 출산 도중 피가 모자랄 때 아들 유칭이 수혈하다 피를 너무 많이 뽑아 죽어 갔다. 이것은 힘없는 자가 힘 있는 자에게 '생, 살아 장기기증 아니겠는가? 죽은 아들을 부모 무덤 앞에 구덩이를 파고 묻는데 누워있는 아들 십 삼년 산 아이는 이제 막 낳은 아이같이 작아 보였다. 자전에게 아들이 학교에서 쓰러져 병원에 오래 있어야 한다고 속였으나 자전이 알게 되고 자전과 아들의 묘에 다녀오면서 유칭이 맨발로 뛰어 오던 꼬불꼬불 한 길은 처연한 달빛에 하얀 소금을 흩뿌려 놓은 것 같았다. 짠 슬픔이 그렇게 짜고 차갑게 보였을 것이다.

집에 들른 대장이 자전을 보고 이미 틀린 것 같다고 말했을 때 집안에 식구의 반이 죽어 간다면 솥은 반쪽이 부서져 나간 것이고 그 솥은 이미 솥이 아니며 집 또한 집에 아니라고 했다. 푸구이도 며칠 동안 앓았고 폭삭 늙어 버렸다. 유칭이 죽고 한 달쯤 지나 춘성이 찾아 왔다. 춘성은 전쟁 중에 만난 그 춘성이며 유칭이 죽게 된 계기가 된 출산한 교장 남편이었다. 그가 와 사과하며 푸구이에게 돈을 건넬 때 자전이 소리소리 지르며 꺼지라고 했다.

성안은 문화 대혁명으로 정신없었지만 푸구이가 사는 마을은 별 변화는 없고 다만 밤중에 공문이 내려와 마오주석의 훈화를 들으라 했지만 푸구이와 자전의 걱정은 오로지 평샤였다. 대장의 주선으로 완얼시라는 머리가 어깨에 기대인 삐뚤이로서 운송 일을 하는 사위를 보았다. 완얼시가 처음으로 평샤네 집에 왔을 때 두리번거리기만 하다 돌아갔기에 깨진 줄 알았는데 다음 날 여러 사람을 데리고 와 지붕이며 담을 수리해주고 자전 발밑에 받침까지 만들어 왔다. 평샤를 시집보내고 두 부부만 남았을 때 수 십 년 같이 살았건만 아직 다 못 본 게 있는 사람같이 서로 이리저리 보곤 했다. 푸구이는 그나마 일을 해 덜했지만 자전은 하루 종일 침대에서 힘들 것을 알기에 해질 무렵이면 자전을 업고 동네를 돌았다.

성안은 문화혁명이 대단해 평샤네 베갯잇에도, '결코 계급투쟁을 잊어서는 안 된다' 침대보에도 '폭풍과 격랑 속에서 전진 한다'라는 문장 탓에 매일 마오 주석 말씀 위에서 잠을 잤다. 춘성도 세상이 바뀌며 매일 고문에 시달렸다. 그러던 중 푸구이 집에 살기 싫어졌다며 작별인사를 하러 왔다. 이때 자전은 침대에서 "우리한테 목숨하나 빚 졌으니 당신 목숨으로 갚으라"며 춘성이 살아있어야 한다고 했지만 끝내 춘성은 목을 매 자살했다. 완얼시가 평샤 생각함은 대단했다. 결혼 때 빚 때문에 모기장을 살 수 없음에 저녁이 되면 자신이 먼저 침대에 누워 모기에게 배불리 먹이고 부인을 자게 하는 좋은 사람이었다.

평샤가 아이를 낳다가 죽고 3달도 못돼 자전은 "내 한평생도 이제 다 끝나가네요 다음 생에서도 우리 같이 살아요. 당신은 쿠건과 얼시가 있으니 계속 잘 살아야 해요" 하며 자전은 죽었다. 아주 편안한 마음으로 깨끗하게 죽은 뒤에 아무런 시비도 남기지 않았고 죽고 나서 사람들 입에 오르내리지도 않았다. 완얼시도 시멘트 판에 끼어 죽고 소사기를 그렇게 원했던 손자 쿠건은 소사는 것을 보도 못하고 콩을 너무 많이 먹어 죽고 푸구이 혼자 남았을 때 슬픔 뒤에 안심과 편함도 있었다. 내가 죽음을 거둘 식구도 없고 내가 죽은 뒤를 위해서 베개 밑에 10위안만 넣어두면 되었다.

지금의 늙은 소는 너무 늙어 도살당하기 직전 사온 소이다. 바보 소리를 들으면서 이름은 푸구이로 불렀다. 지금도 두 늙음은 죽지 않고 동료 푸구이에게 말한다. 오늘 유칭과 얼시는 한 묘를 갈았고 자전과 평샤는 7활에 8활 정도 갈았고 쿠건은 아직 어려서 반묘를 갈았다네 긴 일에서 두 푸구이는 사라지고 마을에 저녁이 펼쳐진다. 황혼이 사라질 때 대지가 어둠을 부른다. 어둠 속에서 두 푸구이는 휴식을 취할까?

*이 책을 보면서 예전 우리네 아낙이 행주치마로 눈꼬리 찍어 내는 여자의

일생이 떠올랐다. 단지 여성과 남성 차이 우리 여자의 일생은 자신이 풍랑 속으로 빠지게 하기보다는 타인에 의함이 더 높은데 반해 중국 남자의 일생에서는 자신이 풍랑 속으로 빠지게 하는데 기여함이 더 우위를 차지함이 다를 뿐이다. 그러나 주인공 푸구이는 자신의 험난함을 물 흐르듯 받아들이는 소박함과 소와 어울려 아직도 일손 놓지 못함은 누구를 위함일까?

소와 나와 죽은 가족 몽땅 함께 일하는 생활인 것이다. 얼시도 유칭도 자전도 펑샤도 어린 쿠건까지 밭을 갈며 살아간다. 하루 종일 내내. 가족 모두가 살아서,

감자

말라가는 내 한 몸을
조각조각 여럿으로 도려내
겨우내 앓아온 뾰루지 땅에 묻어
꽁꽁 뭉쳤던 한을
줄기로 잎으로
태양 향해 팔 휘저을 때
어둠속 저 아래 지하에서는
하얀 한의 실타래를
서리서리 풀어 내린다.

태양 아래 진한 보랏빛 향을
아래로아래로 흘러보내니
창백한 실타래의 웅크림이
몽울몽울 알알의 사랑을 엮어낸다.
자식에 다 빼앗겨
굴곡 없이 푸근한 엄마의 가슴처럼
파삭이는 뽀오얀 분가루처럼
질리지 않는 소박한 가족을 일군다.
썩지 않은 청국장처럼.....

저녁에

아침과는 달리 저녁에는 급히 서둘러야하는 부산함도, 바쁘게 시끄러운 뜨거움의 대낮도 넘겨 보내고 맞이하는 엄마 품 같은 아늑함이 있다. 딱! 떨어지는 저녁보다 저녁에 란 단어가 운치가 있고 넉넉한 것은 뒤 끝에 붙은 부드러운 연결의 여유로움 때문일 것이다.

저녁에 누군가 나를 기다려주는 이가 있고 떨어져있는 시간을 뒤로 하고 만나러가는 설레임 도 있다. 경쟁에서 하나를 떼어버리고 홀가분하게 가벼운 마음을 소파에 앉힐 수 있는 시간도 바로 이 저녁에만 할 수 있다.

느긋하고 정겨운 만찬으로 저녁 식사를 마친 뒤 자투리 공간을 내가 좋아하는 과일에 할애해 주기도 하면서 TV로 내가 미처 가보지 않았던 세상과의 만남 시간도 저녁에 가장 길다.

무거웠던 일들 가벼웠던 일들 찡그렸던 일들 미소 짓던 모든 일상들을 발끝에 모아두고 하루 종일 서있던 내 머리를 낮은 베개로 내려놓을 때 아! 이 편안함, 입 꼬리가 귀밑을 향하고 요동의 윗 삶에서 은은히 내려앉는 삶으로 하루를 정리하려 하는 때이기도 하다. 이런 일 저런 일 많은 간지러움의 생각들을 순위를 매기며 스크랩하는 시간도 이 저녁에만 가능하다.

오늘 하루를 모두 접으려는 나의 시야에 내 인생의 영상이 지나 간다. 점 하나 없이 투명한 나의 어린 삶이 지나가고 집의 지붕을 벗어나 부모님의 손길을 벗어나 밖의 생활이 점차 점차 길어져가는 10대, 20대를 지나 내가 중심축에 서있는 30대의 작은 책임에서 왕성한 40대의 돌봄에서 꿋꿋이 지내다 조금씩 내려가는 엷은 삶의 50대 제일 끝자락인 지금의 나는 어디쯤의 저녁에 와있는지 생각해 본다.

그래도 겨울의 저녁보다는 여름의 저녁이 더 오래 밝고 오래 동적이지 않을까 해 나의 저녁은 여름의 초저녁으로 잡고 싶다. 서쪽으로의 햇길이 아직은 많이 남아있는 조금은 따가울 듯한 여름의 초저녁에 차려진 밥상을 맞는 것이 아닌 거두어진 재료를 다듬는 쯤의 길목에 서있다.

이미 거두어진 재료지만 상하지 않게 바로바로 실천으로 제대로 된 밥상을 순서별로 차리려고 노력할 것이다. 그래야만 소중한 내 인생의 일부를 쓰레기에 넘기는 사고는 범하지 않을 것이기에 나는 나의 저녁에의 삶을 너무 서두르지도 않고 너무 나태하지 않게 품위 있는 속도를 유지해가며 "있다". 저녁에 맛있는 삶을 맞이할 것에 가슴 달래달래 떨어가며 예쁘게 기쁨의 바구니를 엮어 갈 것이다. 그래서 나는 저녁에 행복한 미소를 지을 것이다.

최현숙

당신의 위스타

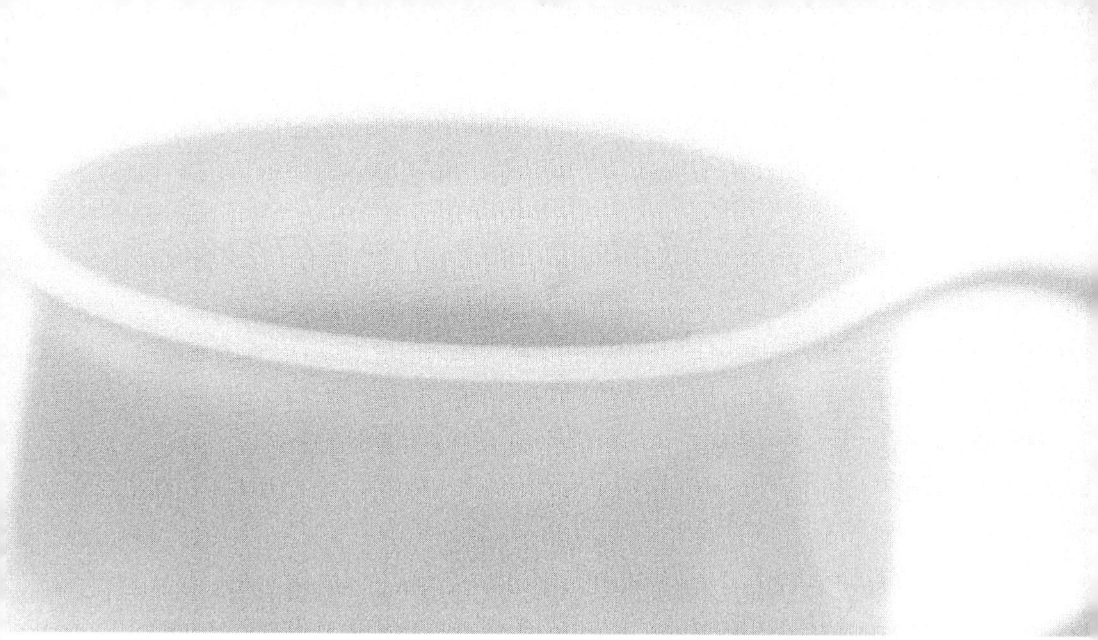

아버지 / 감자밭의 추억 / 내 인생에 가장 영향을 끼친 사건과 사람 /

당신의 유스타 / 옷 / 「제비를 기르다」를 읽고 / 귀여운 가연이

아버지

맑고 큰 까만 눈망울 속에 항상 웃음을 띠고 있는 눈과 옥수수를 삶아 놓은 듯한 가지런하고 약간은 노란빛이 나는 이를 언제나 드러내놓고 즐겁게 웃으시던 모습이 우리아버지의 영상이다. 나는 맏딸로 아버지를 유난히 따랐고, 언제나 아버지는 나를 '우리 공주', '우리 딸'이렇게 불렀다.

내가 중학교를 졸업할 때는 읍내에서 가장 큰 상점인 '21세기'에서 동그랗고 아주 작은 시계를 사주셨고, 고등학교를 졸업할 때는 '21세기'여주인에게 특별히 부탁하여 나에게 어울리는 빨간색 핸드백을 서울에 가서 사오도록 주문해주셨다.

지금도 기억난다! 그 예쁜 조금은 진한 빨강 색상! 장식이 유난히 크고 비쌀 것 같은 고급스럽고 조금 큰 가방! 이 핸드백을 처음 어깨에 메고 첫 출근할 때 어깨가 조금 처지고 어색해하는 나에게 코트 카라 밑에 보이지 않게 옷핀으로 고정시켜주시고 즐거워하시던 모습이 눈에 선하다.

우리 아버지는 공무원이셨다. 농사짓는 친구들의 아버지보다 우리 아버지는 깔끔한 복장에 넥타이를 메든지, 새마을 운동복 자켓을 입으시고 아침이면 출근하셨기 때문에 자랑스러웠다.

그 시절 보기 드문 스포츠맨이셔서 정구를 즐겨 치셨고 경기도 대표선수로 우승기를 타오시기도 하셨다. 어떤 날 저녁이면 두 손을 쫙 피고 오른쪽과 왼쪽팔의 길이가 다른 건 테니스를 많이 쳤기 때문이라며 자랑스럽게 우리에게 말씀하시곤 하셨다.

육남매 중 나에게 빨간 테가 둘러진 작고 예쁜 가벼운 테니스 라켓을 사 주셨지만, 공부한답시고, 시간 없다고 연습은 하지 않고 멋으로 항상 책가방과 함께 들고만 다녔으니 겉멋만 들었던 것 같다. 나는 이 라켓을 들고 다니는 것만으로도 얼마나 우쭐대고 행복해했는지 모른다.

내가 결혼한다고 했을 때 아버지는 강력히 반대하셨다. 남편과 나는 열한 살 차이인데다 직업이 해병대 군인이었다. 그 당시 열두시면 통행금지 싸이렌이 울렸는데 남편은 결혼 승낙을 얻고자 아버지가 퇴근하시기만 몇 날이고 기다렸지만 아버지는 뒤곁에 숨어계시다가 총각이 싸이렌 소리를 듣고 나가면 들어오시곤 하셨다. 한 달이 넘자 남편이 나에게 구원요청을 하였다. 혼자는 못하겠다고… 나는 용감하게 아버지 앞에 무릎을 꿇었다. 아무 말도 하지 않았다. 이내 아버진 "그렇게 좋으냐?" 하시면서 내 맘속 결심을 알아차리시곤 "내가 우리 공주를 이대위에게 주는구나" 하시면서 허탈해 하시던 모습이 눈에 선하다.

내가 명동에서 패션사업을 한다고 한창 잘 나갈 때, 아버지가 머리가 너무 아파서 근무를 하실 수 없을 정도라 하여 나는 자랑스럽게 효도하고 싶었다. 서둘러 명동에 있는 성모병원에 입원시키자, 머릿속 가는 핏줄이 꽈리처럼 피가 고여 있으니 잘라 내기만 하면 된다고 했다.

세상을 너무 몰랐나? 서둘러대는 나의 평소의 성격 탓인가? 의학상식이 너무 없었나? 그냥 의사가 나의 아버지를 행복하게 해줄 천사 같았다. 하지만 수술중에 너무나 어처구니없이 돌아가셨다.

엊그제까지도 직장에 열심히 다니던 멀쩡한 분을! 그 환하게 언제나 나를 향해 웃던 아버지의 얼굴을 볼 수 없다니…… 내가 울 아버지를 얼마나 행복하게 해 드리고 싶었는데!! 그 때 아버지의 뒷주머니에는 그 언젠가 내가 남편 모르게 드렸던 십만 원짜리 수표가 접혀 있는 채로 그대로 있었다. 아버지는 알고 계셨나 보다! 딸의 마음을……

몇 년이 되어도 쓸 수 없었던 아버지의 심정이 가슴을 치며 나를 큰소리로 한없이 울게 하였다. 장례를 치르기 위해 집으로 아버지를 모셨을 때 나는 아버지가 다시 꼭 살아나실 것 같은 어처구니없는 상상 속에 병풍 뒤 흰 보로 싸여진 아버지를 삼일 동안 내내 두려움 없이 들여다보고, 또 쳐다보고, 지켜보았던 애틋한 시간들이 생각난다.

지금도 가지고 있는 '최상훈'이라는 아버지의 이름과 전화번호가 적힌 낡은 명함! 그 명함 뒤에는 나의 남편에게 보낸 한석봉 부럽지 않은 명필의 짤막한 편지 글귀가 부드럽고 다정한 나의 아버지와 함께 언제나 나의 책상 속에 있다.

아버지의 필체는 유명했다. 군청에서 대외적으로 쓰인 글은 자랑스럽게 김포 번화한 길 한 가운데고 어디서고 아버지의 필체로 펄럭이곤 했다.

또 책읽기를 좋아하셔서 조용히 독서에 빠져 있던 모습이 눈에 선하다. 그 많던 책들은 벽장 속에서 뒹굴었고 아버지만의 서재를 갖고 싶어 하셨지만 기울어가는 형제 많은 옛날 부잣집 큰 아들에겐 엄두도 못 내셨을 것이다.

어느 여름날, 독서에 빠져있는 아버지께 무슨 책이냐고 내가 묻자, 박종화 님의 "자고 가는 저 구름아"라는 책이라며 너도 나이를 많이 먹걸랑 한 번 읽어보라고 하셨던 것이 생각난다. 하지만 아직도 그 책을 읽지 못했으니 이제 아버지가 얘기한 그 나이가 되었나 보다.

또한, 우리 아버지는 누구에게나 함부로 말을 놓아 하지 않으셨다. 같이 근무하던 사회초년생인 내 친구에게도 반말을 하지 않은 분이시라며, 동창회에 가면 친구들조차도 그리워한다.

이제 내가 결혼하여 벌써 삼십칠 년! 우리 아이들이 남편을 아빠! 아버지! 라고 부를 때 마다 남편과 아버지의 젊었을 때 얼굴이 합성이 되어 마음이 따뜻해 온다.

아버지의 지극한 사랑으로 초년을 행복하게 지냈고, 지금은 친정아버지와는 다르지만 내 아이들에게 다정하고, 따뜻하고, 살뜰하게 대하는 남편의 사랑을 느끼면서 또 다른 인생의 행복을 느낀다.

아! 아버지와 자식 사랑이 이렇게 어떤 끈끈한 끈으로 연결되어 이 시간을 훈훈하고 뜨겁게 달구어 오는 어떤 막을 수 없는 '천륜'이라는 힘으로 나의 가슴을 벅차오르게 하고 있다.

감자밭의 추억

　내가 어렸을 적에 살던 우리 동네 끝자락쯤에 십자가가 높이 솟아 있는 예배당이 있었다. 그 예배당 바로 밑에 아침조회 시간이면 연단에 올라 오서서 애국가를 멋지게 지휘하시는, 얼굴이 희고, 진짜 예술가와도 같은 백 선생님이 사셨고, 우리 밭은 그 선생님 댁 바로 앞에 3마지기 정도 있었다.

　선생님 집 넓은 마당엔 장미 넝쿨로 울타리를 한, 잘 꾸며져 있는 예쁜 정원이 이름 모를 많은 꽃들과 함께 있었고, 나는 우리 감자밭에 감자를 캐러 갈라치면 그 앞마당의 정갈함과 아름다움에 마치 딴 세상을 보듯, 오랫동안 훔쳐보곤 하였다. 하지만 우리 밭은 다른 밭에 비해 잡초가 무성했고, 깔끔한 그 선생님 보기에 늘 창피 하였던 기억이 있다.

　우리 집은 아이들 간식꺼리로 심으셨을 뿐, 농사꾼이 되질 못했었나보다.

　그 밭엔 옥수수와 감자를 언제나 심으셨는데, 그 감자밭의 매혹적인 보라색의 아린듯한 감자꽃 냄새는 한여름일 때도 나를 학교가 끝나면 감자밭으로 달려가게 하였다. 신비한 보랏빛 꽃색 가운데 노란색과 흰색 수술의 조화로움은 환상적이지 않은가?

　또 감자를 캐려면 주렁주렁 달려 나오는 크고 작은 흰 알캥이들은 서로 떨어지기 싫은 형제들 인 양, 호미를 쥔 손에 여간 정성을 다 하지 않으면 안된다. 마치 어린아이가 꽈배기를 부러지지 않게 떼어 먹듯 조심조심 해야만하기 때문이다. 감자밭의 약간 촉촉하기도 하고 부드러운 흙을 맨발로 밟아본 기억이 있는가? 그 부드러움과 편안함이 지금도 내 발바닥에 느껴져

온다. 또 우리 감자밭의 색상은 약간 진한 회색과 검정색을 합쳐 놓은 듯, 안정감이 있었고, 그 감자밭의 감자는 참 맛있었다. 약간 덜 익어 단물이 차 있는 옥수수와 껍질을 까지 않고 그대로 쪄서 뜨거운 놈을 불어가며 까먹던 한여름의 그 맛을 잊을 수가 없다.

또 한 가지 아련히 떠오르는 추억이 감자밭과 함께 떠오른다. 그 감자밭을 학교가 끝나면 왜 그리도 자주 갔을까? 우리 집에서 감자밭을 가는 중간에 우리 반 반장인 "김 교식"이라는 애네 집이 있었다. 그 애와 나는 3년을 줄곧 같은 반이었다. 그 애는 어려운 산수 문제도 척척 푸는 신비에 가까운 아이였던 것 같다. 큰 눈을 가지고 언제나 당당한 모습은 나와 동년배가 아닌 오빠 같았다.

내가 소쿠리를 옆에 끼고 우리 감자밭에 가려면 어쩐 일인지 그 아이는 언제나 자기 집 앞에서 나를 보고 싱긋이 웃고 있었다.

'공부를 열심히 하다 잠깐 쉬는 모양이다.'

항상 나는 그렇게 생각했다.

또 언젠가는 가을 추수 때인 것 같다. 우리 밭 과 그 애네 밭이 지척에 있었는데 그 집은 남자 형제들이 많아서인지 그 날은 그 밭에 사람들로 가득했다. 모두들 크게 웃고 떠드는 소리 가운데 그 애는 계속해서 나를 보고 웃고 있었다. 그 애 특유의 그 싱긋한 웃음! 헌데, 아! 이것이 웬일 인가? 그날은 잊지 못할 일이 생겼다. 내 가슴이 쿵쿵 뛰었다.

"그 애가 저녁미사엘 나온 것이다!" 그 애는 성당엘 안 다녔었는데 말이다.

"그 때 그 애는 내 마음을 알았을까?"

"그 애도 나를 좋아 했었을까?"

하지만 모른 척하였다. 천당가기만큼 힘이 든다는 우리 성당의 많은 층계 계단을 뛰어 내려오면서 그 애가 나를 보고 있음을 등 뒤로 알 수 있었다. 초등학교를 졸업하고 중학교 2학년까지도 그 감자밭으로, 내 옆에 끼고 가는 소쿠리에 그 애를 오늘도 볼 수 있을 거라는 그리움의 감자를 가득 담으려고 달려가곤 하였다.

그 애는 중3 때인가 서울 학교로 전학을 갔고 보이질 않았다. 6년을 같이 공부했고 졸업 후 어중, 남중으로 헤어졌다지만, 나는 그 애의 그 웃는 얼굴만 기억할 뿐, 말 한마디 해보질 못하고 그렇게, 그렇게 나의 사춘기는 흘러갔다.

하지만 지금도 내 기억 속에 아련히 피어오르는, 그 감자 밭에 발을 들여놓는 순간, 아리하고 진한 보라색 꽃내음은 잊을 수가 없다. 또 그 좁은 밭둑길을 헤치고 걷던 그 수풀길의 구부러진 모퉁이들과 어디쯤 건너 뛸 수 있는 개울이 있었는지는 지금도 훤히 그릴 수 있는 하나의 나의 마음의 정원이다.

예나 지금이나 감자를 좋아하는 식성은 변하질 않았나 보다. 된장찌개나, 국수국물의 진한 맛을 낼 때나, 미역국을 끓일 때에도 나는 감자를 썰어 넣는다. 그 포근히 씹히는 맛은 나를 고향으로, 나의 첫사랑 그 집 앞으로 이끄는 다정함이 나를 행복하게 하기 때문이다.

내 인생에 가장 영향을 끼친 사건과 사람

　내가 고등학교 1학년 때 "상업부기"를 가르쳤던 그 선생님이 인천에서 부임해 오셨다. 선생님은 키가 크시고 눈이 꽤 크신, 목소리도 우렁차시며 인상은 근엄하시지만 인자하신 큰 눈망울을 가지신 40대 중반의 미남선생님이셨다. 가을이면 베이지색 바바리깃을 올리고 김포 그 긴 학교길 누런 벌판을 큰 가방을 들고 당당하게 다니시던 모습은 모든 여학생들의 선망의 대상이셨다.

　언제나 특유의 큰 웃음을 웃으시며 누구하고나 함께 어울려 큰소리로 애기하며 당당하게 활보하는 모습은 아무런 꿈도 없이 그저 여자로서 조용히, 얌전하게 현모양처로만 꿈꾸며 살던 시골여학생에겐 다른 세상을 바라보는 힘을 주었다.

　그 시절 아주 보수적이고 숨이 막힐 것 같이 답답하게 한국전통의 어머니상을 교육하기에 바쁘신 선생님들이 퍽 계셨으나 우리선생님은 모든 면에서 다르셨다.

　선생님 존함은 "전 오장" 선생님! 왠지 이름 또한 선생님 모습과 너무 닮은 꼴이어서 웃음이 나온다. 나는 공부를 열심히 하였으며 그 선생님을 퍽 따랐다.

　그 해, 지금도 친한 친구 인권이와 나는 선생님의 담당이신 "교내은행"을 맡는 행운을 가졌으며 아침조회시간엔 뜨겁고 지겨운 운동장에 나가지 않아도 되었고 선생님과 함께 하는 시간이 많았으며 선생님은 우리에게 많은 이야기들을 해주셨다.

졸업선물로 우리 둘에게 각자 이름이 새겨진 도장을 선물로 주셨는데 그 조금 큰 묵직함에 갑자기 어른이 된 것 같은 기분을 가졌으며, 선생님과의 추억과 함께 영원히 간직하리라 마음먹었었던 기억이 난다.

나는 공무원이셨던 아버지 밑에서 6남매 맏이로 조금 일찍부터 불만이 있었던 것 같다. 그 당시 선생님께서는 자본주의 사회에선 경제가 우선이다며, 돈을 벌어야한다고 하셨으며, 그때 남진의 '저 푸른 초원 위에'란 노래가 유행이었는데, "그런 현실성 없는 꿈은 꾸지도 마라!", "현실은 꿈만으론 안된다!", "그림 같은 집은 없다!", "그림 같은 집 속에서 살려면 얼굴은 새까맣게 그으러져 있고 손톱 속은 어쩔수 없이 더럽고 몸은 언제나 고달퍼야 한다!", "조그만 슈퍼를 하더라도 장사를 해라!", "10년, 20년 바라보고 장기계획을 세워 앞으로 고속도로가 나면 필요한 나무장사를 하든지!", "당시 유행하던 플라스틱 그릇장사를 하든지 란제리장사를 해라!" 그 외 나의가슴을 통쾌하게 하고, 벅차오르게 하는 말씀들로 뒤흔들었다.

내가 대학을 못 간다고 했을 때 그 선생님만큼 안타까워하신 분이 또 있을까?

서울이나 인천에 가 있을 곳이 없고 동생이 많아 포기하겠다고 했을때 선생님 본가가 있는 인천에 가 있으면 되고 인천교대를 가라고 하셨으며 우리 아버지를 직접 찾아 가셔서 만나보신적도 있다. 하지만 난 그때 벌써 현실적인 사람이 되어 있었다.

취업반에 든 나는 고3 1학기 때 선생님 추천으로 무역회사에 취직하였다. 그때 친한 친구들 그룹인 "수정"이라는 써클이 있었는데 나 혼자만 취업반에 들어 오후 수업을 따로 다른 취업반애들과 공부해야 했으며 왠지 왕따당하는 기분은 여물지 못한 어린마음 한구석에 쓸쓸한 기분으로 남아 있기도하다. 또한 나는 초등학교 때부터 공부를 열심히 했고 우등상을 놓친 적이 없었다. 고3 1년 수업을 못 들었으니 우등상을 탈 수 없었으나 그 선생님 덕분으로 "공로상"이라 는것을 받고 그래도 우울하지 않은 졸업식을 마칠 수 있었던 것 같다.

나는 어린 나이에 결혼하였으나 장사든 사업이든 뭐든지 하고 싶어 안달이 나있었다.

고3때 취직하여 한 2년 다닌 무역회사 경리를 보면서 더 그랬다. 서울에서 가끔 내려오시는 까만 승용차의 사장님! 추석 명절이면 손수 해 오신 맛있는 음식들로 직원들 감격시키시는 그 우아하신 사모님! 몇 십 년 군청에 다니신 아버지 보다 더 많은 봉급을 받을 수 있었던 나의 월급봉투 등은 이 시골 촌뜨기가 사업이라는 것을 막연히 꿈꾸게 하였다.

결혼 초 그 당시 획기적인, 맨 몸의 마네킹에 민망하게 속옷만을 입혀 진열해 놓은 란제리장사를 했으면 좋겠다고 얼마나 졸랐는지 모른다. 또 신발가게를 하고 싶다는 등 머릿속이 온통 돈을 벌고 싶어 낯선 포항 죽도시장과 육거리를 남편 모르게 혼자 돌아다니기도 하였다. 어떤 이들은 혹은 비웃을지도 모르겠으나 나는 감히 이런 진취적인 생각을 빨리 할 수 있었던 것이 선생님과의 인연덕분이라고 말하고 싶다.

나는 결혼 후 큰 아이를 친정에 맡겨놓고 뉘엿뉘엿 해가 지면 아이가 보고 싶어 울어가면서 돈을 벌고자 마음을 다지며 미래를 계획하고 남편과 열심히 장사를 했다. 군인장교로 제대한 남편과 나는 무조건 명동으로 들어가서 돈을 벌고자 생각하고 시작한 것이 명동 코스모스백화점 계단에서의 아이스크림 장사이다.

우리는 2년 후 백화점 안에 있는 아이스크림 냉장고를 거의 다 운영하는 사장이 되었다. 그 후 우리부부는 명동에서 선물코너, 가방가게, 와이셔츠가게, "보니원"이라는 유명한 청바지집, 나중엔 "명문패션"이라는 간판을 걸고 100여명의 직원을 거닐고 명동에서 제일중앙거리에 매장을 두곳이나 운영하는 사업가가 되었다.

이제 결혼하여 37년째이다. 두려움 없이 안개 속 긴 터널을 뚫고 달려온 시간들이 그 당시, 그 시간엔, 되돌아보면 숨가쁘고, 어깨에 솜을 잔뜩 짊어지고 물속에 뛰어들어 헤엄쳐 나오지 못 할 것 같은 순간들도 생각나지만,

이러한 시간들을 용감하게 살아올 수 있었던 것도 그 선생님! 나의 선생님! 인생의 중요한 시간 시간 때마다 용기를 주시는 선생님 덕분인 것은 틀림없는 사실이다.

또한 나의 선생님은 나의 중요한 인생의 선택의 순간에 서 계시기도 하였다. 내가 어린나이에 결혼해야 할지 갈등할 때, 이 사람을 놓치기 싫은데 나이는 어리고, 나이차이가 너무나서 망설일때, 친구에게도, 엄마에게도 마음을 터놓을 수 없을 때, 나의 선생님에게 용기를 내어 장문의 편지를 썼다. 지금의 남편에게 제일 먼저 선생님을 찾아 뵙고 선생님의 승낙을 받아오라고 했다. 선생님의 명확한 판단을 믿고 싶었다.

선생님께서 나의 직장으로 장거리 전화를 하시면서 특유의 큰소리로 하시던 말씀 "생선인지, 상선인지 사람은 꽤 괜찮은 것 같다!", "하지만 나이도 어린데 결혼해서 고생이 안 되겠냐?", 결국 나의 결정을 존중하셨고, 선생님께서도 괜찮은 구석이 있다고 하셨다!

나는 많은 어려움을 이기고 흔들림 없이 결혼하였다. 지금은 선생님께서 얼마 전까지도 어느 학교 교장선생님으로 계시다던지, 경기도 교육청에서 그 능력을 마음껏 발휘하시며 건재하시다는 소문을 들은 지 오래되지만, 우리집 전화번호부가 바뀔 때마다 빠지지 않고 매해 "전 오 장 선생님" 하고 써 놓기만 할뿐이다.

우리부부가 한창 사업을 잘하고 있을 때 선생님 부부를 모셔와 자랑도 하고 식사대접을 딱 한번 해본 것말고는 선생님께 다가가지 못하고 있다.

어느 여름 방학 때인가 선생님께 편지를 쓰면서 "경애하는 선생님"이라고 썼던 것이 후회되고 자칭 "애제자"라고 썼던 것이 민망해지고, 지금의 남편이 선생님께 선보이려고 애쓰게 만들었던 것이, 남편의 속마음이 어떨까 미안해지는 지금이다.

전 오 장 선생님! 정말 훌륭하시고 좋으신 분!

내가 험한 인생 잘 살길 진심으로 바라서서, 누구보다도 철없었던 나를 잘 살도록 인도해주신 선생님이 눈물나오도록 마음속 깊이 고맙고, 이런 분을 나의 인생길에 만나게 해주신 나의 하느님께 감사드립니다.

어떤 날, 행운이 온 날, 누런 벼가 익어가는 그 좁고 긴 들판길을 바바리깃을 올리신 큰 목소리의 선생님을 뒤따라가며, 선생님의 큰 키에 압도당하고, 큰 웃음소리에, 그 당당함에 빠져버렸던 그 가을을 기억하며 걸어갈 수 있는 날이 올 수 있기를 기원해 봅니다.

그리고 선생님께 큰 소리로 자신 있게 말씀드릴께요!

선생님께서 늘 걱정해 주시던 이 제자 경제의 중심인 명동에서 무에서 유를 찾아 열심히 일했고 "日日是好日"이라는 가훈을 걸고 아들, 딸 낳아 잘 키웠으며, 공손하고 예쁜 며느리와 내가 낳은 아들 같아 가끔 착각을 일으키는 사위도 얻고, 선생님께서 합격점 주신 남편과 함께 행복하게 잘 살려고 지금도 노력하며 살고 있습니다.

당신의 유스타

어렸을 적 우리 동네 제일 높은 산중턱에 천주교회가 있었다.

그 곳은 언제나 초록색 뽀족한 지붕위의 십자가에, 하얀 뭉게구름이 둥실 떠있는, 그림과도 같았다. 새벽6시와 특히 저녁6시 해가 질 무렵의 은은히 온 동네에 울려 퍼지는 신비한 종소리는 하늘에서 울리는 듯, 어린 나의 마음을 막연히 천당을 그리며, 평화로움 그 자체로 이끌었다. 초등학교 3학년 때, 성당에 장미꽃이 너무 예쁘다는 친구의 유혹의 말을 듣고 간 것이, 하느님과 나의 첫 만남이다. 중고등 학교 땐 Y.C.S 라는 남녀 학생단체에서 일찍이 봉사한답시고 몰려다녔으며, 책상위에 흰 보를 깔고, 촛불 켜놓고, 교본과 함께 남학생들과 논쟁을 하고 기도하던 아름답던 시간들도 있었다. 저녁 미사를 끝내고 그 많은 계단을 내려오면서, 맡던 진한 장미꽃 향기와, 바람결에 솔~솔 흘러들어오는 아카시아 꽃내음은 지금도 내 코밑에서 사라지지 않는 성모님의 향기이며, 나의 사춘기 때의 냄새이다.

하지만 나는 결혼과 함께 냉담자가 되어 버렸다. 우리 부부는 내가 좋아하던 그 성당에서, 유난히 따뜻하던 성탄절 다음날, 미래를 약속하며 결혼식을 올렸다. 결혼을 하기 위해서인지, 비신자였던 남편은 열심한 신자가 되겠다고 약속했으나, 그로부터 16년 만에서야 "안드레아"라는 세례명을 얻고, 영세하였다. 그렇게 결혼과 함께 나의 신앙생활은 나의 의지와는 달리 시댁에 맞추어져 세월이 흘러갔다.

명동에서 사업을 시작한 지 12년 쯤 되었을 때이다. 살얼음을 딛는 긴장과 함께 반복되는 매일 매일의 전쟁터와 같은 시간 속에서 인생의 회의가 찾아오기 시작하였다.

청파동이 살림집이었던 우리는 애들을 돌보아줄 시간이 없기 때문에 명동에서 가까운 남산 밑, 숭의 초등학교에 애들을 입학시키고는, 아침에 함께 나와 학교에 내려주고, 다른 매장들은 문을 열기 이른 시간에 출근하였다. 직원들이 출근하기 전에 그 큰 통유리창, 현관 앞을 매일매일 아침 일찍이 훤히 들여 다 보일 정도로 깨끗이 닦았다. 그래야 복이 들어온다는 상징적인 생각에서다. 아들과 딸은 하교길에 내가 눈으로 보아야 안심을 했으며, 미도파 앞 버스 정류장 가기 전, '문예서점'에 들러서 책을 한권씩 사주었다. 아이들은 나와 더 오래있을 양으로 습관처럼, 하나의 일과가 되었다. 이런 일이 있었다. 우리는 열심히 하기 위하여 우리와 같은 업종의 매장이 문을 내려야, 명동을 한 바퀴 돌아 본 다음에 퇴근하였는데 어느 날은 아들과 딸이 이층침대에서 서로 서로 실로 길게 손목을 묶고 잠들어 있는 것이 아닌가? 이는 무섭고, 잠이 들어도 무슨 일이 생기면 빨리 연락하기 위해서란다!! 가슴이 아팠지만 당장 그만두지 못했다.

그것 뿐이랴! 하루도 쉬지를 못하고, 아침부터 밤11시까지, 일요일, 추석, 명절은 더 바빴다. 직원들 봉급, 보너스 만들어 휴가 보내기에 바빴고, 정신없이 시골인 시댁으로 그 막힌 귀향길을 서둘러 갈라치면, 맏며느리인 나는 언제나 죄인이 되어 쪼그라든 가슴을 안고 이쪽저쪽 눈치 보기에 바빴다. 시부모님을 작은 동서가 모시고 있기에 더 그랬다.

수고 한다, 고생한다 말 한마디 없이 원망 섞인 말들과 왕따 당하는 내 모습은 3일 내내 설거지와 상차리기에 지치면서도 웃는 낯으로 그 행사를 치러야 했다.

또한 사람의 능력에는 한계가 있는 것 같다. 남의 진열장 앞에서 몰래 그림을 모방하여 그리려다 빼앗기고 망신당한 일! 남의 옷을 태연하게 사다가 해부하고, 근사치에 가깝게 만들어 더 힛트를 쳐야 하는 일! 등 돈은 벌었지만 비굴하고, 자신 없는 내 모습에 싫증이 나기 시작하였다.

나는 옷에 대해서 전문으로 배우지 못했지만 타고난 유행 감각이랄까, 무엇이 잘 팔릴 것 이라는 직감만 갖고 지금까지 사업을 잘 해왔다. 하지만 나에게 죽을 듯이 용을 쓴 보람은 없었다. 마음뿐 아니라 육체도 말이 아니었다.

나는 영업장을, 남편은 공장이며, 총괄적인 운영을 맡았다. 그 책임감이 언제나 머리를 눌러 아팠고, 진통제를 매일 먹어야 했으며, 언제나 하루 종일 서 있어야 했기 때문에, 치마 속 나의 무릎은 파스를 덕지덕지 붙이기에 바빴다.

아이들을 사립학교에 보내놓고 제대로 돌보지 못하는 울고 싶은 안타까움! 맏며느리로써 위치를 확보 못하고 눈치 보기에 바쁜 무력감!

이즈음 나는 아이들과 항상 같이 서점에 들르면서, 마음의 안정을 찾기 위하여 좋아하던 책을 읽기 시작하였다. 지친 몸이었지만 밤새워 읽었다. 당시 법정스님의 책들은 나에게 마음의 안정을 주고, 찌든 마음에 맑고, 깨끗한 물이 흐르게 하였다. 법정스님의 〈무소유〉는 지금도 소중히 간직하는 나의 보물이다. 아무 것도 모르는 아이들은 공부하는 엄마라고 남들에게 자랑들을 했다. 나의 이 편안하지 못한 행동을 아이들이 알 수 있을까?

연애소설이나, 갈등 속의 세속적인 것들에 염증이 났다. 그 당시 불교스님들이 쓴 책들은 왠지 나에게 지금까지 느껴보지 못했던 깨끗한 삶의 세계로 이끄는 듯했다.

유교적인 사상에 뿌리박힌 우리 시부모님과의 갈등을 이 불교라는 동양적인 삶의 지침서를 통해서 해결되고 잘 살 것 같았다.

누가 시키거나 인도하지 않았지만 책을 쓴 스님이 계신 16번 버스 종점인 '경국사'라는 절을 혼자 찾아갔다. 아침에 하던 청소도 준비도 무시한 채, 매일매일 경국사 경내로 들어가는 좁고 긴 숲을 따라 들어가며, 긴 숨을 마음 껏 들이 쉴 수 있었다. 낯설고, 초대 받지 않은 나는 쪽마루 한쪽에 혼자 앉아서 바람결 따라 흔들리는 인경소리를 들으며, 나도 모르게 남몰래 많이 울었다.

공연히 슬펐다! 사막에 혼자 남겨진 것 같은 외로움과 적막함! 모든 것에 자신이 없었다. 모든 것을 포기하고 그저 혼자 있고 싶었다!

그 후 나는 시부모님 손을 잡고 절에 다녔다. 그 동안 마음 아프게 하고 눈에 거슬리게 한 일들을 떠 올리며 진심으로 용서를 빌었다. 시부모님들과 기도하며, 함께 했던 순간들은 행복했던 시간들이였지만…….

그 때 나의 하느님과 내가 어릴 때 믿던 그 성당의 모든 것들이 너무나 그립기 시작하였다.

절에 가서 큰 방석위에서 부처님께 절을 할라치면, 손은 이마로 올라가서 '성부와 성자와 성신의 이름으로 아멘'이렇게 온 마음이 쓰이는 것이다. 견딜 수가 없었다. 이제 시부모님과도 좋은 관계가 되었으니 자연스럽게 말씀드릴 수가 있었다.

"아버님! 저는 성당으로 갔으면 좋겠어요! 아버님이 저희 결혼식도 성당에서 하도록 하셨으니 이미 허락 하신 것 아닌가요?" 내가 너무 애절하게 얘기를 했나? 그 무뚝뚝하고 크기만 하던 시아버님께서 "그렇다면 네 마음대로 해라, 어디나 믿는 건 똑같다" 이렇게 말씀하셨다.

그 즉시 성당엘 다시 다니기 시작하였다. 하느님께서 용서하실 거라는 나 나름의 변명을 가지고, 고해소에 들어가서도 울었다. 성가대에 들어가서도, 미사 때고, 장례미사 때고 주체할 수 없이 눈물이 났다.

내 마음을 울리는 성가 156번의 노래 "한 말씀만 하소서"는 지금도 노래할 때마다 눈물이 난다. "사랑의 주여! 엎디어 기도하니 내 기도를 들으소서. 성체 성혈로 우리게 오시어 영원한 생명 주신 신비한 사랑 새 생명 주신 은혜 감사 하리다."

지금 나는 '결백하신 어머니' pr. 단장이다. 성모님께 올리는 묵주기도를 선창하면서 나는 온 마음과 목소리를 다하여 정성껏 노래하듯 기도한다. 또박 또박 한 단, 한 단, 정성껏 올릴 때마다 나는 하느님 사랑과 성모님의 은혜를 몸소 느낀다. 하느님 살아 계심에 확신이 생겼다.

"살아 계시는 하느님!"

"언제나 나와 함께 하시는 나의 예수님!"

"찬미와 영광 받으소서"

우리 가정은 성가정을 이루었다. 딸과 사위, 아들과 며느리, 우리부부 이렇게 여섯이서 미사 중 "주의 기도"를 바칠 때 나는 슬며시 양쪽 손을 잡는다. 하면 우리 모두는 손을 잡고 뒤의 사람을 의식하지 않은채 한 마음으로 성가를 부른다. 또 가슴이 메이면서 흐르는 눈물을 훔칠 수가 없다.

아!~ 하느님! 감사합니다!

당신은 나의 하느님이십니다.

찬미와 영광 받으소서!

아멘.

옷

　나는 옷을 잘 챙겨 입기를 좋아한다. 외출할 때나, 집에 있을 때도, 시장에 갈 때도 언제고 그때그때 맞게 분위기를 맞추려 한다. 남들이 모르는 나의 취미생활이다. 나의 이런 옷입기는 어려서부터인 것 같다. 지금도 선명하게 기억나는 분홍색의 꽃무늬 포플린 원피스!

　초등학교 들어가기 전, 어느 초 여름날 엄마는 나에게 분홍색 꽃이 잔뜩 들어 있는 이 원피스를 솜씨 좋은 옆집 새댁에게 부탁하여 해 주셨다. 이 옷을 입히고 동네사람, 엄마 친구들은 나를 둘러싸곤 너무 이쁘다고, 이리저리 돌려가며 감탄과 칭찬을 연거푸 하셨다. 그때의 그 기분이란! 모든 사람들이 나를 너무 예뻐서 어쩔 줄 모르고 좋아하며 환호성을 질렀다.

　지금 생각하면 그 새댁의 솜씨에 감탄하여 그랬을 수도 있다. 하지만 나는 그때의 황홀했던 기억을 잊을 수가 없다. 하물며 내가 너무 이쁘다며 새댁아줌마는 자신이 낳은 딸 이름을 나의 이름과 같은 '현숙'이라고 지었으니 말이다.

　그후 그 '백현숙'이 엄마는 외지에서 오신 분이시지만, 내가 시집오기 전까지도 따뜻한 눈길로 언제나 다정하게 나를 보살펴 주셨다. 어쨌거나, 나는 이 '옷'과 인연이 많은 것 같다.

　나의 주위에는 외할아버지의 심한 반대를 극복하면서까지 그 옛날 '서라벌양재학원'을 졸업하고 양장점을 개업했던 이모를 비롯하여, 외숙모까지, 나보다 한살 위지만 같은 반 친구로 3년을 한몸처럼 같이 붙어 다니던 '희련이모'

까지도 여고 졸업후 부천에서 양장점을 하였다.

또 한 가지, 집안 내력인지 나의 큰 외할아버지 딸인 나의 큰집 외사촌 이모는 지금의 세종문화회관 자리인 시민회관에서 한국에선 거의 최초의 웨딩샵을 운영하였으며 70년대 들어서는 명동성당 바로 아래에서 "브라이드홈"이라는 웨딩샵을 운영하였다. 그리고 나, 나 자신도 전문적인 기술이 전혀 없으면서도 막막했던 생활전선에서 어찌어찌하여 패션사업을 하지 않았던가! 나에게도 그 피가 흐르고 있는 것 같다.

큰이모가 김포에서 "서라벌"이라는 양장점을 운영하실 때의 일이다. 내가 초등학교 5학년때 쯤인 것 같다. 가게에 가면 너무나 예쁜 색깔의 옷감들과 형형색색의 단추들이 발하는 오묘한 빛은, 하교길의 나의 발길을 반드시 멈추게 하여, 그것을 보는 것이 나의 중요한 하루 일과 중의 하나가 되었다.

나는 이 단추들에 반해서, 혼자 보기에 너무 아까워서 학교 친구들에게 예쁘다고 자랑하며 나누어 주었으며, 똑같은 단추들을 나누어 가진 동질 그룹을 만들기도 하였다. 지금 친구라는 이름으로 40여년을 변함없이 나와 함께 한 "수정" 친구들의 원 그룹의 이름은 "단추클럽"이며, 이것이 우리 친구들을 형성시킨 본 고향이다.

또한 사랑하는 이모이자 친구인 희련이모가 부천에서 양장점을 개업하자 특별히 옷입기를 좋아하는 나는 한 달에 한 번은 엄마에게 드리고 남은 봉급의 일부를 가지고는 부천으로 달려가 '옷'을 해 입었다.

이 한 달의 한 번의 외출은 나에게 큰 즐거움이었다. 이 김포라는 시골에서 벗어나고픈 열망과 나를 멋쟁이로 만들어주는 요술을 가진 이모도 만나고 소문으로만 듣던 유명한 외국영화도 꼭 한편씩 보고 도시의 기분을 나나름대로 만끽하곤 멋쟁이가 되어 돌아오는 것이다.

그 때 왜 그렇게 고향을 벗어나고 싶었는지 모른다. 이렇게 나의 '옷' 즐겨입기는 시작되었다. 하지만 결혼과 동시에 포항으로 내려간 나는 이모를 만나 옷을 해 입기가 여러모로 어려웠으며, 아주 검소한 남편에게 절약해야 한다는 말을 늘 들으면서 옷을 맞춰 입기는 꿈도 못 꾸고 임신복마저도 오직

한 벌로 지내는 우울한 생활이 시작되었다. 해병대 대장 사모님이었고 남편의 지극한 사랑이 극진했는데도 말이다. 큰 애를 낳아 키우며 서울로 올라오기까지 만 3년의 시간들은 옷의 문제를 떠나 정신적인 안정을 찾지 못한 조금은 억울한 신혼시절이었던 것 같다.

그 때 해병대 사령부가 해군과 합병하면서 남편은 앞으로 자신의 미래에 희망이 없다며 제대를 하고 무조건 서울로 올라왔다. 우리는 효창동 언덕에 방을 얻고 남편은 취직을 하려 했으나 잘 안되었다. 그렇게 3개월이 지나 어느 무더운 여름날, 무얼 하는지 늦게 집에 돌아온 남편의 구두에 흙이 범벅이 되어 있지 않은가! 아뿔사! 내가 사랑하고 존경하는 나의 남편이, 빌리그레함 목사의 초청 강연장인 여의도광장에서 땅바닥에다 수건장사를 하다 쫓기며 헤매고 왔다고 했다!

우리는 장사를 해보자고 했다. 두려운 것이 없었다. 처음엔 백화점 계단에서 아이스크림 장사를 했으며, 선물코너, 가방가게 등 몇 번의 업종 변경 끝에 결국엔 내가 좋아하는 옷 장사를 하게 된 것이다.

다시 나의 취미생활이 시작됐다. 나는 장사를 잘 하기 위하여 샘플을 만들면서 늘 내 옷을 샘플삼아 만들어 십여년을 입고 내 자신 멋쟁이라고 스스로 만족하며 살아봤으니 이제는 옷에 대한 소원이 없다. 또한 시골 촌뜨기가 서울 명동이라는 거대한 곳에 들어와서 전문적인 지식도 없이 노력 하나로 '옷'이라는 많은 시간과 경험을 요구하는 기술적인 분야에서 약간의 성공도 맛보았으니, 이 '옷'은 나 하고는 보통 인연이 있는 것이 아니다.

나는 이 '옷'에 대하여 이렇게 생각한다. 누구나 남과의 처음 만나는 순간, 상대에게 보일 수 있는 최고의 마음 표현이라고 말이다. 지나치지 않으면서 깨끗하게 마음 써서 챙겨 입은 옷차림은 상대에게도 기분이 좋아지는 것이다. 비싸고 좋은 옷만이 옷맵시를 내는 것은 아니기 때문이다.

지금은 나이 들고 살이 쪄서 무얼 입어도 그 옛날 예쁘다고 갈채를 받던 그 시절이 올 수는 없지만, 그 나름대로 멋진 할머니의 모습으로 젊은이에게나 누구에게나 거부감 없는 모습으로 나의 의생활을 계속해 나갈 것이다.

「제비를 기르다」를 읽고

　윤대녕의 소설집 '제비를 기르다'를 읽는 동안 오랜만에 책 읽는 재미에 푹 빠져 버렸다. 집 밖의 세상은 온통 전국에 꽃이 피었다고 난리를 치는가 싶더니 봄비가 새벽부터 하루 온 종일 추적추적 소설 속 주인공들의 삶처럼 끈질기게도 깊은 밤까지 내렸다.

　몇 잔의 커피를 마셨는가? 하지만 그 커피들의 향기는 각기 다른 향내로 나를 흥분 속에서 남의 집 높은 담 속을 주인 몰래 들여다보며 안타까움 속에서 회열을 맛보는, 세상에서 제일 맛있는 그윽한 그 맛이었다.

　첫 장 '연'에서 주인공 '정연'이라는 여자가 "조롱"을 들고 나온다. 나는 '북한산'을 두번 정도 가 본 적이 있는데 너무나 아름다운 긴 산 입구를 걸어 들어가는 동안 각가지 봄꽃들로 장식한 별장과 같은 예쁜 집들을 보고 이곳에 살고 싶다는 생각을 내내 한 적이 있었다. 그 아름다움과 대조되게 납작하게 길 옆으로 닥지닥지 붙어 있던 식당들이 생각나 어쩐지 낯설지 않은 소설 속 장면들이다. 화자인 나와 정연 정연의 사촌언니 미선, 그리고 화자의 친구인 해운 이들의 각기 피할 수 없는 인생이 애처러웠다. 정연은 조롱을 건네준 해운을 향한 그리움에 방황하고 화자인 나에게 떼쓰듯 함께 산장에서 밤을 지새보기도 하지만 끝내 두 사람을 찾지 못하고 혼자 '연'을 날리고 있는 노인만 볼 수 있을 뿐이다.

　인생은 내 계획대로 할 수 없는 것! 그러니 사랑인들 내 마음대로 할 수 있으랴!

그래도 지금부터 계속되는 인생길은 희망으로 보여 주는 것 같았다. 화자인 나에게 도피 중인 미선과 해인의 집에서 차려주는 소박한 밥상, 그 쌀 밥맛이 너무 맛있었고 그들 또한 행복해 보였으니 또한 그 길고, 하늘 높게, 어디고 마음먹은 대로 올라 갈 수 있는 '연'을 바라보며 정연은 화자의 팔소매를 거머쥐며 속삭였다고 했으니까

2편에 '제비를 기르다'는 조금은 충격적인 이야기들, 사건이었다. 제비가 돌아온다는 삼월 삼진 날 태어난 어머니는 칠십 평생을 제비에 대한 그리움으로 잦은 가출과 고독의 시간 속에서 외로운 생을 마감하려고 한다.

어디 그 뿐인가? 아버지 또한 그 기나긴 고독 속에서 어머니에 대한 결코 이루어 질 수 없는 사랑과 미움으로 '문희'라는 작부 집을 드나든다. 또 주인공 '형우'도 아버지를 기다리다 우연히 맛보았던 어린 시절 술집 작부 '문희'에 대한 막연한 호기심이 그 자신의 일생을 언제나 함께 하고 있었다. 형우는 군대에서 제대를 하고 오는 직행 버스에서 남자친구를 면회하러 왔다가 허탕치고 돌아가는 여대생인 '문희'를 운명처럼 만난다. 그리고 열렬히 사랑하게 된다.

헌데 이 젊은 여인 '문희'도 강화도 '가능포'에서 몰려와 있는 제비 떼를 본 순간 영혼을 잃어버리고 그 날부터 하늘에서 길을 잃은 철새처럼 세 번의 결혼과 함께 젊은 시절 많은 시간을 방황하게 된다.

평생을 제비만을 기다리며 누구에게도 사랑을 받지 못하고 이제 죽음의 길목에서 고향인 강화로 돌아와 남은 여생을 마무리 하려는 어머니! 어머니의 고독이 주위 사람들을 얼마나 마음이 병들게 만드는지 어머니 자신은 모를 거라며 이제야 어머니에게 얘기해 보는 주인공 '형우'!

주인공 형우는 어린 시절 그 충격에서 기나긴 방황을 마치고 그때 그 시간 속으로 돌아가 세월 속에 늙어 버린 '문희'를 찾아간다. 그리곤 그 품속에 쓰러져 눈물을 흘리며 소리 내어 울어버린다.

어머니는 평생을 제비를 그리워하며 쓸쓸히 고독 속에서 자신의 제비를 마음 속에 품고 살았다며 형우는 어린 시절 사내 아이로서 이상한 기운으로

품어 왔던 제비, 그 할머니의 품에서 참았던 눈물을 흘리며 편안함 속에 잠든다. 이로써 형우는 자신의 제비에 대한 집착에 쌓였던 자신의 어미 속박에서 이제 사 벗어나 자유로워지는 것이 아닐까? 라는 생각이 들었다.

또 3편의 '탱자'는 어떤가?

한 많은 주인공의 고모인 경자의 인생이 너무 가엾고 슬퍼서 눈물이 나왔다. 절름발이 그 선생을 이 세상에서 가장 진실로 이해해주고 감싸줄 수 있는 따뜻한 마음을 가진 경자! 이 사랑을 가슴에 안고 한 평생을 절절한 연민의 정으로 살아간다. 자신이 깊은 병으로 더 이상 이 세상을 살아 갈 수 없음을 안 고모는 조카가 있는 제주도 '애월'이라는 곳으로 여행을 떠나고, 거기서 첫사랑과 헤어질 때 그 선생이 퍼런 탱자를 따주며 노랗게 익을 때 찾아 오겠다는 말을 믿고 살아온 부질없는 기다림의 세월을 회상한다.

죽음을 목전에 두고 탱자가 귤이 될 수 없음을 강을 건너든, 지역이 바뀌든 이 칠십 늙은 고모는 알고 있다. 하지만 이 두사람의 애틋한 사랑은 이루어질 수 없고 이대로 끝나야 하는가?

경자의 고단한 인생은 마지막 장에서 경자의 오빠가 남의 집 애기 하듯 동생의 부음을 아들에게 전하는 장면에서 더욱 더 나를 슬프게 했다. 사람이 살아간다는 것이 무엇인가? 인생을 어떻게 마무리해야 하는 걸까? 깊은 의문 속에 빠졌다.

'편백나무 숲으로'에서는 사람의 인연이란 무엇인가?를 생각하게 하였다.

백부의 손에서 자라나 가슴에 독처럼 품고 살아온 아버지에 대한 미련과 원망으로 가득 찬 '찬영'의 이야기다.

찬영의 아버지는 죽음을 앞두고 편백나무 숲으로 '대정'에 들어갔을 거라는 이야기이다. '대정'은 곧 '고요함'을 뜻한다니 얼마나 삶이 무거웠으며 마지막 생을 마감하는 그 순간에 그 곳을 찾았을까?

첫사랑을 찾아 집나간 부인! 그 부인이 낳은 남의 자식! 그래도 남의 씨를 낳다 죽은 부인의 사내아이를 돌보는 아버지! 그 아버지와 그 자식을 돌보는 또 다른 아버지의 여인! 그 여자와의 사이에서 낳은 딸! 이 인생들이 복잡하고 난해한 듯 보이지만 그 밑바닥엔 사람으로서 끊을 수 없는 인정과 사연들이 얼마나 많은가?

'고래 등'은 '돈은 사람에게 무엇인가?' 아무리 고래 등 같은 집이 있으면 무엇 하나?

부부가 가족이 함께 기뻐하고 행복을 누릴 때 그 가치가 빛이 난다고 이야기 하는 것 같았다. 무슨 일이든 결과보다는 함께 하는 과정이 더 중요하다는 것을 느낄 수 있었다.

이 윤대녕의 소설을 읽는 동안 많은 주인공들의 우여곡절 삶을 들여다보며 참 이 세상 살아 내기가 만만치 않구나! 하는 생각을 했다. 그 속에서 함께 살아 가야하는 나는 어떤 그림을 그리며, 어떤 색깔로 살았으며 나머지 여백을 어떤 색으로 조화로운 한 장의 그림 그리기를 끝낼 수 있을까?

밤이 깊어 가고 있다. 빗소리 들으며 뜨거운 커피 한잔을 마시자! 주전자를 가스 불에 올려놓고 그 사이 창문을 열어 보았다. 빗소리와 함께 몰려 들어오는 밤바람이 4월의 끝인데도 추웠다.

귀여운 가연이

우리 가연이!
예쁜 가연이!
가연이지!
할머니야!

아직은 이 할머니를 못 알아보는 손녀를 만나면 첫 마디가 이렇게 흥분된 소리로 가연이와 눈을 마주치려 애쓰며 노래하듯 하는 환영인사이다. 보면 볼수록 그 맑은 눈동자엔 "나는 할머니를 그 옛날 태어나기 전부터 알았답니다." 이렇게 이 할미를 깊은 눈동자로 말하고 있는 듯합니다.

나에게 안길 때에는 어찌 그렇게 폭! 가슴속 깊이 안겨오는지 "이 애가 내 살붙이구나." 가슴이 뭉클해 오기도 합니다. 나는 이 애의 앞에서 지을 수 있는 모든 표정을 동원하여 연극배우가 되기도 하고, 내 목에서 나온 소리인지 나도 놀라는 괴이한 소리로 손녀딸 가연이를 웃게 하려 애를 쓰기도 합니다. 내가 이렇게 재롱이 많고 재미있는 구석이 있는 줄은 나도 몰랐고 우리 가족도 놀라는 눈치입니다.

이 애가 태어난 지 이제 9개월입니다. 한집에 같이 살고 있지 않기에 늘 보고픈 마음이지만 아들 내외가 우리 부부의 마음을 아는지 자주 들러서 우리 가정에 웃음꽃이 피었습니다. 아무 근심 걱정이 없는 집이 되어버렸습니다.

그저 며느리와 손녀딸이 "아버님 저희 왔어요" 하며 현관문을 들어서는 순간 집안의 온도가 급상승하니까요. 무슨 조화인지 그저 행복한 우리 집이 가족의 변화로 어느 한순간에 만들어 졌답니다.

나는 손녀딸 가연이와 조금 더 자주 많이 볼 요량으로 가연이가 5개월 되었을 때 "능돌이를 하자"고 제안했습니다. 역사공부는 명목상이었고 사실은 가연이와 눈을 마주 보면서 그 애를 태운 유모차를 밀고 다니고 싶었던 것이 이유입니다.

우리 가족은 바람이 불고 몹시 춥고 변덕스러운 이른 봄날에도 정해진 날은 이 가족 행사를 책임 완수하듯 치뤘습니다. 동구능으로, 헌인릉으로, 선릉, 여주의 세종대왕능으로…….

오는 유월은 광릉으로 수목원에 가연어미는 예약도 해 놓았답니다. 나는 왜 우리 가족이 이 역사기행에 열중일까 생각해 보았습니다. 나는 단지 손녀딸을 자주 볼 욕심이라고 했지만 우리 가족의 마음속에는 과거보다 더 행복해지고 싶은 욕망이 넘치고 있는 것을 알 수 있었습니다.

우리 부부는 젊어서 열심히 돈을 모아 잘 살아보자는 일념으로 생활전선에서 전력을 다하였지만, 우리 애들(율희와 봉희)남매에게 살뜰한 정을 못 주었습니다.

우리 가족 모두 과거의 부족했던 불균형의 우리 집에서 미래설계를 각자 하였던 것 같습니다. 아들은 결혼 후 자신이 부모에게 못 느꼈던 따뜻한 가정을 만들려 노력하고 우리 부부는 우리 애들에게 해보지 못한 아쉬운 사랑과 정을 손녀딸에게 대신 퍼붓고 있습니다.

어쨌거나 우리 부부는 노년의 가정설계를 젊어서 어쩔 수 없는 현실 때문에 이루지 못한 행복한 우리집을 지금부터 만들어 가려고 계획하고 실천하고 있는 중이랍니다.

말이 없고 점잖기만 한 남편도 어찌 된 일인지 손녀딸을 만나면 재미있는 표정들과 자신이 알고 있는 모든 알 수 없는 노래들로 손녀딸뿐 아니라 우리 가족 모두를 즐겁고 편안하게 만듭니다. 그저 우리 모두 놀랄 따름입니다.

우리 집의 요술쟁이 보석 같은 며느리 가연어미가 고맙고 손녀딸 가연이가 기쁨과 웃음의 천사임이 틀림없습니다.

어제는 아들 내외와 손녀딸이 다녀갔습니다. 소파를 잡고 온 가족의 손뼉 소리와 구령에 맞춰 한발 한발 발걸음을 떼어 놓다 주저앉으며 수줍은 듯 웃던 가연이의 얼굴이 눈에 아른거립니다.

다음은 또 어떤 모습일까?

이 할미를 조금 더 알아볼까?

그 조그맣고 예쁜 입술로 언제쯤 말을 할까?

매일 그려보는 우리 아기!

내 아들과 닮아 더 정다운 내 손녀딸!

우리 가연이!

예쁜 가연이!

가연이지!

내가 네 할미란다!

나는 이 노래를 하며 손녀딸을 안아볼 다음의 재회를 그려봅니다.

김동숙

글라디어 들녘

내 삶은 참으로 화려하다/ 「내가 읽은 책과 세상」을 읽고 / 「인생」을 읽고 /

5월, 성모 동산에서 / 공작선인장 / 59년 만의 만남을 위하여

내 삶은 참으로 화려하다

　지금 쯤 그 산자락 언저리엔 '물매화'가 피고 있을 것이다. 도시의 가로수 은행잎이 노랗게 물들기 시작하면 '물매화 만나러 가야지' 하는 기다림이 올해는 아직도 그리움으로만 남았다.

　어디 '물매화' 뿐이랴. 바람이 보랏빛 꽃을 한들 흔들면 꺾일 듯 꺾이지 않는 '버들잎엉겅퀴'도 그립다.

　며칠 전 낯선 동네를 지나다 높은 담장 위로 별 같이 하얗게 반짝이는 '미국쑥부쟁이'를 보고는 '아, 쑥부쟁이 계절이야' 생각하며 시간이 훌훌 건너뛰는 듯한 느낌이 들기도 했다.

　이런저런 일로 바쁘다는 것은 결국 힘이 부친다는 말인데 그 해결책이 되는 처방이 들녘이나 산야에서 들꽃, 나무들을 만나는 것이었다. 나만의 사치다. 그 사치스러움은 계절을 가리지 않는다.

　봄.

　눈이 채 녹기도 전에 '복수초'는 꽃을 피운다. 물론 키 큰 나무들에 가리워지기 전에 얼른 종자를 퍼트리기 위한 식물 나름의 수단이긴 하지만 언 땅을 비집고 올라오는 생명력은 가히 놀랍다.

　눈 속에서 피는 야생화는 또 있다. '너도바람꽃'인데 이 꽃들은 특정 지역에서만 핀다. 중부 이북의 산지 숲 속에서 자라는 여러해살이 풀인데 서울에서 가까운 곳으로는 천마산이 군락지이다.

　계곡은 얼음으로 덮여있어도 물소리가 청량한 천마산 들머리로 들어서면서 '앉은부채'가 보이기 시작하는데 그날 운이 좋으면 '노랑앉은부채'도 볼 수 있다. 융단같이 쌓여진 낙엽더미 사이로, 오랜 풍상(風霜)에 쓰러진 고목 밑에서 그 작고 가녀린 꽃대를 드러낸 '너도바람꽃'을 바라보면 생명의 경이로움에 숙연해지기도 한다.

'바람꽃'에는 '너도바람꽃' '나도바람꽃' '꿩의바람꽃' '만주바람꽃' '홀아비바람꽃' '숲바람꽃' '변산바람꽃' 등 종류도 많은데 강원도 금대봉의 '홀아비바람꽃'을 만나던 때를 생각하면 숲 전체가 야생화로 가득해 천상의 낙원을 떠올리게 한다. 그런데 왜 바람꽃이라고 이름 붙였을까…….

지난 3월에는 서해안의 꽃섬이라는 풍도엘 다녀왔다. 섬 전체가 야생화로 가득한, 그야말로 꽃 천국이었다. '변산바람꽃' '복수초' '노루귀' '풍도대극' 등 많았는데, 깎아지른 듯한 절벽에 바다와 어우러진 '풍도대극'의 색의 조화로움은 어느 화가가 그린 그림보다 뛰어난 풍경이었다.

'변산바람꽃'은 처음 변산에서 발견돼 이름 붙여졌는데 그 개체가 이제는 중부 이북으로 퍼져 사진가들이 일 년 내내 설레임으로 기다리는 꽃이기도 하다.

봄이 짙어가면서 주위에는 많은 들꽃들을 볼 수 있는데 울타리 밑, 큰 나무 아래 피어난 '큰개불알풀'을 얘기하지 않을 수 없다. 처음엔 식물명이 주는 괴이함이 있었는데 해마다 보면 볼수록 사랑스러운 꽃이다. 짙은 청보랏빛 색에 흰 무늬를 갖고 있는데 얼마나 앙증맞고 귀여운지! 그 이름 때문인지 누군가가 붙여준 다른 이름도 있다. '땅비단' '봄까치꽃' '줄사탕꽃' 아, 이름만 불러도 얼마나 사랑스러운가. 작은 꽃들이 군락을 이루어 핀 모습을 보면 정말 청보라 비단이 쫙 깔린 듯하다.

내가 좋아하는 들꽃 중에 '봄맞이꽃'의 아름다움도 빼놓을 수 없다. 황량한 겨울 끝, 봄햇살이 온 대지에 퍼질 때, 하얀 다섯 장의 꽃잎 속에 노란 무늬는 보는 이의 가슴에 앞날의 희망을 담게 한다. 방석처럼 퍼지는 뿌리잎도 특이하면서 예쁘다.

언젠가 손녀딸에게 말린 '봄맞이꽃'으로 같이 카드 만들기를 했는데 올 때마다 채집 책을 들춰보는 재미를 붙였다.

들꽃들에 관심을 가진 이유도 손녀를 염두에 두었던 것도 사실이다. 우리 나이에 무얼 줄 수 있을까. 사랑하는 내 손자들이 소중히 가슴에 담고 가야 할 것이 무엇일까. 손녀가 아직 어린 이유도 있겠지만 '공부'라는 단어는 한 번도 꺼낸 적이 없다.

어릴 때부터 사회성을 키우는 것도 중요하지만 그보다 더 절실한 건 '자연에서 노는 법'이라고 생각한다. 그래서인지 아들 내외가 마음을 쓰는 모습도 보이나, 그렇긴 해도 맞벌이 부부의 휴일 나들이엔 한계가 있는 듯하다. 그 비어진 몫으로 우리 부부는 자주 손녀딸 데리고 들로 산으로 나간다. 요즘 청소년들이 체형은 커졌는데 심성은 약해졌다고 한다.

작은 풀 한 포기에도 하느님의 사랑이 존재함을 모르고 자연의 신비로움과 바라봄에 큰 의미를 두지 않기 때문이다. 어릴 적 자연에서의 기억이 평생 얼마나 행복한 위로가 되는지, 그 어떤 것도 힘든 삶에서 자연의 힘보다 위로가 되는 건 없다고 생각한다.

내 생각이긴 한데 '시니어들의 들꽃 탐방' 프로그램이 있으면 좋겠다는 바람이 있다. 나무와 들풀, 들꽃들을 만나는 좋은 공기가 건강에 좋고, 좋은 환경에서 걷다보면, 자연에 대한 경외감도 들고 묵상할 수 있는 시간, 사유하는 삶, 자연에 대한 애착도 생겨 주변의 들풀 하나도 소홀히 하지 않는, 그들과 함께 세상을 살아가는 기쁨을 누릴 수 있을 것이다.

그런 기운을 손자에게 전달할 수 있다면 우리가 걱정하는 폭력이 난무하는 다음 세대의 불확실한 미래는 어느 정도 순화되어 맑아지지 않을까. 들꽃들과 만나다 보면 세상 아름답다고 하는 어떤 것도 눈에 들어오지 않는다.

그러니 욕심도 버리게 되고 마음은 순수해지기 마련이다. 순수를 찾는다는 것은 그만큼 마음이 각박하고 메말라 있기 때문인지도 모른다. '밥벌이의 지겨움'으로 현대인의 정곡을 찌른 소설가 '김훈'의 말대로 모든 것을 내려 놓은 지난 몇 년 동안 나는 행복했다.

때로는 혼자서 겨울산도 오르고 여행도 하면서 많은 나무들과 들꽃들을 만났다.

　그때마다 잔재해 있던 끝을 모르는 욕심과 스스로 불편을 자초하던 심사들을 내려놓을 수 있어서 정말 행복했다. 작은 풀잎, 꽃잎 하나에도 태양과 바람, 온 우주가 담겨 있다. "하느님의 완전하심"이 들어있는 것이다. 그 큰 우주들과 마주하는 나는 얼마나 행복한가.

　계절마다 온갖 풀과 꽃과 벌레와 나무들의 축제가 벌어지고 들에 피는 작은 꽃에서부터 교목에 피는 꽃들에 이르기까지 서로 그리워하며 만나는 삶. 그들의 축제에 내가 끼어들 수 있게 자리를 내어준 그들과 더불어 살아가는 삶. 이렇듯 내 삶은 참으로 화려하다!

「내가 읽은 책과 세상」을 읽고

　소설가가 보는 시의 세계는 어떨까.

　흥미롭게 다가온 '내가 읽은 책과 세상'에서 다양한 시와 작가들의 프로필을 엿 볼 수 있어 별로 시를 읽지 않는 내게는 좋은 선물이었다. '남한산성'의 말미에 어린 나루의 애잔함이 아직도 남아있는데 김훈의 시를 보는 시각도 여러 곳 애잔함이 보인다.

　우리나라에서 가장 맑은 강이 배경인 '섬진강' 중 '문의마을에 가서' 고은의 시 일부이다.

이제 살아 있는 것과 죽은 이가 하나로 되어
강물은 구례 곡성 누이들의 계면조 노래로 들리는구나
...
살아 있는 사람 앞에서 강물은 이렇게 저무는구나
보아라 만겁 번뇌 있거든 저문 강물을 보아라

　김훈은 이 강물을 역사의 강물로 보고 강물과 역사가 인간이 기댈 만한 위안과 힘이 되는 것은 그것들이 쉴 새 없이 흐르기 때문이라고 했다.

　김필곤의 '강가에 앉아'에선

좀체로 만날 수 없는
아득함의 강가에서
...
글썽임 글썽임 그것이
이승의 삶 아닌가

우리네 삶에서 간절히 원하던 것, 소망하던 모든 것들을 이뤄본 적이 있었던가. 그야말로 아득함의 강가, 글썽이는 삶이 아니었던가.

김필곤은 야간우편열차 승무원이다. 작은 역마다 들러 편지를 전해주는 그의 직업은 얼마나 숭고한가. 김훈의 '밥벌이의 지겨움'에서 보면 김필곤은 행복한 사람이다. 김훈의 어느 글에서 "글을 쓴다는 건, 피를 토할 만큼 어려운 작업이다"라고 했는데 함축된 단어로 우리가 알고, 모르고 있는 모든 것을 표현함에 있어서랴.

제주도 시인 문충성의 억새꽃으로 가자.

제주의 들판 노을 내리는 곳 어디서든지
지천으로 흔들리는 억새꽃이여

사람들은 갈대와 억새를 혼동하곤 하는데 갈대는 습지나 물가에 사는 다년생 풀이고 억새는 산이나 들판에 사는 다년생 풀로 잎맥에 돌기가 있고 가장자리가 날카로워 스치면 칼로 베인 듯하다.

지난 해, 산방굴사에서 마라도로 가던 중 낮은 산 아래 지천으로 흰 물결을 이룬 풍경이 억새인 줄 알았는데 가까이 가보니 띠 군락이었다. 제주 해안에서 불어오는 세찬 바람을 맞으며 띠 파도를 이루던 장관을 잊을 수가 없다.

고향이 제주인 고은의 '제주 만조'에선

그러나 제주만조여 오늘밤 꼭 떠날 배 있거든
내일의 사랑, 추운 우리 사랑 가득 싣고 떠나게 하라

고요한 바다를 향한 시지만 장엄하다.
천상병의 천진해 보이던 미소가 떠오른다.
'새'의 일부이다.

살아서
좋은 일도 있었다고
나쁜 일도 있었다고
그렇게 우는 한 마리 새.

이 나이가 되니 침잠하듯 숙어온다. 그래, 사람들이 돌아 간 후에 이 세상을 내려다보며 박장대소하며 웃는다지, 별 것도 아닌 것 갖고 쇼들 한다고 ……. 그러면서도 사는 동안에 한 가닥 위로도 있다.

박재삼의 '사람이 사는 길 밑에'의 일부이다.

사람이 살아가는 그 어려운 길도
아득한 출렁임 흔들림 밑에
그것을 받쳐주는
슬프고도 아름다운
노래가 마땅히 있는 일이라.

정희성의 '저문 강에 삽을 씻고'는 가끔 생각나는 시이다.

흐르는 것이 물뿐이랴

우리가 저와 같아서

강변에 나가 삽을 씻으며 거기 슬픔도 퍼다 버린다.

정호승의 시는 고단한 삶에 눈물을 넘어서는 평화가 있다.

풀잎 속에 낮게 낮게 몸을 낮추고

내가 일생을 다하여 슬퍼한 것은

아직 눈물이 남아 있어서가 아니라

아직 희망이 남아 있었기 때문이다

- '밤길에서' 중에서

정호승의 시는 노래 가사로도 많은데 '수선화에게', '이별노래', '우리가 어느 별에서', '인생은 내게 술 한 잔 사주지 않았다' 등 대부분 곡도 좋아 바람직한 일인 듯싶다.

곽재구의 '사평역에서'는 살아가면서 그리운 시다. 막차는 좀처럼 오지 않았다…… 로 시작 되는데 눈 내리는 사평역 대합실의 고단한 사람들 정경이 아슴아슴 생각의 언저리를 맴돌곤 한다.

곽재구는 여행가이기도 하다. 오래 전, '포구 기행'이라는 책을 읽은 이후로 나는 가끔 혼자 떠나는 여행에 빠져들고 있다. 혼자 떠나고 떠나오는 과정에는 사랑하는 사람들을 향한 새로운 다짐이 보태진다.

김훈은 말한다. 같은 대나무가 사군자도 되고 죽창도 되고 화살도 되고 악기도 된다고…… '너는 어느 쪽이냐고 묻는 말들에 대하여'처럼 시류에 고민하는 흔적도 보인다.

그러나 그는 '시대와의 불화'없이 진보, 보수 어느 쪽에도 서지 않고 오로지 글만 쓰는 작가다.

"나는 밥을 벌어먹기 위해 글을 쓴다. 나는 몸으로 글을 쓴다. 그 이상도 그 이하도 아니다"라는 그의 말은 진솔하면서도 독자를 향한 고해인지도 모르겠다.

「인생」을 읽고

　우리 나이로 50세인 작가 위화는 세상만사를 달관한 사람같이 모든 사물을 바라보는 눈이 깊고도 넓다. 우선 이 책은 재미있다.
　한 노인의 기구한 일생을, 어찌 보면 칙칙하고 무거움으로 흐를 것 같은데 가끔씩 던지는 푸구이의 행동과 위트는 독자에게 성냄과 슬픔으로 치닫게 하다가도 이내 냉정함을 되찾게 해준다.
　이 소설을 이끌어가는 "나"라는 민요 수집가가 푸구이를 만나는 장면은 길을 가다가도 웃음이 나는 대목이다.

　　황제는 나를 불러 사위 삼겠다지만
　　길이 멀어 안 가려네

　온갖 풍상을 겪은 노인의 순리에 순응하는, 얼마나 윤기 흐르는 삶인가. 비록 젊은 날의 방탕으로 인해 온 가족이 험난한 인생 역정의 고단한 삶의 무게를 짊어지고 있지만, 그것도 푸구이에게 주어진 운명인지도. 푸구이의 평생 동반자인 자전. 안타까움과 연민의 눈길로 남편을 지키며 '평생 남편의 신을 삼고 싶다'던 자전.
　이 글을 읽으며 마음 한 곳에서 뜨끔한 생각을 지울 수 없었다. '나는 남편에게 한 올 한 올 사랑과 정성을 담아 그 무엇을 해본 적이 있었던가' 시대가 변해도 간직해야 할 그 무언가를 요즘 여성에게 던지는 화두인지도 모르겠다.

이 소설이 내내 마음을 아프게 한 것은 '펑샤'이다. 유칭 학교 보내는 일로 남의 집에 보낼 때 자전의 치파오를 고쳐 만든 붉은 옷을 입고 커단 눈망울을 푸구이를 향한 채 흘리던 눈물.

얼마 후 펑샤가 집으로 왔을 때 다시 데려다 주는 길의 푸구이 등에 업힌 펑샤, 위화의 다른 소설 '허삼관 매혈기'에서도 주인공이 의붓아들을 업고 달리던 모습에 그리 눈물을 쏟게 하더니…… '업힘'의 의미는 그렇게 절절한 것인가. 결국 남의 집에 보내는 것을 단념하고 펑샤를 집으로 데려올 때, 나는 내심 소리쳤다.

"푸구이 잘 했어요. 평생 가슴에 못 질 할, 한을 막았네요."라고.

그렇게 착한 펑샤에게 아름다운 사람 '얼시'는 또 우리에게 얼마나 위안이며 본보기였던가.

출산 중, 안타까운 생을 마감하지만 얼시의 사랑 안에서 숨을 거두었으니 그나마 펑샤의 영혼에 위로가 될까. 그렇게 넉넉한 사람 얼시도 쿠건을 남기고 사고사를 당할 때, 푸구이의 마지막 희망인 쿠건의 급사…… 인생은 그토록 가혹한 것인가.

중국 현대사의 소용돌이 속에 담긴 푸구이의 인생을 통해, 또한 개인의 '운명'이라는 것에 잠깐 생각에 잠기기도 했다. '보통의 삶'이란 얼마나 큰 행복인가를……. 그래서 우리는 항상 기도하지 않았던가. '저희를 유혹에 빠지지 않게 하시고 악에서 구하소서'라고.

책을 덮으면서 '사랑하는 모든 것을 잃었지만, 사랑했던 모든 것들을 추억할 수 있는 푸구이' 그래서 그는 행복한지도 모르겠다.

'인생'의 원제는 '活着'이라 한다. '活着'이라……. 살아간다는 것, 좋은 것, 나쁜 것, 원하는 것, 원치 않는 것……. 산다는 건 끊임없이 꿈을 꾸는 일인지도 모른다. 그런 나의 꿈은 어디까지일까.

5월, 성모 동산에서

성모님.

눈이 시리도록 푸르고 싱그러운 5월, 한낮의 갖가지 꽃 향이 잔잔한 바람으로 내려앉는 이 저녁에 저희들 사랑의 촛불 밝히려 모였나이다.

촛불은 스스로를 태워 주위를 밝힌다고 하던가요? 돌아보면 저희의 삶이 항상 새소리 낭랑하고 고운 꽃밭만 지나갔던 날이 아니고 가야할 길은 아득한데 끝이 보이지 않는 듯한 눈밭에서 헤메일 때도 있었고 비바람 몰아치던 삶의 어느 골목에선, 내일은 정녕 고운 빛이 내게로 와 줄까 하는 두려움도 있었지요.

그러나 가브리엘 천사의 인사를 받을 때부터 십자가 지신 주님 뒤 따라가시며 지극한 고통의 길에서도 성부의 큰 뜻을 의심치 않으시고 겸손과 순명의 길을 걸어가신 성모님을 생각하면 저희의 상처는 한낱 투정에 불과하겠지요.

성모님.

지금 저희는 하루가 다르게 새로운 문명의 이기들로 안락한 생활을 한다고들 합니다. 그런데 알지 못하는 깊은 곳에서부터 마음이 공허로운 것은 왜일까요? 특히 요즘 두려움이 커지는 먹거리는 저희 마음에 큰 부담으로 자리하고 있습니다.

그 또한 저희 자신들이 "생명의 과정"을 무시한 채, 빨리빨리의 습성, 쉬운 것에 길들여진 습성에 기인한 것일까요?

자애로우신 성모님.

생명의 먹을거리에 담긴 자연과, 농부의 소중한 땀이 담긴 인고의 과정을 알게 하시어 함부로 버리는 것에 익숙하지 않도록, 작은 것의 아름다움, 오래된 것의 아름다움을 알도록, 또한 앞서가는 문명의 이기가 때로는 자유로운 삶에서 스스로 헤어나지 못함도 알도록 참생명의 길로 이끌어주소서.

인고를 감내하신 순명의 길을, 마침내 천상의 화관을 받으시고 영광의 나라로 들어가신 성모님, 저희도 순명의 길을 따라 걸으며 언젠가는 주님의 나라에 들어 예수님 뵙는 은총을 간구하여 주소서.

저희의 도움이신 성모 마리아님.

당신의 크신 사랑으로 언제나 평화 중에 머물도록 저희를 축복해주시고 빌어주소서. 저희들, 끝이 어디인지도 모르는 망망대해의 조각배가 되지 않도록 욕심의 파도, 미움의 파도에서 내려올 수 있도록 바다의 별이신 성모님, 사랑의 길로 갈 수 있도록 주님께 빌어주소서.

항상 성모님과 함께 주님을 바라보며 주님께 찬미 영광 드릴 수 있는 은총을 간구하여 주소서.

천지의 창조주이신 주님 사랑으로 가득한 아름다운 5월.

구세주의 어머니 성모 마리아님. 찬미 받으소서!

아멘!

공작선인장

아침마다 눈인사로 시작하는 우리 집 화초들 중, 유난스레 몇 년째 꽃을 피우지 않고 휘어지도록 키만 키우는 공작선인장. 다른 선인장 종류와는 달리 별 볼품없는 줄기이지만 꽃은 공작이 아름다운 날개를 펼치듯 고운 색감에 우아하고 기품이 있어 블로그에 포스팅할 날을 기다리고 있었지요.

"키는 이제 됐거든? 웬만하면 꽃 좀 피워보시지?"

좋은 말로 구슬리기도 하고 달래기도 하건만 이 친구 영 묵묵부답인 거예요. 하긴, 제가 뭐 들꽃들에 마음을 더 둔 건 사실인지 어쩐지 모르지만 그렇다고 그게 어디 삐칠 일인가요?

서로 외면하다 그래도 마음 약한 제가 계란 껍질 곱게 갈아 뿌려주면서 "일주일 내로 꽃 안 피우면 다른 집에 시집 보낸다아" 하고 엄포를 놨죠.

그리고 며칠 후. 무심히 화초들 복장 검사하다 공작선인장에 눈길이 갔는데⋯⋯. 깜짝이야!! 놀랍게도 세 개의 꽃대가 보이는 거예요.

"심봤다아~ 에헤라디요~~"

순간 왠지 미안한 마음이 들데요. 모든 것은 때가 있는 법인데 인내하고 기다리는 과정보다 화려한 영광만을 탐했다는 것이. 일본의 민속 연구가 '유키 도미오'의 "생산자가 아닌 기다리는 사람(대기자)"이라는 의미를 알 것도 같습니다.

비록 단 하루만의 꽃피움이었지만 이름만큼 아름답게 활~짝 피어 생각의 길을 터 주었던 공작선인장. 이 다음엔 절대로! Never! 채근하지 않고 기다릴게.

　쉬잇! 그런데요,

　정말 공작선인장이 다른 집에 시집보낸다는 말을 알아들었을까요?

　어디서 들었는데요,

　모든 사물(나무, 돌, 바위 등)들도 다 보고 듣는다네요.

　Believe it or not

59년 만의 만남을 위하여

너무도 긴 세월이었다.

9월 초순 경. 59년 전에 돌아간 줄 알았던 세 살 아래 남동생이 북쪽에서 '이산가족 만남' 신청을 해서 후보자 명단에 들었다는 적십자사의 연락을 받은 시어머님은 많이 당혹해하심이 역력해 보였다. 살아가는 동안에 이처럼 기막힌 일이 또 있을까.

언젠가 청주에서 약국을 하시는 외숙부님과 터울이 열 살이나 돼서 서로가 어려우시겠다고 말씀 드렸더니 '외숙이 중간에 또 한 분 계셨는데 잃어버렸다'고 하신 적이 있어 퍼뜩 그 생각이 떠올라 놀라움으로 흥분이 되었다.

최종 명단은 중순에 발표할 것이라는 연락을 받고는 매일 적십자사 홈페이지에 들어가 확인하며 기다리던 중, 명단에 큰외숙부님 함자가 있는 걸 보고 옆 동에 사시는 어머님께 달려가 알려드렸다.

그리움도 짙어지면 결국엔 담담해지는 것인지 처음과는 달리 침착해진 모습이셨다.

그날부터 우리 부부는 바빠지기 시작했다. 남편이 퇴근해서 돌아오면 마주앉아 의논을 했다. 이산가족 만남이 금강산에서 2박 3일의 일정으로 이루어진다는 것인데 북쪽에서는 신청자 한 분과 남쪽에서는 다섯 명까지 동반할 수 있어 시어머님과 남편, 청주 외숙 내외분과 장남, 이렇게 결정을 하고 나니 그 다음 무엇을 해야 할지 제일 흥분한 사람은 나였다.

다음날 명동에 있는 적십자사에 달려가 실무자와의 상담을 통해 설명을 듣고는 하나하나 준비를 했다.

큰 외숙부님이 그곳에서 무엇을 하셨는지 생활은 어땠는지 알 수 없지만 알려진 북한의 전체 경제 상황이 우리네 5,60년대 생활상이라니 무조건 많이 준비하기로 하고 목록을 만들어 대형 마트, 남대문 등으로 분주히 움직였다.

겨울엔 이곳보다 더 추울 것이라는 생각과 우리네 어릴 적은 왜 그다지도 춥고 겨울이 길었던지를 떠올리며 두꺼운 겨울옷에서부터 사계절용 정장, 티셔츠에 이르기까지 세심하게 살피며 체크해나갔다.

남편도 퇴근 후 전자상가를 돌며 시계를 큰 외숙 내외분께는 예물용으로 구입, 가족용, 젊은 층에까지 열다섯 개를 구입해서 시계장수 해도 되겠다고 웃었다. 그렇게 바쁘게 다니면서도 마음 깊은 곳에서부터는 애틋하고 기막힌 생각에 때때로 북받쳐 올라 지하철 안에서 주위 사람들에게 민망하기도 했다.

얼마나 고향에 오고 싶었을까.

얼마나 부모님 생각이 났을까.

얼마나 형제 누이 생각에 눈물지었을까⋯⋯

여기 있는 사람들은 모여살고 세상에 없는 사람으로 잊었을지 모르나 혼자서 살아남기 위해 얼마나 애를 태우고 외로웠을까. 짧은 세월도 아니고 59년이란 긴 세월을 오로지 부모 형제 만나는 일념으로 버티고 살았을지 모른다는 생각에 가슴이 먹먹해지곤 했다.

2박 3일의 만남을 통해 어떻게 해야 그동안의 한을 조금이라도 풀어드릴 수 있을까. 세 시누이와 서방님(시동생)도 의류 등 준비해 다녀가고, 그래도 무언가 미진한 부분들을 채워나갔다.

내의류, 면도기 50세트, 칫솔, 치약, 설탕 등⋯⋯(설탕은 큰 것보다 나누라는 뜻에서 1kg짜리 10개로 준비했다).

그곳엔 무엇이든지 부족하다는데 여기에선 하찮아 보이는 것도 그곳에선 절실할지도 모르지 않는가. 대형봉지의 사탕까지 산 걸 보고 남편은 '사탕은 뭘……' 했다. '큰 외숙 손자녀도 있을 텐데 남한 사탕 맛보게 하고 저 달콤한 사탕같이 우리 남북 관계가 잘 되라는 뜻이 담겨져 있다' 라는 뜻에 환하게 웃었다.

주문한 큰 가방이 오고 준비한 물건을 담다보니 물건들이 다 못 들어가고 남았다. 가만 생각해보니 예전에 남편이 해외 지사에 나갈 때 이삿짐 가방이 생각나 거기에 담았는데 그래도 남았다.

중요한 것들부터 눌러서 담고는 남는 것은 따로 다른 가방에 담았다. 전달만 되면 무슨 수를 써서라도 가져가시긴 할 거니까 꼭 전해드리라는 나의 간곡한 부탁에 양말, 설탕 치약 칫솔 등은(그것만 해도 가방이 무거웠다.) 놓고 간다던 남편도 수긍해주었다.

2년 만에 재개된 남북 이산가족 찾기에서 1차는 남측 이산가족 97명으로 9월 26일~28일 까지, 재북 가족은 240 명. 2차는 북측 이산가족 99명으로 9월 29일~ 10월 1일까지 재남 가족 449 명의 만남이었는데 우리는 2차로 예정돼 있어 9월 28일 아침 남편은 어머님을 모시고 속초로 출발하였다. 청주 외숙은 속초에서 만나기로 하고……

남편이 떠난 후, 주님께 감사기도와 서로간의 사랑과 평화를 염원하는 기도를 드렸다. 기도 중에 북에 계신 큰 외숙부 생각에 또 목이 메었다. 열아홉 살 때부터 혼자서 얼마나 외롭고 힘들었을까……. 청주 계시는 외숙께서는 돌아가신 줄 알고 잃어버린 날로 제사를 모신다고 했다.

경기도 어디에선 6.25 전쟁 때 북에 두고 온 가족 상봉을 간구하던 70대 실향민이 상봉 명단에서 제외되자 스스로 목숨을 끊었다는 T.V 보도가 있었다. 세상에 이런 비극이 어디 있겠는가? 반세기를 훨씬 넘는 비극적인 상황은 끝이 보이지 않는 데에 더 큰 슬픔이 있다.

이산가족 생존자가 8만 7500여 명이나 된다고 한다. 그 중에서 하루 평균 10명이 고령으로 사망한다고 한다. 그들의 한은 누가 풀어주고 누가 책임질

것인가?

자료에 따르면 북한은 '이산가족 상봉 정례화'를 거부하고 생사 확인조차 제대로 해주지 않고 있다고 한다. 이념이나 정책을 떠나서 '부모 자식 간은 천륜'이라 하지 않았던가. 천륜을 가로막고 있는 그 무엇인가는 어떤 명분이라도 용서받지 못할 것이다.

29일, 아침부터 TV 뉴스를 지켜보다가 잠간 외출했는데 아들이 전화를 했다. 식당에서 점심 식사 중, 뉴스에 할머니 일행, 잠간 스쳐갔다고……. 집에 돌아 와 TV 켜놓고 인터넷 뉴스 뒤적여도 100세 넘으신 최고령 할머니만 계속 비쳐지고 시어머님은 보이지 않았다.

3일 내내 같은 영상으로만 보여줘서 답답하긴 했으나, 여기서 떠날 때, 남편에게 큰 외숙 육성까지 꼭 녹음하라고 부탁했으니 그것만 기대할 밖에. 금강산에서 돌아오는 10월 1일은 남편 생일이기도 했다.

추석 전전날이라 생일 음식 하랴, 이어서 추석 명절, 송편 만들기, 차례 음식 하랴 해마다 얼마나 바쁜지……. 그래도 모두 좋은 날들이니 바쁜 중에도 하고 싶어서 하는 일이라 흐뭇하긴 하다.

저녁 9시쯤 남편이 시어머님 모시고 돌아왔다. 기다리고 있던 두 아들네와 모두 환호성을 치며 생일잔치를 벌였다. 남편은 이번 생일은 무엇보다 기억에 남는 생일 선물을 받은 것 같다고 했다.

상봉 이야기는 추석 명절날에도 이어졌다. 청주에서 올라오신 시숙부 가족들과 즐거우면서도 한편, 측은한 마음으로 얘기는 끝이 없이 오고 갔다. 남편이 가져갔던 카메라는 10배 줌 이상이라 제한에 걸려 사용치 못하고 청주 외숙부님네 장남이 찍어 온 영상을 컴퓨터로 전송받아 시간이 흐르도록 보고 또 보았다.

화면으로 본 큰 외숙부님은 외모가 퍽 준수하시고 곧아 보이셨다. 그쪽에서는 그래도 인텔리 급에 속하시지 않나싶다. 스물일곱에 혼인을 하시어 4남매를 두셨는데 모두 장성해 손자녀가 있다고 한다.

첫날에는 좀 서먹해 하시더니 이틀째는 조금 말씀이 부드러워지시고 마지막 날에는 낮은 목소리에 울먹임이 있으셨다고 해 나는 또 다시 눈물을 흘리고 말았다. 마음 놓고 울지도 못하시는 큰 외숙부님! 건강하셔서 빠른 날 안에 그쪽 가족들과 저희 모두 옛이야기 풀어놓으며 사랑으로 가득한 만남이 이루어지기를 소망합니다.

추석 명절이 끝나고 나는 친정 동생들을 보러 다녀왔다. 시간만 내면 만날 수 있는데도 바쁘다는 핑계로 자주 만나지 못하는 어리석음을 탓하며…….

산다는 것이 별건가. 외롭지 않게 서로 보듬어주고 사랑으로 이어가면 족한 것을. 돌아오는 고속버스에서 바라본 이 국토의 산하엔 고운 가을빛으로 물들어가고 있었다.

이애자

상한 갈대도 꺾지 않으시고

상한 갈대도 꺾지 않으시고 / 단편소설 "그 여자의 시나리오"

상한 갈대도 꺾지 않으시고

골목길을 돌다 보니 나무마다 새잎이 나오고 꽃들이 환하게 피어 지나가는 이의 시선을 끌어당긴다. 올봄은 유난히 빨리 다가온 듯하다. 사람들이 매사에 서두르니 계절도 덩달아 바빠진 모양이다.

길어지는 햇살과 함께 봄기운이 세상에 가득해지면 나는 가슴이 뛴다. 사춘기 소녀처럼 어디론가 떠나고 싶은 마음에 조바심을 치게 된다. 다행히 올해는 마음이 동하기도 전에 긴 여행을 할 기회가 생겨 얼마나 기뻤는지 모른다.

젊었을 때 나는 이런 꿈을 가졌었다. 학교에 열심히 근무하다가 조금 일찍 퇴직을 해야지. 그리고 저 남해 바다 어느 마을에 가서 보름씩, 한달씩 살다 오는 거야. 아주 시골에 가서 사는 것은 뭣하고 일년에 두세 번 서울 집은 비워놓고 떠나는 거야. 별장 같은 고정된 집은 싫고 이곳저곳 기분 내키는 곳에 가서 민박도 좋고 여관도 좋고……

그냥 바다가 보이는 곳에서 아무 생각 없이 지내보고 싶었다. 삶을 돌아보고 재충전하고 하는 고상한 계획은 필요 없이 말이다. 큰 욕심이 아니라고 생각했기에 실현 가능하다고 믿었다.

그러나 세상살이가 내 마음처럼 풀리겠는가? 나이 들어가며 절실히 깨달은 것은 보통 사람으로 살아가는 것이 쉬운 일이 아니라는 것이다. 여러 가지 일을 겪으며 늙어가는 중에 내 발목을 잡는 가장 큰 일은 나보다 먼저 퇴직한 남편의 건강이 나빠진 것이다.

시름시름 여기저기 아프더니 만성신부전으로 투석을 하기 시작했다. 신장이 망가져 혈액노폐물을 걸러주는 제 기능을 못하니 그것을 인공신장으로 걸러 주는 것이 투석이다. 하루걸러 병원에 가서 4,5시간씩 투석을 해야 한다.

병을 발견했을 때는 몸이 너무 약해져서 합병증으로 사경을 헤매며 입원과 퇴원을 반복하는 어려움을 겪었다. 출근하랴, 병수발하랴 정말 지옥이 따로 없었다. 하느님께 남편을 살려달라고 기도하는 것이 아니라 갈 때가 되었다면 빨리 데려가시든지 아니면 얼른 일어나게 해달라고 앙탈을 부렸다. 지금 생각해보면 참 어처구니없는 이기심이었지만 그런 내 마음을 하느님은 알아주시리라 믿었다.

하느님 보시기에 내가 혼자 살기에는 너무 연약하다고 생각하셨는지, 병든 남편이라도 곁에 있는 것이 내게 좋은 일이라고 생각하셨는지 6개월쯤 지나니 차츰 회복이 되었다.

그 후에도 다른 병으로 수술과 입원을 여러 번 하였지만 다행히 큰 위험 없이 넘기고 요즘은 중간 정도의 건강상태로 잘 지내고 있다. 병원 다니는 일과 가까운 시내 나들이는 자신이 운전하여 다니고 있으니 그것만도 얼마나 고마운 일인지 모르겠다.

TV를 보면 인간승리의 모습으로 힘든 병을 이겨내거나 또는 장애를 극복하고 무언가를 이루어낸 사람들의 이야기가 나온다. 참 대견하기도 하지만 저렇게 살기가 얼마나 힘들까 마음이 아프기도 하다.

투석 환자들도 마찬가지다. 자동으로 피가 깨끗해질 수 없으니 제한이 많다. 음식은 맛이 없을 정도로 싱겁게 먹어야하고 체중 조절을 위해 식사량도 제한되고, 물도 마음대로 마실 수 없고, 피곤하고, 춥고, 기운 없고······.

예전엔 '앓느니 죽지!' 라는 말을 참 쉽게도 입에 올리고 살았다. 하지만 지금은 그 말을 할 수 없다. '죽지 못해 사는 것'이 얼마나 힘든지를 알기 때문이다. 이런 까닭에 2박3일 여행도 같이 할 수가 없게 되었는데, 올 봄 나는 제주도에 가서 보름이나 지내고 왔다. 그것도 남편과 같이······.

제주도 한적한 시골, 돌아서면 한라산이 보이고 앞을 보면 바다가 보이는 곳에서 감귤밭 사이를 누비며 제주도 바람을 흠뻑 마시고 왔다. 가슴 속에 가라앉아 있던 찌꺼기가 다 날아간 듯하다.

여행이 자유롭지 않은 투석환자를 위해 병원시설이 갖춰진 휴양소가 제주도에 생긴 것이다. 제주 라파의 집이다. 기독교 계통의 복지시설인데 투석기가 21대나 되고 의사와 간호사가 상주하여 질 높은 의료서비스를 하고 있다. 일주일, 보름, 한달 중 원하는 만큼 있을 수 있는데 자리가 있으면 몇 달도 계속 있을 수 있다고 한다.

남편 덕에 제주도 바람을 쐬며 하느님의 섭리는 참 오묘하다는 것을 느꼈다. 내가 바라던 일을 이렇게 생각지도 않은 시간에 이루어주시다니…….

거기에 가서 많은 사람들을 만났다. 10대 어린 학생부터 여든이 가까운 노인들까지, 그리고 투석을 한지 20년 가까이 된 사람들까지 참 다양한 사람들을 만났다. 투석환자는 신장장애 2급으로 힘든 일을 할 수 없는 장애인이다. 그런데 거기서 만난 사람들의 공통점은 표정이 밝고 긍정적으로 산다는 것이다. 남들이 바라보는 연민의 시선과는 달리 본인들은 아주 씩씩하게 살고 있다.

제주에는 올레라는 것이 있다. 제주도 남쪽 해안선을 따라 12코스의 올레길이 형성되어 있는데 한 코스의 길이가 14-20km의 거리이고 4-5시간이 소요되는 쉽지 않은 길이다.

그런데 환자 중 몇 명은 그 길을 걷고 온다. 두세 명씩 짝을 지어 배낭을 메고 떠나는 것을 보면 참 감동스럽다. 그렇게 도전적으로 사는 것을 보니 희망이 보인다. 몸을 사리기만 하고 운동에 소극적이던 남편도 자극을 받는 모양이다. 집에 돌아와 동네 산책에 나서는 것을 보니 말이다.

'부러진 갈대를 꺾지 않고 꺼져 가는 심지를 끄지 않으리라.'(이사야42,3) 하신 주님 말씀에 위로를 받으며 그 사랑에 감사드린다.

단편소설 "그 여자의 시나리오"

　나이가 들어 환갑을 넘기니 가끔은 어릴 적 친구가 몹시도 그리울 때가 있다. 그냥 어떻게 지내는지, 아직도 살아있기는 한지, 그저 얼굴이나 한 번 보고 싶다는 희망 말이다. 그런데 그 바람이 우연히 이루어졌다.

　지난 5월 중순경, 친구 정희가 느닷없이 내일 산엘 가자며 전화를 했다. 내가 다리가 아파 높은 산엔 못 간다는 것을 아는 정희는 바람이나 쐬는 정도이니 가볍게 입고 나오란다. 번번이 거절하기도 민망해서 아침부터 서둘러 수유리 역까지 갔다.

　진달래 능선까지만 갔다 내려온단다. 마을버스를 타고 산밑 동네까지 가서 내려 걷기 시작했다. 일행은 혜숙이 진경이 그리고 정희, 나 모두 네 명이었다. 나는 어쩌다 한 번 끼지만 이 친구들은 자주 산에 오르는 베테랑들이다.

　나도 건강검진 결과 고지혈증이라고, 걸어야한다는 처방을 받아 '걸어야 산다.'고 날마다 4,50분씩 걷고 있어 다리에 탄력이 붙었는지 발걸음 가볍게 따라붙을 수 있었다. 기분 좋게 땀을 흘리며 등산을 마치고 4.19탑 쪽으로 내려오다가 때늦은 점심을 먹기로 했다.

　번듯한 식당 다 제쳐놓고 진경이 한 번 가봤다는 허름한 해장국집에 들어갔다. 약간 지저분하고 넓지도 않은 식당인데 두시가 넘은 시간에 사람이 꽤 차있는 것으로 보아 맛은 있는 집인가 보다 하고 마침 손님이 일어나는 테이

블에 가서 앉았다. 아줌마가 와서 식탁을 치우며 주문을 받아갔다. 선지 해 장국을 시켰다. 점심때는 밖에서 기다려야한다는 진경이 말을 들으며 식당 안을 둘러보았다. 맛은 어떨지 몰라도 너무 허술하다는 생각을 하며 내가 너무 크고 화려한 것에 익숙해 있구나하는 마음에 픽 웃음이 나왔다. 벽은 온통 지저분한 싸인들이 낙서처럼 써있는데 중간 중간 빛바랜 사진액자들이 걸려있었다. 할머니 젊었을 때 모습도 보이고 애들 사진도 보이고 간혹 단체 사진인지 많은 사람이 찍은 사진도 있었다.

주방이 마주 보이는 자리라 주방 안에서 국을 퍼 담는 할머니를 볼 수 있 었다. 인심 좋게 생긴 할머니가 때 묻은 앞치마를 두르고 뚝배기에 국을 푸 고 있는데 참 낮이 익었다. 돌아가신 우리 큰고모를 닮은 것 같기도 한데, 할 머니라면 공통적으로 갖고 있는 인상이라서 그런가보다. 머리가 백발이라 할머니지 나이는 우리 또래일 것 같다.

선지국이 구수하고 맛있었다. 참선지라 덩어리도 큼직한 것이 먹음직스럽 고 우거지도 잘 무르고 간도 알맞아 구미가 확 당기는 음식이었다. 뜨거운 선지를 후후 불며 입에 넣다가 눈길이 느껴져 고개를 드니 주방에서 할머니 가 나를 바라보고 있었다. "참 맛있어요!" 소리치며 고개를 끄덕이니 커다란 얼굴에 입이 함박만 해진다. 저렇게 순진한 얼굴을 가진 사람도 있구나 하며 마주 웃어주었다.

그 할머니가 뚝배기에 선지를 가득 담아갖고 나와 상에 놓으며 '많이 드세 요. 얼마든지 드릴게요.' 한다. 내 그릇에 든 것도 많아 다 못 먹을 판인데 웬 인심이 이렇게 좋을까?

"그렇게 퍼주시면 장사가 되겠어요?" 할머니는 환한 웃음을 지으며 "천천 히 많이 드세요." 한다. 점심 손님은 우리가 끝인지 먼저 먹던 사람들 다 나 가고 우리 밖에 없었다.

다 먹고 나서 정희가 제가 계산을 한다고 나서는데 계산대 옆 벽에 걸려있 는 손바닥보다도 작은 사진이 눈에 띄었다. 어린 여자 아이 둘이 찍은 사진 인데 많이 보던 사진이다. 그래서 가까이 가서 자세히 들여다보았다. 저 얼

굵은? 머리를 뒤로 묶고 양미간을 잔뜩 찌푸린 저 키 큰 애는 바로 '나' 아닌가? 며칠 전 책장을 정리하다 어릴 적 앨범을 꺼내놓고 사진을 들여다보며 '내가 이렇게 어렸을 때도 있었단 말이지?' 쿡쿡 웃어가며 보던 그 사진이 여기에 있는 것이다. 갑자기 긴장이 되고 소름이 온 몸을 싸고 돌았다. 누가? 왜? 내 사진을...

"저 사진이 왜 저기 있어요?" 나도 모르게 큰 소리가 나왔다. 주춤주춤 계산대로 다가오던 할머니가 오히려 놀란 듯 나를 쳐다보았다. 옆에 있던 혜숙이가 "왜 그래, 무슨 사진 말이야?" "가만 있어봐! 저 사진 내 사진이란 말이야!" "에이, 설마. 네 사진이 왜 여기 있겠어."

나는 계속 할머니를 주시하며 흥분된 목소리로 떠들고 있었다.

할머니가 갑자기 내 손을 잡더니 "너 경옥이 맞지? 김경옥." 그 순간 나는 타임머신을 탔나보다. 50년 전 저 먼 옛날이 내 앞에 펼쳐졌다. "아, 수희, 너는 이수희?" 어떻게 기억이 났을까? 우리는 손을 잡고 흔들며 '정말 이게 무슨 일이니?'를 연발하며 어쩔 줄을 몰라 했다.

멀뚱히 쳐다보는 친구들을 먼저 보내고, 나는 도로 식탁에 앉았다.

"오래 살고 볼일이다. 경옥이 너를 다시 만나게 되다니, 성모님께서 돌보심이다."

"나도 너를 생각한 적이 많아, 며칠 전에 저 사진을 앨범에서 봤거든. 그래서 얼른 알아 본거야."

"응, 저 사진, 내게 어릴 때 사진이 얼마나 있겠니? 저 거 우리 5학년 때 인천에 소풍 갔을 때 찍은 사진이잖아. 그 사진 보면서 네 생각 많이 했고... 아까 너 들어올 때부터 자꾸 눈길이 가더라구. 그래도 바로 네가 경옥인 줄은 못 알아봤는데 저 사진 덕 봤네."

"나도 주방에 있는 너를 보며 참 낯익다고 생각했는데 이렇게 만나다니, 정말 뜻밖이다."

"경옥아, 너 많이 보고 싶었어. 그래서 사진도 붙여놓은 것이고."

"나도 널 한 번 꼭 만나고 싶었단다. 언제고 너 만나면 해주고 싶은 말이 있었는데... 네가 전화번호 적어주었는데도 연락 못해서 정말 미안했어."

"너 아직도 그걸 기억하고 있구나. 많이 기다리기는 했어. 하지만 너는 공부하느라 바쁜 사람이니까 하고 생각했지, 뭐. 너 선생님 되었다는 이야기는 들었어. 얼마나 자랑스러웠는데."

"미안하다, 수희야. 그 동안 잘 지냈지? 난 선생하다가 몇 년 전에 퇴직하고 지금은 놀고 있어."

중학생쯤 되는 사내아이가 식당에 얼굴을 들이밀고 "엄마, 학교 다녀왔습니다."하니 수희는 "그래, 씻고 옷 갈아입어라." 한다. 그러면서 날보고 "우리 막내야. 녀석이 요즘 싱숭생숭한가봐" 하며 웃는다.

저렇게 어린 아들이 있다면 늦둥이로 낳은 것일까?

잠깐 저희 집에 가자며 손을 잡아끈다. 주방 쪽의 문을 열고 나가니 마당이 나오고 안채가 있었다. 아까 들어간 학생이 마당에서 세수를 하다가 날 보더니 얼른 방으로 들어간다.

"집 모양이 우습지? 원래 방이 세 개였는데 식구가 늘어 방 두 개를 늘렸더니 집 모양이 찌그러졌어." 수희 말대로 좀 언발란스한 배치지만 못 봐줄 일도 아니었다.

마루에 올라가 앉으니 아까 식당에서 본 아줌마가 딸기를 씻어 내오며 "경옥 언니 이야기 우리 언니에게 많이 들었어요. 저는 언니 동생 민희에요." 어정쩡하게 일어서 딸기 접시를 받으며 "수희 동생? 옛날에 수희가 업고 다니던 애기?" "예, 맞아요. 언니는 애들 키우면서 공부하라고 이야기 할 때면 꼭 경옥 언니 이야기를 했어요. 얼마나 공부를 잘 했는지, 너희도 그렇게 열심히 하라고요."

"아유 부끄럽네. 그게 뭐 남에게 본이 될 이야기라고..."

"경옥 언니는 우리 언니 우상이거든요."

식당 쪽에서 손님이 부르는 소리가 나자 민희는 가고 수희가 딸기를 권하며

"경옥아, 넌 할머니 같지가 않구나. 난 파파 할머니가 다 되었는데."

"얘는 무슨 소리를. 네 하얀 머리가 너무 멋있다. 인자하고 기품이 있어 보이잖아."

열어놓은 문으로 들여다보이는 안방에는 십자가와 성모상, 촛대 등 열심한 신앙생활의 모습이 보였다.

한 30분쯤 앉아 이런 저런 이야기를 하다 일어났다. 좀 있다가 저녁을 먹고 가라는 걸 바쁘지 않은 날 다시 오마고 약속을 하고 나오니 길 아래까지 배웅을 하며 서운해 했다.

수희, 너무 오랜만이라 얼굴도 얼른 못 알아보았지만 항상 마음 가운데 떨어버릴 수 없는 빚처럼 문득문득 생각나던 친구다. 우리가 어렸을 때 살던 동네는 서울 역 뒤에 있는 중림동이다. 수희네 집은 약현 성당 밑에 있었고, 우리 집은 성당에서 길을 건너 왼쪽으로 비탈진 동네 중턱에 있는 집이라 성당이 내려다보이는 곳에 있었다.

1950년대의 그곳은 전쟁 직후 피난지에서 돌아온 사람들이 옹기종기 모여 살던 가난한 동네였다. 꼬불꼬불한 좁은 골목길들이 거미줄처럼 얽히고, 커다란 집이나 작은 집이나 방 수대로 다른 가구가 살며 시끄럽던 동네였다. 시계가 드물던 시절이라 성당의 삼종소리가 동네 시계노릇을 대신하던 시절, 우리는 봉래국민학교를 다녔다. 그 학교는 우리 집보다 더 높은 곳에 위치하여 언덕을 한참이나 올라가야 하는 곳이다. 수희는 학교 갈 때 우리 집에 들려 나와 함께 학교 가는 것을 좋아했다. 일찍 학교에 가는 나와 맞추느라고 집에서 서둘러 나온다고 했다. 수희가 늦게 오는 날은 난 기다리지 않고 그냥 학교에 가버리는 별로 좋은 친구도 아니었는데 말이다.

수희와 언제부터 친해졌는지 모르겠지만 주로 주일날 주일학교 끝나고 나서 수희네 집에 들려 놀던 일이 기억에 많이 남는다. 먹을 것이 귀하던 시절, 수희네 집에 가면 먹을 것이 있었다. 어떤 날은 밀가루에 애호박을 썰어 넣고 부침개를 해서 주는데 젓가락도 없이 그 뜨거운 것을 손으로 찢어 먹는 맛이 황홀하여 오래오래 잊을 수가 없었다. 또 어떤 날은 점심때였는지

밥을, 그것도 하얀 쌀밥을 양푼에 그득 담아 상 가운데 턱 올려놓고 식구 수대로 숟가락을 들고 퍼먹는 광경이 너무 기이하였던 기억도 난다. 점심때라 남자 어른이 안 계셔서 간단히 차리느라 그랬나보다. 그 당시 우리 집은 보리밥을 해 먹던 시절이었고 나는 그 보리밥을 아주 싫어하였는데 수희네는 하얀 쌀밥을 해 먹는 것이었다.

수희는 깡마른 나와는 달리 살집이 좋았다. 그런데 수희는 마음은 착하였지만 말이나 행동이 날렵하지 않고 둔하여 공부를 잘하지는 못하였다. 그래서 수희는 공부 잘 하는 나를 더 좋아하며 따랐는지도 모르겠다.

어렸을 때 놀이를 하면 난 학교 놀이를 잘하였다. 내가 선생님이고 아이들을 담 밑에 앉혀놓고 담벼락에다 문제를 써놓고 가르치는 놀이를 하는데 내가 수희하고 친하다고 반장을 시켜주면 얼마나 좋아했는지 모른다. 반장이라야 '차렷! 경례!' 밖에 할 것이 없었는데도 우쭐거리며 좋아했다.

겨울에 성당에 가서 신을 벗어 놓고 들어가 찬 바닥에 앉으면 얼마나 발이 시렸는지... 수희는 제 털목도리를 풀어 내 발과 제 발을 같이 감싸고 꼭 붙어 앉아 미사를 드렸었다. 그 애는 참 따뜻한 아이였다.

6학년 때도 같은 반이었는데 선생님이 성적순으로 좌석을 정해 주었다. 나는 1분단 앞자리고 수희는 5분단 뒷자리였다. 성적차가 아니라도 이제 전처럼 동네에서 놀 시간이 별로 없고, 우리가 만리동으로 이사를 가는 바람에 등하교 길이 달라 수희와 같이 할 일도 없어지니 자연히 무관심해지고 말았다.

우리 엄마는 딸도 공부를 시켜야한다는 생각이 각별했던 분이라 나는 아무 갈등 없이 중학교에 진학하였다. 그런데 수희는 집에 무슨 일이 있었는지, 아니면 그 당시 대부분의 집에서 그렇듯이 여자가 무슨 공부냐는 부모의 뜻 때문이었는지 진학을 안했다.

중학교에 들어간 뒤로 난 성당에 미사를 드리러 가도 수희를 만나지 못해 궁금하기는 했지만 그냥 그렇게 잊어버리고 살았다.

그렇게 몇 년이 지나 고등학생이 되었을 때 엄마가 시장에서 수희를 만났다며 수희가 어느 집 식모살이를 한다는데 나를 보고 싶다고 전화번호 적은 쪽지를 주더라며 건네주었다. 그 당시는 공장도 없던 시절이라 어린 처녀가 할 일은 남의 집 식모살이밖에 없었던 시절이었다. 엄마 말씀에 의하면 수희가 더 뚱뚱해졌다는 것이다. 쪽지를 받아들긴 했는데, 그 때 우리 집엔 전화가 없었다. 60년대 초, 전화가 있는 집은 부잣집이었다. 난 그때까지 전화를 걸어본 적도 없었다. 공중전화도 흔치 않았던 시절, 누군가 전화 있는 집에 가서 빌려서 전화를 해야 하는데 그게 나에겐 강을 건너는 일보다 더 어려운 일이었다. 늘 생각은 하면서도 차일피일 세월이 흘러가버리고 말았다. 더 많은 세월이 흐른 뒤, 전화를 걸기가 힘들었다는 것은 핑계고 잘 나가는 여고생이 식모살이하는 친구를 만나는 것이 창피했던 것은 아니었나하는 생각에 죄책감과 미안함이 한동안 내 마음을 어지럽혔던 기억도 난다. 그리고 늙어가면서 내가 죽기 전에 꼭 만나고 싶은 몇 사람에 수희도 한 자리를 차지하게 되었던 것이다.

집에 돌아와 생각해보니 꿈을 꾼 것도 같고, 수희가 왜 그렇게 나를 잊지 못했는지, 내게 맺힌 것이 있어 잊지 못했나하는 생각에 마음이 불편해졌다. 그래서 가봐야지, 한 번 더 만나서 살아온 이야기도 좀 들어봐야지 하면서도 선뜻 발걸음이 떨어지지 않는 것은 수희가 나를 우상처럼 생각하였다면 내 삶도 그렇게 훌륭하고 자랑스러워야하는데 아무리 돌아보아도 내가 내세울 만큼 잘 살아오지 못했다는 것이 나를 주춤거리게 만든 걸림돌이 되었다.

전에도 그런 경험이 있다. 삼십년 만에 만난 여고 친구가 있었는데 그리워하던 마음과는 달리 서로 다른 세계에서 살아온 듯 공통적인 이야기 거리가 없었고 잘 나가는 친구 남편 이야기에 주눅이 들어 한 번의 만남으로 끝내버린 아쉬운 일이 있었다. 아름다운 우정을 꿈꾸며 그리워하던 것이 환상이었구나 할 정도로 무참한 마음이 들었던 경험이었다.

그리고 서너 달 집안 일로 바쁘게 지내느라 수희 생각을 잠깐 잊고 있었는데 전화가 왔다. 많이 바쁘냐고, 너무 금방 가서 꿈꾼 것만 같다고. 미안한 마음에 날을 잡아 다시 찾아갔다. 전화도 않고, 아침이 한가로울 줄 알고 일찍 갔더니 장사 준비하느라 더 바쁜 시간이었다. 김치 담그는 날이었는지 배추가 잔뜩 쌓여있다.

"아침에 까치 우는 소리가 들리더니 정말 반가운 손님이 오셨네요." 민희가 먼저 나를 반긴다. 수희는 보이지 않고 다른 아주머니 둘이 배추를 다듬고 있었다.

"안에 들어가 잠깐 기다리세요. 할머니 목욕하는 거 도와드리느라고 집에 있는데 얼추 끝났을 거예요."하며 식당 옆에 있는 대문을 열고 내가 들어오기를 기다린 다음 안에 대고 소리쳤다.

"언니, 누가 오셨나 내다 봐요. 빨리요."

뭐라고 안에서 대답하는 소리가 들리더니 반바지 차림의 수희가 수건을 들고 나오다가 나를 보더니 함박웃음을 지으며 마당으로 내려서는데 그 뒤에 연세 많은 할머니가 따라 나온다.

"경옥아, 어서 와. 저리 올라가자. 애, 민희야, 할머니 머리 좀 말려드려."

수희 어머니인가 싶어

"너희 어머니시니?" 하고 묻자 수희의 대답이 애매하였다.

"응? 아니. 응, 그래"

지난번에는 짧은 시간이지만 어렸을 때의 기억을 되새기며 추억에 잠겼다면, 그 날은 주로 수희가 살아온 이야기를 듣는 날이었다. 식당은 아예 동생과 동네 아주머니들에게 맡겨놓고 마치 내게 자기 이야기를 하지 않으면 터져 버리기라도 할 것처럼 이야기보따리를 풀어 놓았다.

수희의 살아온 이야기를 들으며 언젠가 친구가 해준 '사람은 태어날 때 자기 시나리오를 들고 나온대' 라는 말이 생각났다.

수희 이야기를 대충 정리해보면 다음과 같다.

수희 아버지는 마르보시(운송회사)의 하역부로 일했다고 한다. 전쟁 후 너

나없이 일자리가 없던 시절에 월급을 받는 직장을 다닌다는 것은 꽤나 자랑스러운 일이었다. 작은 집 식구들까지 같이 살아 넉넉지는 않아도 큰 문제없이 살았다고 한다. 그런데 수희가 6학년이 되었을 때 여름방학에 아버지가 일을 하다 짐에 깔려 돌아가셨단다. 그때는 보상금이라는 것도 별로 없던 시절이니 당장 식구들 끼니를 걱정해야할 판인데 착하디착한 수희엄마는 어쩔 줄을 몰라 하고 약삭빠른 작은 아버지는 더 이상 얻을게 없다 싶으니까 자기네가 얹혀살던 방을 전세로 내놓아 전세금을 받아갖고 멀리 떠나버렸단다. 그때부터 수희네는 보리밥도 먹기 힘들 정도가 되어 겨우 국민 학교 졸업한 수희가 남의집살이를 시작했단다. 동생이 셋이나 되니 선택의 여지가 없었겠지.

왜 나는 그때 그런 일을 몰랐을까? 아마도 이미 수희와 멀어진 상태로 무관심해졌던 때였나 보다.

"난 머리가 나빠 공부를 못하니 중학교 시험을 칠 수도 없었지만, 그래도 교복입고 다니는 애들을 보면 부럽기도 했단다." 하며 속내를 내보였다.

남의집살이가 얼마나 고된 일인가는 말하지 않아도 알 일이다. 그저 밥이나 얻어먹는 정도의 대우를 받으며 이집 저집 거치다 보니 열여덟 살이 되었단다. 잘 있으면 시집도 보내준다는 집이었는데 가정집보다는 식당이 낫다는 말에 후암동 어느 식당 부엌으로 일자리를 옮겼단다. 설렁탕과 국밥을 주로 파는 집으로 꽤나 손님이 많은 식당이었단다.

다행인 것은 오랜만에 집으로 돌아와 식구들과 같이 살면서 집에서 출퇴근을 할 수 있게 된 것이었다. 수희와 연년생이었던 남동생은 중학교에 입학은 겨우 했지만 등록금을 낼 수 없어 몇 달 다니다 그만 두고 철공소에 들어갔단다. 그 동생은 거기서 기술을 배워 지금까지 그 일로 밥벌이를 하며 그런대로 잘 살고 있단다.

눈코 뜰 새 없이 바쁜 중에도 남자 직원과 눈이 맞아 스물한 살에 살림을 차렸단다. 결혼을 했다고 하지 않고 살림을 차렸다고 하는 것은 자기 생각엔 성당에서 혼배미사를 해야 결혼인데 남자가 성당에 안 다니고 자기도 식당에 매어 주일에도 성당에 못 가는 때가 많아 염치가 없어 혼배를 못하고 그냥 친정식구들과 식사 같이 하는 것으로 혼인식을 대신했기 때문이라고 웃었다.

그 남자 또한 전쟁통에 부모를 잃고 고아원에서 자라 중학교는 나왔는데 머리가 커졌다고 고아원에서 내보내 이리저리 부대끼다가 어찌어찌해서 이 식당에서 일한지가 꽤 되었다는데 그래도 눈썰미가 있고 착실해서 주방 일을 배우고 수희가 갔을 때는 주방 일을 거의 도맡아 하고 있었단다. 어차피 밤에도 탕 끓이는 일에 손이 가는 식당이고 주인은 나이가 많아 수희부부에게 운영을 맡기다시피 해서 따로 방을 얻지 않고 식당에 딸린 방에서 신혼살림을 시작했는데 남편이 곰살맞고 자상해서 재미있게 살았다고 한다.

친정도 동생이 벌이를 하니 조금씩 살림이 나아져 셋째는 공부를 시켜야 한다고 고등학교까지 입학을 시켰는데 콜레라가 유행하던 해 빨리 병원에 가지를 않아 그만 장대 같은 녀석이 죽었단다. 그 일로 충격을 받은 어머니마저 시름시름 앓더니 겨울을 다 넘기지 못하고 돌아가셨단다.

"내가 혼인도 않고 남자와 살아서 벌을 받았는지 애가 생기지 않았단다. 아니 생기긴 생겼는데 세 번이나 그냥 쏟아버리고는 그만이었단다."

나는 지난번에 본 막내라는 아이와 식구들이 늘어 방을 늘렸다는 말이 생각나 궁금했지만 아무 것도 묻지 않고 수희의 이야기만 들어주었다.

돈 버는 재미는 있지만 아이가 없어 허전한 마음은 남편이 더 했는지 7년 쯤 살고 나니 그냥 넘어가던 일도 짜증을 부리며 수희의 둔함을 나무라기 시작했다고 한다. 미련하다는 둥, 뚱뚱하니 밥 좀 조금 먹으라는 둥. 그리고 술을 먹기 시작하더니 매질을 하더란다. 그렇게 삼년을 더 버티며 살았는데 식당 음식 맛이 변하는 것은 손님들이 먼저 알고 발길이 뜸해지니 주인이 가게를 팔겠다고 내 놓더란다. 식당에 대한 아무 연고권이 없으니 그냥 빈손으로 나올 수밖에...

"내가 속이 좀 있었으면 돈 벌릴 때 내 수중에 돈 좀 감춰놓고 살 걸. 그만한 요량도 없어 가게에서 나올 때 남편이 딱 방 한 칸 얻을 돈 밖에 없다 하더라고. 난 그 말을 믿고 이사를 갔는데 이삿짐만 옮겨놓고 남편이 들어오지를 않는 거야. 당장 쌀 살 돈도 없는데 말이야."

수희는 정신이 아득해지더란다. 남편 찾아봐야 매질이나 당할 것 같고 당장 끼니는 해결해야할 것 같아 이웃에 있는 다른 식당엘 찾아가 일자리를 얻었단다.

주방 일이라는 것이 항용 그렇듯이 진종일 손에 물마를 새 없고 앉았다 일어났다. 다리 아프고, 허리 아프고... 그래도 죽은 듯이 살았단다.

가끔 재혼하라는 말도 들리고 실제로 추근대는 남정네도 있었지만 결혼이란 한 번 해 봤으면 되었다라는 생각에, 그리고 남편이 버젓이 살아있는데 재혼이라니 하는 생각에 눈도 돌릴 생각 않고 오로지 일만하고 살았단다.

먹고 자는 것은 식당에서 해결하고 방값은 빼서 이자놀이를 했는데 다행히도 떼이는 돈 없이 다 회수하고 5년 동안 월급도 착실히 모으니 집 한 칸 살 돈이 되더란다. 시내는 안 되고 불광동 연신네 쪽에 새 동네가 들어서는 곳에 작은 집을 하나 사서 세를 놓고 이젠 걱정이 없겠구나하며 한숨을 돌렸단다.

그렇게 몇 달이 지난 어느 쉬는 일요일, 오랜만에 파마를 하고 기분 좋게 미장원을 나서는데 앞에 지나가는 남자 뒷모습이 눈에 익은데 가슴이 철렁하더란다. 한 손엔 낡은 옷가방을 들고 한 손엔 어린 계집아이를 붙잡고 걸어가는 것이 5년 만에 보는 남편의 모습이었던 것이다.

아무 말 않고 가만히 뒤를 쫓아가보니 그 남자는 수희가 일하는 식당 앞까지 가서는 닫힌 문을 보고 머뭇거리며 어쩔 줄을 몰라 하는데, 모른 체 뒤돌아설까 하다가 차마 그럴 수 없어 인기척을 내며 아는 체를 했단다. 그 반가워하는 얼굴이라니... 초췌한 모습이 가여워 옆문을 열고 식당으로 데리고 들어가 우선 밥부터 먹였단다. 너댓 살 된 계집아이도 배가 고팠는지 옴팡지게 밥을 한 그릇 다 먹고는 졸립다며 방에 누워 잠이 들고, 남편은 '미안해'를 연발하며 수희의 눈치를 보더란다.

그러면서 늘어놓는 구구한 변명이 애 엄마가 얼마 전에 병으로 죽었는데 애를 맡길 곳이 없다는 것이다. 자기는 사우디 건설 현장에 가기로 했다가 그만 애 엄마가 갑자기 병이 나는 바람에 못 갔는데 이제 장례까지 치렀으니 하루 빨리 가야한단다. 그런데 세상천지에 애 맡길 곳이 없어 염치불구하고 수희를 찾아왔노라고, 고아원은 자기가 있어봐서 알지만 자식을 맡길 수 없는 곳이니 사우디 갔다 올 동안 2년만 맡아 달라고 눈물로 호소를 하더란다.

"수희야, 내가 죽일 놈인 거 알아. 내가 잘못했어. 하지만 너밖에는 부탁할 곳이 없어 이렇게 온 거야. 2년만 맡아줘. 애는 순해서 큰 손이 가지는 않을 거야. 밥만 먹여주면 돼."

수희는 기가 막혀서 말도 안 나오고 '오, 하느님, 어찌하오리까?' 마음속으로 하느님을 찾았단다. 그런데 수희 입에서 나온 말은 생각지도 않게 "몸도 튼튼하지 않은 사람이 사우디에 가서 무슨 일을 한대요?"였단다.

남편은 수희의 말에 힘을 얻은 듯 "힘든 일은 아니고 우리 근로자들이 거기 음식이 입에 안 맞아 밥을 못 먹는다고 식당을 새로 만드는데 주방에서 일할 사람이 필요하다고 해서 말이야. 주방 일은 내 전공이잖아."

그렇게 해서 수희는 애를 맡았다고 한다. 며칠 뒤 살던 방을 뺐다며 얼마간의 돈을 쥐어주며 애를 부탁하고 남편은 사우디로 떠났다. 남편이 밉다는 생각은 안 들고 이 애를 어떻게 키우나 하고 걱정을 했는데 이상하게도 정이 붙더란다. 이름은 수민이, 나이는 4살, 생일은 2월 10일, 식당에서 놀게 할 수가 없어 근처에 사는 할머니 한 분에게 돈을 주며 낮에 좀 봐달라고 부탁을 하고 밤에는 데려다 같이 잤단다. 자는 것도 예쁘고 먹는 것도 예쁜 것이, 종알거리며 말하는 입을 보고 있노라면 웃음이 절로 나더란다. 수민이는 자연스레 수희를 엄마라고 불렀고 수희는 수민이가 정말 자기 딸처럼 느껴지더란다. 사우디에 간 남편은 편지도 자주 보내오고 돈도 부쳐주었단다.

2년이 지나 남편 돌아올 날이 가까워지니 은근히 걱정이 되더란다. '남편이 수민이 데리고 간다면 어떻게 해야 하나, 그냥 같이 살자고 해볼까? 도저히 수민이 보내놓고는 살 수가 없을 텐데.' 그런데 뜻밖에도 2년 더 연장근무를 하고 싶다는 편지가 왔더란다. 일도 재미있고 돈 쓸 일도 없어 많이 모을 수 있다며 수민이를 2년만 더 봐달라고 하는 것이었단다. '불감청이언정 고소원'이란 말은 이런 때를 두고 생겨난 말인 것 같다. 그렇게 또 일년 쯤 지났는데 무슨 생각에선지 목돈을 보내며 수희 이름으로 집을 한 채 사 놓으라고 하더란다.

"글쎄 날 어떻게 믿고 그렇게 큰 돈을 보냈는지 알다가도 모르겠더라고." 그래서 하라는 대로 한창 아파트가 들어서던 시절이라 잠실에다 아파트 한 채를 전세 끼고 사놓았단다.

수민이가 7살이 되어 학교 들어갈 나이가 되니 어떻게 하나 걱정이 되어 남편에게 편지를 보냈더니 호적등본을 떼어보라고 하더란다. 그래서 이제껏 관심도 없던 호적을 떼어보니 수희가 남편의 부인으로 수민이는 그 둘의 자식으로 올라있더란다.

혼인신고가 뭔지, 이혼신고가 뭔지도 모르고 살아온 수희였기에 남편이 집을 나갔을 뿐 이혼신고가 안된 것도 모르고 살았던 것이다. 수민이는 명실공히 수희의 딸이었던 것이다. 수희는 그게 너무 좋아서 덩실덩실 춤이라도 추고 싶었단다.

수민이 학교에 입학하고 남편이 돌아온 후 둘은 자연스레 합쳐 살게 되었다.

"내가 참 속도 없는 년이지? 그런데 그렇게 해야 할 것 같더라고. 내 딸 수민이가 있잖아."

둘은 한참 아파트가 건설되던 잠실 근처에 작은 식당을 냈는데 몸에 밴 식당 운영이라 어려움 없이 손님도 많고 일하는 사람도 여러 명 두고 한 삼년 잘 이끌어 갔단다. 남편도 예전의 자상한 남편으로 돌아와 아이와 함께 행복한 날을 지내며 이런 날도 있구나하고 감사하였단다. 남편을 꼬드겨 자기 소원이 혼배미사 하는 것이라고 하니 그러자고, 그게 뭐 어렵냐고 하길래 수녀님을 찾아가 하소연을 하니 우선 관면 혼배라도 하라고 해서 어느 새벽 미사에 깨끗한 한복 입고 가서 혼배미사를 드렸단다. 이십년 가까이 가슴에 한으로 뭉쳤던 뭉치가 쑥 내려가는 행복한 날이었단다.

그러나 그것도 분에 넘치는 호사였는지 얼마 뒤 남편이 갑자기 쓰러져 병원에 옮겼는데 심장에 병이 생겨 그렇다며 수술을 했는데도 의식이 돌아오지 않고 그냥 혼수상태로 중환자실 신세를 졌단다. 지금처럼 의료보험이 되는 시절도 아니고 병원비가 눈덩이처럼 불어나 잠실 아파트를 팔고 병원에 매달려 있다보니 식당도 시원치 않아 그것도 팔아가며 병수발을 들었지만 9개월 만에 남편이 죽었단다.

"세상이 그렇게 허무할 수가 없더라. 남편이 집을 떠날 때는 별 생각이 없었는데 아주 가버리니 정말 억장이 무너지더구나. 내 팔자에 무슨 남편 호강을 하겠니?"

이제 수민이도 커서 국민 학교 5학년이나 되었으니 어디 남의 식당 드난살이하며 숙식을 해결할 수도 없고 해서 한번도 살아보지 못한 불광동 집을 팔았단다.

그리고 수유동으로 이사를 해서 등산로 아래쪽에 집을 하나 사고 거기서 음식을 해 팔기 시작했는데 아침 산책 나왔다가 들리는 손님이 많아지자 해장국을 주로 팔기 시작한 것이 오늘에 이르렀단다.

같이 사는 동생 민희는 막내고 나이 차이가 많아 친정 살림이 폈을 때 학교를 다녀 그래도 고등학교를 졸업했단다. 회사를 다니다가 꽤 괜찮은 신랑을 만나 결혼을 해서 잘 살았는데 십여 년 만에 교통사고로 죽어 딸 하나 데리고 시어머니와 살면서 언니 도와준다고 식당에 드나들다가 시어머니마저 3년 전에 돌아가시고 딸은 공부 한다고 미국에 있는 고모네 가 있으니 혼자 살기 싫다며 그냥 들어와 산단다.

여기까지의 이야기만 들으면 '아, 힘들게 살았구나. 그래도 꿋꿋하게 잘 살았네' 하는 말로 끝내버리고 말 이야기일 것이다. 나도 살아온 세월을 돌이켜보면 그렇게 호의호식하며 순탄하게만 살아온 인생은 아니다. 남편이 주식으로 많은 재산을 날려 온 식구가 거리에 나 앉을 상황까지도 가 보았고, 그런 걱정에서 벗어나니 식구들이 이런저런 병으로 병원을 제집 드나들듯하여 하루도 마음 편할 날이 없기 때문이다.

"수희야, 우리 생일이 같지 않니? 음력 삼월 보름이지?"

"그래 맞아, 너 용케도 그걸 기억하는구나."

"언젠가 네가 우리 집에 왔을 때 미역국을 주니까 너도 생일이라 아침에 미역국 먹었다고 했잖아."

"맞아, 그런데 어떤 사람이 여자가 초하루나 보름에 태어나면 팔자가 세다고 하던데 그 말이 맞는 걸까?"

"나도 그런 말 듣기는 했지만 무시하려고 해. 팔자 센 사람이 우리뿐이겠니?"

"네가 왜 팔자가 세니? 아이는 몇이나 낳았어? 내 얘기 하느라 네 이야기는 묻지도 못했네."

"내 이야기는 나중에 두고두고 해줄게. 아들 하나 딸 하나 낳아서 전부 여의었어. 손자가 5학년인데 뭐. 지금은 남편과 둘이만 살고."

"손자도 있구나. 우리 수민이는 시집도 안가고 애들 치다꺼리에 날 가는 줄 모르고 사는데..."

수희의 이야기는 이어졌다.

수유동에 자리를 잡을 만하게 되었을 때, 어느 겨울날 눈이라도 오려는지 잔뜩 찌푸린 날씨에 바람도 스산한 저녁, 문밖에 쓰레기를 버리러 나가니 웬 젊은 여자가 서너 살 먹은 남자애를 보듬어 안고 대문 옆에 앉아 있더란다. 행색이 초라한 것이 뜨끈한 밥이라도 한 끼 먹여 보내야할 것 같아 데리고 들어와 국밥을 말아주니 얼마나 기운이 없는지 수저질도 잘 못하더란다. 몸이 얼어 그런가보다 생각하고 천천히 먹으라며 난로의 불을 뜨뜻하게 더 피워주었더니 눈물을 흘리며 고맙다고 하더란다.

캐묻기도 뭣해서 딱히 갈 곳이 없으면 며칠 묵어가라고 선심을 썼더니 몸이 녹아 그런가 안심이 되어 그런가 얼굴에 화색이 도는데 밉상은 아니었더란다. 밥값을 하겠다고 다음 날부터 식당일을 이것저것 거들기 시작했다. 어린 녀석도 눈이 커다란 것이 겁이 많은지 처음엔 제 어미 치마꼬리만 잡고 돌더니 익숙해지자 장난도 치고 웃기도 잘 하더란다. 귀염성이 있는 애였는데 특히 수민이가 귀여워하며 동생처럼 돌보고 잘 지냈단다. 이름이 뭐냐고 해도 우물쭈물하니 수민이가 내 동생하게 경민이라고 지어요 하는 바람에 그만 경민이가 되고 말았단다.

그렇게 겨울이 가고 봄이 되어 등산철이 되자 손님도 늘기 시작하였다. 혼자 하는 것보다 젊은 댁이 도와주니 일도 쉽고 손님들도 좋아해서 괜찮구나 했는데 어느 날 아침 일어나보니 애는 자고 있는데 에미가 보이지 않아 섬뜩해서 방에 들어가 보니 옷 보따리가 없더란다. 애만 달랑 놔두고 저만 나가 버린 것이다.

애는 에미도 찾지 않고 그냥 잘 지내길래 에미가 찾아 올 때를 기다리며 세월이 흘렀단다. 동네 사람들이나 단골 등산객들은 애를 어떻게 키울거냐며 고아원에 보내라고 했지만 그럴 수는 없었다. 수민이가 경민이를 얼마나 싸고도는지 고아원 소리만 들어도 상을 찌푸리며 외면을 하는 것이 제 처지가 생각나는듯해서, 상처받지 않도록 아주 조심을 해야 했단다. 그러다가 동네 유치원 다닐 때까지는 괜찮았는데 학교에 들어갈 나이가 되자 호적에 올려야 하는 문제로 동사무소를 몇 번이나 찾아갔는데 사정을 다 아는지라 동네 사람들의 진정서를 첨부하여 수회 아들로 입적을 했단다.

그런데 그 일이 소문이 났는지 대문 앞에 버려지는 애들이 생겨나기 시작했다. 수회는 그 애들을 하느님의 선물로 생각하여 한 번도 마다하지 않았다니 참으로 대단하다. 어떤 때는 갓난아이까지 버려져 그 애를 키울 때는 밤잠도 못 잤다고 한다. 가끔은 부모라고 나타나서 다시 데려가는 경우도 있지만 학교 들어갈 때까지 기다려서 호적에 올린 아이만도 경민이를 비롯해 여섯 명이나 된다고 한다. 따로 누가 도와주는 사람도 없이 혼자서 그 많은 애들을 먹이고 입히고 학교 보내고 하려니 얼마나 고단했을까?

"그래도 하느님께 감사드린단다. 애들 데리고 살만큼은 벌게 해주시더라구. 그리고 무엇보다 애들이 모두 건강하고 나도 이 나이 되도록 큰 병 없이 사는 게 다 하느님 덕 아니겠니?"

수민이까지 일곱 명이나 되는 아이들이 북새통을 이루며 학교에 다닐 때는 정말 정신이 없었겠다. 알음알음으로 입을 옷들이나 운동화를 갖다 주는 사람도 생겨났고 마당에서 뛰어노는 애들을 본 등산객들은 처음에는 웬 아이들인가 하다가도 서로서로 사정이야기를 들으면 덕담 한마디라도 해주고, 가끔씩 책을 갖다 주는 사람들도 생겨 도서관처럼 책도 많단다. 그리고 무엇보다 수민이가 커가면서 애들을 잘 보살펴주어 큰 힘이 되었단다.

수민이는 전문대 유아교육과를 나와 유치원 선생을 하는데 아직 시집갈 생각을 않는단다. 벌써 서른넷이나 되었는데 동생들 웬만큼 자리 잡으면 가겠다고 한단다. 경민이도 반듯하게 잘 자라 회사에 다니는데 회사가 천안에 있어 기숙사에서 생활하며 가끔 들린다고 한다. 아이들이 많으니 간혹 말썽을 부리는 애도 있지만 그래도 학교 한 번 안 불려가게 잘 커주었으니 얼마나 고마운 일인지 모르겠다고, 자기는 자식 농사를 잘 지었다며 예의 그 함박웃음을 짓는다.

버려진 애들이라고 주눅들까봐 항상 신경을 썼는데 워낙 숫자가 많으니 동네 아이들도 무시하지 못하고 학교에서도 반듯하게 생활해서 선생님들이 칭찬을 하며 잘 돌봐주어 밝게들 컸단다. 저 아래 파출소 소장이 가끔씩 들리는데 방학 때면 데려다가 파출소 심부름도 시키고 정신 교육도 시켜주며 아버지 역할을 잘 해주어 고맙단다. 소장이 바뀌어도 인수인계를 잘 하는지 부임을 하면 꼭 들러서 인사를 하고 간단다. 착한 수희를 천사가 보호하고 있다는 것이 느껴졌다.

자기가 못 배운 한이 맺혀 애들은 제가 갈 수만 있다면 전문대는 졸업시킨다는 생각이란다. 아들 둘은 군대 가 있고 전문대 졸업반인 딸과 그 밑에 고3인 딸, 그리고 중3인 아들이 막내란다. 고3짜리 딸은 공부도 잘하여 언니 오빠들이 4년제 대학을 책임진다고 했다는데 두고 볼 일이라고 웃는다.

희한하게도 10년 전에 막내가 들어온 뒤로는 애가 생기지 않는단다.

"하느님께서 내게 일곱 명의 자식만 허락하셨나봐. 동네 사람들도 참 희한한 일이라고 말한단다. 그런데 이제 애들이 커서 한가해졌다했더니 작년에 웬 길 잃은 할머니가 우리 집에 오시지 않았겠니? 파출소에 신고를 해도 찾으러 오는 사람이 없어 내가 모시고 산단다."

수희 어머니인가 했던 노인이 바로 그 분인가 보다.

'아, 수희야. 이젠 노인 수발까지 들려고? 하느님, 수희도 좀 편히 살게 하소서.' 밖으로 튀어나오려는 말을 삼키며 속으로만 부르짖었다.

점심을 새로 해주겠다는 수희를 말리고 해장국을 한 그릇 먹은 후 다시 오마고 손을 흔들며 내려오다 생각하니 왠지 많이 부끄러웠다.

내간엔 참 열심히 살았다고 자부했는데 수희를 보니 난 내 자신만을 위하여 살았구나하는 생각이 들었다. 내 남편 내 자식만의 안위를 위하여 노심초사하며 한 평생을 보냈는데, 배운 것도 없고 가진 것도 없는 수희는 저렇게 몸과 마음을 다 바쳐 남을 위해 살았구나.

태어날 때 받아 든 시나리오 속에서 수희가 맡은 역이 달콤한 배역은 아니었지만 그녀의 혼신을 다한 연기는 하느님을 감동시키고도 남으리라. 객석에서도 갈채가 쏟아지는듯하다.